民国笔记小说粹编编委会

民国笔记小说粹编

人物风俗制度丛谈

瞿兑之 著

山西出版传媒集团
三晋出版社

图书在版编目(CIP)数据

人物风俗制度丛谈 / 瞿兑之著. —太原:三晋出版社,2022.12 (2024.3重印)

(民国笔记小说粹编)

ISBN 978-7-5457-2535-3

Ⅰ. ①人… Ⅱ. ①瞿… Ⅲ. ①笔记小说—小说集—中国—民国 Ⅳ. ① I246.1

中国国家版本馆CIP数据核字(2023)第018093号

人物风俗制度丛谈

著　　者: 瞿兑之
责任编辑: 莫晓东　董润泽
责任印制: 李佳音
封面设计: 段宇杰

出 版 者: 山西出版传媒集团·三晋出版社
地　　址: 太原市建设南路21号
电　　话: 0351-4956036(总编室)
0351-4922203(印制部)
网　　址: http://www.sjcbs.cn

经 销 者: 新华书店
承 印 者: 山西人民印刷有限责任公司

开　　本: 850mm×1168mm　1/32
印　　张: 9.75
字　　数: 195千字
版　　次: 2023年2月　第1版
印　　次: 2024年3月　第2次印刷
书　　号: ISBN 978-7-5457-2535-3
定　　价: 42.00元

如有印装质量问题,请与本社发行部联系　电话:0351-4922268

总　序

黄　霖

承蒙三晋出版社的错爱，我遵嘱为他们在《民国笔记小说大观》的基础上再做的选粹本作了这个序。说实话，当时我一听这个书名就感到有点头疼，因为自从1912年王文濡推出《笔记小说大观》以来，究竟如何认识“笔记小说”这个名目可以说是众说纷纭，非三言两语能够说清，再加上手头的事情实在太多，不想去算这笔糊涂账了。但后来一想，近年来我正从研究近代文论的圈子里跨出来，在关注现代的“旧体”文学与文论，“笔记小说”这个名目作为一种文类或文体亮相并引发了争议，也正是从近现代开始的，因此也不妨乘此机会来梳理一下吧。

显然，要辨说“笔记小说”，首先要将“笔记”与“小说”这两个概念简要地说一说。好在古代对这两个概念，大家的认识本来就大致相近。

假如从《庄子・外物》《论语・子张》《荀子・正名》分别所说的“小说”“小道”“小家珍说”算起，“小说”之名是出现得比较早的。到汉代桓谭《新论》所提的“小说”就与20世纪前一般学者所认识的“小说”比较一致了。它指出其特点是“丛残小语，近取譬论，以作短书”。尽管“小说”于“治身理家，有可观之辞”，但据《论衡·谢短篇》等篇的解释，这类“短书”，写的都是“小道”，“非儒者之贵也”。到《汉书·艺文志》就明确在史志目录中将“小说”归为一类，并列出了具体的书名，从中可见，“小说”中既有“史官记事”之作，也有“迂诞依托”之书，另有阐发哲理的议论、风俗逸闻的记载，等等，内容庞杂，范围广泛。以此可见，“小说”这个概念的出现，先是从内容着眼，强调它写的是有别于经传“大道”之外的杂七杂八的“小道”，与此相适应的是在形式上都是“丛残小语”。简言之，所谓“小说”，就是并非正面、集中阐述“大道”的杂、碎文字。

至于“笔记”之名，当后起于文笔相分的六朝。刘勰《文心雕龙·总术》云：“今之常言，有文有笔，以为无韵者笔也，有韵者文也。”笔记，当属用无韵之笔随记而成的、有别于经年累月、深思熟虑写就的杂、碎文字。当时之所以起用“笔记”之名，主要是从写作的方式与形式的角度上来考虑的。一时使用这个概念者也较多，如刘勰在《文心雕龙·才略》中明确地提出了有“笔记”之作：“路粹、杨修，颇怀笔记之工”，“温太真之笔记，循理而清通，亦笔端之良工也”。差不多同时的萧子显在《南齐书》卷五十二《文学·丘巨源传》中也提到了“笔记”之名。到宋代就有了以“笔记”为名的书籍，如宋祁的《宋景文公笔记》、苏轼的《仇池笔记》等等，久盛不衰。假如也用一语而言之，则所谓“笔记”，就是随笔而记的无韵杂、碎文字。

于此可见，“小说”与“笔记”之别，主要是在起用这两个概念时的着眼点、出发点不同，一是从内容出发，一是从写作的方式出发，在20世纪以前的文献学意义上，它们的实际内涵与外延应该是大致相同的，所谓“笔记”或“小说”，都是指经（正）史之外的，包括各类内容与多种形式的零简短章。它们一般都用的是文言，所以到现代，有人在“小说”之前加了“笔记”，用来与“白话小说”相区别；它们一般成集，但也有单篇或零星几章的，特别是在报刊兴起之后，单篇之作也很多。正因为“小说”与“笔记”两个名目，有异有同，古人又似未见对此有所辨析，只是在各自的著作中自做不同的分类或赋予不同的名目，于是就分分合合，弄得缠夹不清了。

不过，据我粗略的检视，在20世纪以前的漫长历史中，文人墨客或用“小说”之名，或称“笔记”之作，绝大多数并没有将这两个名称合在一起，没有把“笔记小说”或“小说笔记”作为一个文体或文类的名称来使用的。偶尔有之，也是为了文气的连贯而将两者作为相近文体或文类而并列在一起而已。假如当时有标点符号的话，应该是写成“笔记、小说”更为确切，只是当时没有标点符号，就将两者并写在一起了，如宋代史绳祖在《学斋占毕》卷二“蔆蔆二物”条中说：“前辈笔记小说固有字误，或刊本之误，因而后生末学不稽考本出处，承袭谬误甚多。”[①]再如清代王杰所编的《钦定重刻淳化阁帖释文》中有一文写道，“各有专书以纠其失，其他见于古今诗、文及说部、笔记者指摘不胜枚举”。[②] 这里的诗与文、说部与笔记之间都是应该加顿号的，它们都是并称的。再如江藩在说钱大昕治元史时说：“搜罗元人诗文集、小说笔记、金石碑版，重修元史，后恐有违功令，改为《元诗纪事》。”[③]其“小说笔记”也只能看作是性质相近的两类文字并写在一起，也并没有将“小说笔记”四字合在一起看作是一个文体或文类。

时代跨进了20世纪，在新的文学思潮影响下，1902年梁启超在正式发行中国第一本小说杂志《新小说》之前两个月，在《新民丛报》第十四号上发了一篇《中国惟一之文学报〈新小说〉》，对将要发行的《新小说》的宗旨、形式、内容、发行等问题做了介绍，特别详细地对将要发表的各类小说做了分类说明，指出有历史小说、政治小说、哲理科学小说、军事小说、冒险小说、探侦小说、写情小说、语怪小说等不同，这些显然都是从内容上分类的。接下来就从形式上、或者说从文体上指出还有“札记体小说”与“传奇体小说”。在这里，“札记”与“笔记”义同。他特别在“札记”与“小说”之间加了一个“体”字，意义非

① 史绳祖《学斋占毕》卷二，文渊阁四库全书本。

② 王杰等辑《钦定石渠宝笈续编》卷二十三，清乾隆末年内府朱丝栏抄嘉庆增补本。

③ 江藩《国朝汉学师承记》卷三，清嘉庆十七年刻本。

凡。这表明在新潮的西方文学观念影响下，他所认识的“小说”已不再是传统的不论在内容上还是形式上都是包罗万象、混沌模糊的一个概念，而是开始将“小说”看作“文学”中的一种自具特色的文体，而“笔记”也只是一种特殊的表现形式与手段。正是在转变了小说观念之后，他在“笔记”与“小说”之间加了一个“体”字，以示这类小说是“笔记”类文体或形式的小说。后在《新小说》正式发行时，他又将“札记体小说”略称为“札记小说”。这种“札记小说”的代表作就是“随意杂录”的“《聊斋》《阅微草堂》之类”。这也就是说，“札记小说”乃是一种用随意笔记的形式写就的如《聊斋志异》《阅微草堂笔记》一类的有故事、有人物，乃至有虚构的文字，也就是“札记体小说”。现在看来，梁启超在新潮的纯文学观念影响下，他心中的“小说”已不同于桓谭、班固到刘知几、胡应麟及四库馆臣笔下的“小说”了。他已将“小说”作为“文学”中的一种独立的文体，不再与“笔记”混同一体，而认为古代作品中“笔记”与“小说”这两者的关系，只能是“笔记体小说”或“小说体笔记”，因而在他主编的《新小说》中发表诸如《啸天庐拾异》《反聊斋》《知新室新译丛》等作品时所标的“札记小说”四个字的含义，实际上已经与古人所用的“笔记小说”之义大相径庭，赋予了“笔记体(类)小说”的新意。这是一次历史性的跨越。自此之后，“札记小说”或“笔记小说”四字的含义，就不再只是“笔记与小说”或者是“笔记加小说”一解，而是另有了一种新义了。而且在这里也清楚地告诉了人们，“笔记”与“小说”两者是不能相混的：在“笔记”中有一类是“小说”，还有许多并不是小说；在小说中有一类是“笔记体”，还有很多是非笔记体的；所谓“札记体小说”或“札记小说”，就是用笔记的手法写成的小说，或者说是归于“笔记”类中的“小说”。

梁启超的看法立即产生了影响。继《新小说》之后，不久发行的一些小说杂志，如《竞立社小说月报》《月月小说》，乃至如以学术为主的《东方杂志》之类也都在这样理解“札记小说”四字的基础上安排了这一专栏，发表了一系列的“笔记体(类)小说”。同时，商务印书馆出版的规模宏大的“说部丛书”，也据梁氏的分类标准，在每一部的封面上大都醒目地标明了是属于某类小说，如政治小说、军事小说等等，其中也有《海外拾遗》《罗刹因果录》等标明是“笔记小说”。此二书，都是分八则，写了各色人等的故事。这里的“笔记”与“小说”之间虽无一个“体”字，但实际就是“笔记体(类)小说”的意思，都是用随笔的形式写成的有故事、有人物、有虚构的作品。乃至在1929年4月2日的《新闻报》的广告栏中刊载大华书店发售的小说，也标明了不同的分类，除了从内容上区别“武侠小说类”“香艳小说类”及新与旧的不同外，另就形式而言也有“笔记小说类”。显然，这个“笔记小说类”也就是“笔记中的小说”或“小说类的笔记”，与梁启超的认识是一脉相承的。

但到民国年间出现了新问题，好编丛书的王文濡，接连编印了《古今说部丛书》《笔记小说大观》《说库》等将传统笔记与小说混在一起的丛书。其用“说部丛书”“说库”之名当无问题，而其于1912年用进步书局之名出版的《笔记小说大观》一书，共分八辑，收220余种作品，体量极大，尽管其书的《凡例》称“所选趋重小说”，但同时又说，“然关于讨论经史异义，阐发诗文要旨”等“古人笔记中往往有之”之作品也不忍“割爱”。且开宗明义第一条就说：“本编纂辑历代笔记，起六朝，迄民国，巨人伟作，收罗殆遍。”其书在报纸上刊载的“预约广告”也说：“《笔记小说大观》，系集汉魏以来笔记二百余种之汇刊，都五百余册。”[①]都是将“笔记”覆盖了“小说”。可见王文濡心目中还是将“小说”与“笔记”混在一起的。这样一来，同样“笔记小说”四字，自古至今出现了三种理解：一种是古代个别学者将“笔记”与“小说”并称而合在一起；另一种是如梁启超们将“笔记”中可称“小说”的一类称之为“札记体小说”或略称为“札记小说”；再者就是王文濡将“笔记”与“小说”混为一类的“笔记小说”。

由于当时的小说界普遍接受了新潮的小说观，而对古人曾经有过的零星将“笔记”与“小说”并称的情况没有注意，所以一见王文濡将“笔记”与“小说”混为一类就多有不满，如在当时文坛上比较活跃的姚赓夔就撰文说：

① 《新闻报》《民国日报》1928年6月19日同载。

“笔记小说”四字，最不可解。笔记自笔记，小说自小说，岂可相混？笔记而名之以小说，是何异画蛇而添足乎？①

署名玉衡者也发文说：

笔记与短篇小说，体裁既异，结构亦不自同。而今之作者，往往互相混淆，是无异于孙周之兄不能辨菽麦。②

《海上繁华梦》作者漱石生也说：

笔记有笔记体裁，小说有小说绳墨，二者绝不相混也。③

与此同时，小说界开始注意辨析“笔记”与“小说”的异同。如《申报》1921年3月20日载《笔记与小说之区别》，列举了九条，如云：“笔记须有记载之价值，次之趣味；小说须有百读不厌之精神，次之勿使阅者意懈，目不终篇。”“笔记重实叙，故曰记；小说可虚绘，故曰说。”“笔

① 《小说杂谈》，《星期》1922年第29期。

② 《小说管窥》，《星期》1923年7月29日。

③ 《余之古今小说观》，《新月》1925年11月1日。

记叙人物、地址皆有名，示翔实焉；小说多以‘某’代之，或并某字而无之，如‘生’‘女’皆成名称，不妨虚衬也。”为了避免将“笔记”与“小说”混淆，一些学者重拾梁启超的旧话，用“笔记体的小说”①“笔记式的小说”②或“笔记的小说”③等提法来取代容易混淆的“笔记小说”。应该说，假如大家都遵循这样的提法的话，后世就不会产生歧义了。

但问题比较麻烦的是，实际上从梁启超始，既创用“札记体小说”之名，又将之略称为“札记小说”，自乱了阵脚。现经《笔记小说大观》热炒畅销之后，特别经过一些“笔记+小说”类的“笔记小说”选本与丛书的不断亮相（选本与丛书中也有一些是只收“小说”的或只称“笔记”的），还是有相当一部分人将“笔记小说”看成是“笔记+小说”的。“笔记小说”一个名目、两种理解状况就始终存在着。

更使人缠夹不清的是，尽管自20世纪二三十年代后，大多数小说史家与文学史家笔下的“笔记小说”的实际含义已是“笔记类小说”，但他们还是乐此不疲地沿用“笔记小说”来论文与著史。最典型的如郑振铎先生，他在1930年写的专论小说分类的《中国小说的分类及其演化的趋

---

① 叶楚伧《中国小说谈》，《民国日报》1923年7月24日。
② 赵芝岩《小说闲话》，《半月》第3卷第14号。
③ 周群玉《白话文学史大纲》，上海群学社1928年版，第123页。

势》长文中，一方面指责《笔记小说大观》收之太滥，强调“笔记小说”丛书应当编成“故事集”，另一方面还是沿用“笔记小说”之名。他说：

> 第一类是所谓“笔记小说”。这个笔记小说的名称，系指《搜神记》（干宝）、《续齐谐记》（吴均）、《博异志》（谷神子）以至《阅微草堂笔记》（纪昀）一类比较具有多量的琐杂的或神异的“故事”总集而言；范围固不能过于狭小，内容的审查，固不能过于严格，然也不能如前之滥，将一切“杂事”“异闻”“琐语”都包括了进去，有如近日出版的通俗本的“笔记小说大观”。我们应该将他们限于“故事集”的一个标准之下，或至少须是具有大多数的故事的。所谓“琐语”之类的东西，像《计然万物录》（编者注：托名计然著，东汉时成书，原书佚，清茆泮林辑）、《博物记》（汉唐蒙）、《博物志》（晋张华）、《清异录》（宋陶谷）、《杂纂》（唐李商隐）、《幽梦影》（清张潮）、《板桥杂记》（清余怀）；所谓“异闻”之类中的《山海经》《海内十洲记》《神异经》；所谓“杂事”之类中的《摭言》（唐王定保）、《云溪友议》（唐范摅）、《北梦琐言》（宋孙光宪）、《归田录》（宋欧阳修）、《侯鲭录》（宋赵德麟）等

等，都是不能算作“笔记小说”的。[①]

在民国时期另作专论“笔记小说”的是王季思先生。他写的《中国的笔记小说》《中国笔记小说略述》两文内容大致相同。其基本意思也同郑振铎。他说：“就笔记说，凡是纯属学术的讨论与考订的，如《困学纪闻》《日知录》《廿二史札记》《十驾斋养新录》，虽是笔记，却非小说。”除此之外，笔记的“轶事、怪异、诙谐”三类中，不论所写“幻想幻觉”还是“所见所闻”，凡有故事，有人物，“最可见作者及所记人物个性”的，就是“笔记小说”。[②]

民国时期两篇有关“笔记小说”的专论，都是认同用四个字来表达笔记中的小说是一种独立的文体。这样的认知与表达实际上也反映了民国以来绝大多数的文学史、小说史作者的看法。不但如此，以后的文学史、小说史作者大都也是如此，一直到20世纪90年代所出的几本具有代表意义的“笔记小说史”，乃至目前最流行的袁行霈先生主编的《中国文学史》与袁世硕先生主编的《中国文学史》，都是将“笔记小说”理解为“笔记体小说”而不是“笔记与小说”的。苗壮先生的《笔记小说史》定义“笔记小说”时说：“以笔记形式所写的小说，它以简洁的文言、短

① 郑振铎《中国小说的分类及其演化的趋势》，《学生杂志》1930年第17卷第1期。

② 王季思《中国的笔记小说》，《战时中学生》1939年第9期；《中国笔记小说略述》，《新学生》1947年第4卷第2期。

小的篇幅记叙人物的故事。”[①]而袁行霈先生主编的《中国文学史》说“笔记小说”是“采用文言，篇幅短小，记叙社会上流传的奇异故事、人物的逸闻轶事或其片言只语”。[②]显然，他们都将“小说”之外的“笔记”排斥在“笔记小说”之外。但是，时至今日，人们在沿用这个歧义的“笔记小说”的名目时，已经很少有人再想起历史上曾经用过的“笔记体小说”“笔记式小说”“笔记类小说”这类比较确切的提法了。

从梁启超到郑振铎、王季思，到当代的文学史、小说史作者们，为什么明明心里想要表达的是“札记体小说”，要将“笔记”与“小说”区别开来，认为混入了不少笔记的《笔记小说大观》收得过滥，而最后还是没有鲜明地表示“笔记自笔记，小说自小说”，还是用了一个容易混淆视听的“笔记小说”呢？我想可能主要是汉字构词的特点所造成的。我们的汉字富有弹性，构词时常常留下了活络的空间。“笔记小说”四字，的确可以包容“笔记与小说”“笔记体小说”“笔记小说这一类小说”这三种不同的理解。谁都可以用这四个字来表达，谁都不能算错。再加上传统写诗作文，用四字构词比较上口，特别如梁启超，在为未出的《新小说》做广告时拈出了“札记体小说”，而当《新

---

① 苗壮《笔记小说史》，浙江古籍出版社 1998 年版，第 4 页。

② 袁行霈主编《中国文学史》第三版，第二卷，高等教育出版社 2014 年版，第 153 页。

小说》正式付印时，考虑与“历史小说”“政治小说”“科学小说”等并称，就略称为“札记小说”。当时在他心目中，肯定觉得这“札记小说”就等于“札记体小说”，殊不知“札记小说”也可理解成不是“札记体小说”的呢！

再看，从《笔记小说大观》问世以来，陆陆续续用“笔记小说”之名出版的一些选本或丛书，其总体数量虽不能与一些史著与研究著作相比，但其混乱的程度却非常突出。当然，其中也有一些选本或丛书用“笔记小说”或“小说笔记”之名来编选作品时，基本上都是选录了一些有小说意味的作品，如1934年江畬经编选的规模不小的《历代小说笔记选》就是一例。1949年后，如2004年天津古籍出版社出版的《唐宋笔记小说释译》就明确说，“所选篇目以故事性、趣味性的轶事为主”。对于“笔记小说”概念的辨析最为清楚的，要数严杰先生在他编选几种“笔记选”时所写的前言中说的：“笔记小说只是笔记中的一大类”；“笔记大致可以分为三类”，“第一类以记载短小故事为主”，“第二类以历史琐闻为主”，“第三类以考据辩证为主”；“把笔记划分为三大类，并确定笔记小说的范围，需要注意的是，其间界限并不是非常清楚的，只能划出大略的轮廓而已。在确认第一类笔记为笔记小说的同时，也应该承认第二、第三类中也存在着相当数量的小说。笔记小说毕竟不能算是有意识创作的产物，其中的文学成分不是很纯净的”；“我们就不便再把唐传奇当作笔记小说看待了，尽管它同笔记小说有着渊源关系”。[①] 但是，毋庸讳言，还有编选者对于“笔记小说”的概念是缠夹不清的。比如，自《笔记小说大观》之后，1978—1987年台北新兴书局出版的《笔记小说大观丛刊》，1990年、1994年先后由周光培编辑出版的《历代笔记小说汇编》（辽沈书社）、《历代笔记小说集成》（河北教育出版社），1999—2007年上海古籍出版社出版的《历代笔记小说大观》，规模都很庞大，然其所收的没有小说意味的笔记触处可见，显然它们都是受王文濡的影响，将笔记与小说混为一类的。还有的，甚至将传奇、通俗长篇小说都纳入“笔记小说”之内，如有《清代笔记小说类编》一书，其《总序》说：“全书以传奇体小说为入选重点，从清人所作的约一百五十部笔记中选取二百余位作家创作的约一千九百篇作品，按类分编成十卷。”[②]我真不知道他选的究竟是传奇还是笔记。还有的竟然将《岭南逸史》《儒林外史》这样的长篇通俗小说也归入“笔记小说类”。[③] 此外，还有不少人将“笔记小说”与从语言上分类的“文言小说”混为一谈。如江西人民出版社1984年出版的《历代笔记小说选》称：“我国古代短篇小说，可分为两种：一是笔记小说，一是话本小说。前

① 严杰《唐五代笔记小说选译前言》，《唐五代笔记小说选译》，巴蜀书社1990年版，第1—6页。

② 陆林《〈清代笔记小说类编〉总序》，《清代笔记小说类编》，黄山书社1994年版，第3页。

③ 《新闻报》1929年4月2日载大华书局广告。

者是用文言写的，后者是用白话写的。”诸如此类，可见对于“笔记小说”的理解真是五花八门，难怪程毅中、陶敏等先生站在不同的角度上大呼“笔记小说”的提法“于古于今都缺乏科学依据”，[①]“造成了许多混乱”。[②] 的确，这种混乱的局面再也不能继续下去了。

如今，我们要厘清“笔记小说”这个概念，就应该既要尊重历史演变的实际，又要解开一个结。这个结，就是要在正确认识传统的“大文学观”与目录学的基础上，去顺应近现代中西文学交流下的文学观念的通变，接受新的“小说”观，从而重新审视传统的“笔记”与“小说”。我们不能简单地认为接受新的小说观就是“以西律中”，抛弃传统。事实上，中国传统的包括叙事文学观在内的文学观本身也是在不断地发展变化，对于“文学”不同于学术乃至其他所有“文字著于竹帛”者而自具特性的认识也在不断发展与深化。就“小说”而言，对于这一文体的叙事、写人、虚构等特质的认知也是在一步一步地从混沌走向明晰，所以当西方的小说观传入后就能一拍即合，相互融合，形成了一种新的“小说”文体观。20 世纪以来逐步形成的所谓“小说”，乃至“笔记小说”“传奇小说”“话本小说”“章回小说”等名目，都是在立足本土、借镜西方、反复

---

① 程毅中《略谈笔记小说的含义及范围》，《古籍整理研究学刊》1991 年第 2 期。

② 陶敏、刘再华《“笔记小说”与笔记研究》，《文学遗产》2003 年第 2 期。

讨论的过程中形成的具有中国特色的新概念。这种新的小说文体观的确立与分类的细化,正标志着中华民族文化的进步,也显示了我们民族具有包容与消化世界先进文化的胸怀与能力。实际上,我们对于古代与西方的文化,都应该以一种辩证的、发展的、现实的眼光来看待,站在当代的、中国的、科学的立场上来接受与扬弃。承传中华民族文化的优秀精神,不是要倒退,而是要向前。假如今天不接受百年来形成的新的小说观,再将古今两种小说观搅在一起的话,"笔记"与"小说"的糊涂账将是永远算不清楚的了。

当我们辨明"笔记小说"四字的前世今生,再面对现实的发展态势,我相信将来的发展可能不用学者们过多辩说,事实上会"约定俗成"地形成这样的情况:"笔记小说"四字即表达了"笔记体小说"或"笔记类小说""笔记式小说"的意思。这已为自梁启超以来的百余年历史所证明,绝大多数小说家及文学史、小说史专家,以及多数"笔记小说"的选本、丛书等出版物,都是将"笔记小说"理解为用笔记体写成的、大致符合现代文体分类中具有"小说"意味的作品。它是"笔记"的,也就是不同于有完整故事的传奇,更不是通俗长篇之作,而是一些随意编录的零简短章;它是含有现代所理解的"小说"意味的,其核心是记事的,或实或虚,或真或幻均可,而不同于传统习用的内容没有边界、相互纠缠不清的"小说""笔记""说部""杂说"等名目了。

至于将“笔记”与“小说”混成一体的、甚至再羼杂“笔记”“小说”之外作品的“笔记小说”观，虽然在一些选本与丛书中偶然还看到，但实际数量是并不多的。而且我们还应该注意到，不少选本与丛书的选家，为了避免混淆“笔记”与“小说”，就干脆只用“笔记”之名而摒弃了因古今理解不同而容易引起歧义的“小说”两字，在《笔记小说大观》之后，就出现了为数不少的唯名“笔记”的选本，如姜亮夫编的《笔记选》（北新书局1934年版）、陈幼璞编的《古今名人笔记选》（商务印书馆1938年版）、叶楚伧主编的《历代名家笔记类选》（正中书局1943年版）、吕叔湘编的《笔记文选读》（文光书店1946年版）、刘耀林编的《明清笔记故事选译》（中华书局1962年版）、《历代史料笔记丛刊》（中华书局于1979年起编刊）、周续赓等编的《历代笔记选注》（北京出版社1983年版）、福建师范大学历史系华侨史资料选辑组编的《晚清海外笔记选》（海洋出版社1983年版）、卉子编的《中国古代笔记文选读》（四川少年儿童出版社1986年版）、偬仕编的《魏晋笔记选》（中国文学出版社1999年版）、黄飙编的《历代笔记选析》（海峡文艺出版社2015版）、倪进编的《唐宋笔记选注》（上海教育出版社2016年版）和《元明笔记选注》（上海教育出版社2018年版）等等，其中有的甚至主要或全部收的是“笔记体小说”，也宁可用“笔记”之名而不带“小说”两字了。这与1983年江苏广陵古籍刻印社重刊《笔记小说大观》的序言提到的一种看法完全相同：“笔记就是笔记，联带上‘小说’有点不伦不类，不如叫《笔记大观》为好。”①这的确既遵循了传统，又避开了混乱，可谓是明智之举。以后欲将“笔记”与“小说”混为一类的选家，不妨都照此办理，只用“笔记”或“说部”之类中国传统的概念来标名，恐怕不失为一条坚守传统的老路吧！

至于有时要将“笔记”与“小说”放在一起并称的，那就比较简单，只要中间加个顿号就解决了。

这样，用三种方法来表示三类本来纠缠不清的“笔记小说”，就不会相混了。我相信，历史的发展必然会继续沿着百余年来已被多数学者所认同和走过的这条道路继续前进。

行文至此，话归正传。我们打开山西古籍出版社1995年始出版的《民国笔记小说大观》，共有四辑52种，其中除《曾胡治兵语录》一编外，大致都有现代意义上的“小说”味。如今又出《民国笔记小说萃编》凡24种，已无《曾胡治兵语录》一类的笔记了，但其中有三部书也可能会产生一些不同的看法。第一部是刘成禺的《洪宪纪事诗本事簿注》。假如从传统文献分类来看，它的基本性质是一部诗注。但它是用“笔记小说”类的文字来注的，其注98篇文字编撰了丰富而生动的故事，说它是笔记体小说也应该是可以的。第二部是《寒云日记》。“日记”本身

---

① 高斯《重刊〈笔记小说大观〉序》，《笔记小说大观》，江苏广陵古籍刻印社1983年版，第2页。

就是一体。这本日记又夹杂了不少有关诗词的著录、名物的考辨等，然“日记”作为按日所记之笔记，作者又以自己作为中心，用其简约、隽永的文字，逐日记事写情，还是具有一点“小说”因素的。第三部就是缪荃孙之《云自在龛随笔》。从此书的主要成分看，实是一部学术随笔，所记多为金石书画、版本目录之学，但中间亦可见多篇记事写人、饶有文趣之作。所以这三部书，虽然显得各有一点另类的味道，但就其实，用比较宽松的眼光来看，不妨也可列于“笔记小说”之中吧。

至于其他著作，几乎都是记述一些社会生活中的大小事件、人物轶事之类，作者当时往往将它们视为“掌故”“杂史”“稗史”之类的史著，未必认同这也是“小说”。本来，在古代笔记中有小说味的作品主要是两类，一类是记鬼怪，另一类是记人事。记人事的也有虚、实之别，当然是写实的居多。凡所谓稗史、掌故、野史、琐记、轶闻等等，名目繁多，都是以记人叙事为主。在晚清民国时期，倡导科学，因而多视记鬼怪者为迷信，不少作者有意回避。与之相应，此时做笔记者大都自命其作是为了补翼正史。作者又多生于高官世家，或本身就是名流学者，熟稔朝廷内外及学界文场的种种故实，所记多自亲睹亲闻，有的还到图书馆里翻阅书刊查证。笔下虽有一些是梳理了历史上的陈迹，但最可宝贵的是触及了晚清民国时期诸如宫廷斗争、外交风波、官场倾轧、吏治腐败、名臣功过、史事曲折、遗老姿态、名士趣闻等方方面面，且多标榜信实，自诩为良史。固然，这些笔记，从作者的写作意图来看，他们主要是想写“史”，而不是要创作小说。后来的历史研究者们，引用这些民国笔记中的片段时，也往往将它们作为故实来证史。它们“史”的本质毋庸讳言。

强调信实的历史著作，与可以虚构的文学创作，从现代学科分类来看，当然是两个门道。但是，它们最重要的一个内核，即记事，是相同的。古代朝中史官之记事，当然是一件十分严肃的事情，所谓“圣人之记事也，虑之以大，爱之以敬，行之以礼，修之以孝养，纪之以义，终之以仁”(《礼记·文王世子第八》)。但后来到民间记事，就未必如此郑重其事了，所记未必都是国家大事，也有的来自道听途说，再有的加些油盐酱醋，甚至有的还故意幻设了一些故事，于是就出现了所谓“稗史”“野史”“外史”，乃至“谐史”“趣史”之类，虽也称之为“史”，但此史已不同于彼史了。更何况，就是一些纪传体、纪事本末体之类的所谓“正史”之作，所记之事，所写之人，也有的富有文学意味，人们也常将它们当作文学作品来欣赏。一部《史记》，不是在“中国文学史”著作中也有着崇高的地位吗？与此同理，民国间那些用笔记的形式，所记的大大小小的故事、形形色色的人物，不也可以当作文学中的一类“小说”来欣赏吗？

事实正是如此。我们就以颇有代表性的瞿兑之来说吧。他在民国期间大力提倡“掌故学”，其主要精神是为了在“正史”之外用“杂史”来保存与发掘真实而完整的史料。有人称他是继王国维、梁启超之后，可与陈寅恪相颉颃的“史学大师”。[①] 他认为，自宋以后，在“正史”中已找不着“政治社会制度之实际情况”了，这是因为“自来成功者之纪载必流于文饰，而失败者之纪载又每至于湮没无传。凡一种势力之失败，其文献必为胜利者所摧毁压抑”。所以治史者“为救济史裁之拘束，以帮助读史者对于史事之了解”，必须“对于许多重复参错之琐屑”加以综合审核之后，“存真去伪，由伪得真”，所以“杂史之不可废”。更何况到了清末，“文字之禁骤然失效，从前闷着不敢说的一切历史上疑案”，人们都敢说敢写了，再加上私家印书方便，报章杂志风行，笔记杂事轶闻之作就纷然而起，以求在“史学上”做出贡献。同时，从文字表达的角度来看，他认为先前的《史记》《汉书》，“叙述一个重要人物每从一二节上描写，使其人之性情好尚，甚至于声音笑貌跃然纸上，即一代兴亡大事，亦往往从一件事故的发生前后经过著意叙述，使当时参加者之心理，与夫事态之变化都能曲折传出，而其所产生之果自然使读者领会于心。”但“后来史家每办不到而渐趋于官样文章之形式。所以然者，秉笔之人多少有一点公务的史职在身，而后代的文网较为苛密，加之私家的传说太多，不是公认的话不敢说，不是官式的史料不敢依据，因此虽然极好的史裁也受

---

① 周劭《瞿兑之与陈寅恪》，《闲话皇帝》，上海书店 1994 年版，第 113 页。

了限制，不能像《史记》那样活泼泼地了。”[①]所以现在他要从“杂史”中找回“正史”中早就不存在的那种“活泼泼”的文字，这也就使他们的“笔记”“掌故”等杂史之作带有了文学味、小说味。他们写的既是史著，但又可视之为“小说”了。且看其《杶庐所闻录》中有一则记张之洞曰：

> 张文襄虽主新政，而思想陈旧，亦出人意表。其在鄂督任时，公文不用新语，必苦思所以代之者。及入管学部，一日稿中偶有新名词。公批曰：“新名词不可用。”部员某年少好事，戏夹签于内曰：“新名词亦新名词，亦不可用。”次日更定上之，而忘去此签。公见而惭怒，竟日不语，遍翻古书，欲有以折之，卒不可得，乃霁颜谢焉。[②]

此短短数语，将虽主新政、思想仍旧的张之洞，围绕着“新名词”一词，对于属下批评后的神情变化，表现得惟妙惟肖。另见其《辛丑和约余闻》一则，就李鸿章签订和约事，写张之洞与李鸿章因两人所处的地位、经历不同而各持己见，各有意气，只用了一二语，即神情毕现：

---

① 瞿兑之《〈一士类稿〉序》，《一士类稿》，《民国笔记小说大观》第二辑，山西古籍出版社 1996 年版，第 17—27 页。

② 瞿兑之《杶庐所闻录》，《民国笔记小说大观》第一辑，山西古籍出版社 1995 年版，第 27 页。

辛丑议和之役，李鸿章一手主持，不免有徇外人之意太过者。当时急于求成，亦无人起而抗争。惟与俄国单独订密约一事，众议哗然，中外皆不以为然，卒未画押。张之洞、刘坤一争之尤力。相传刘、张联衔电李争持，实出张之手。李愤甚，电致军机处，谓："不意张督任封疆二十年，仍是书生意见。"张闻之亦惭怒，谓人曰："李相办和议事二三次，便为交涉老手耶？"①

与瞿兑之同道的有徐一士，写的笔记小说也多，他们两人一吹一唱，所持的观点完全一致。徐一士也认为笔记首先当写得"不违乎事实，而有益于知闻"，同时要有文采，"或为工丽之章，或具闲逸之致"。但在"专制之朝，王者为防反侧"，迭兴文狱，"故以当时之人而为私家之著作，处境綦难，有时饰为颂扬，良非得已。至清之既亡，则野史如林，群言庞杂，秽闻秘记，累牍连篇，又过于诞肆，楚则失矣，齐亦未为得也。"至于民初设清史馆，所编《清史稿》之类，"取材循官书文件之旧，评赞多夷犹肤饰之词"，根本无当于"史笔"。因此，他要将"有清一代，专三百年中华之政，结五千年专制之局，为世界交通新陈代谢之窔键"中的"是非得失"，"爬梳搜辑"，通过"随笔之体"

① 瞿兑之《杶庐所闻录》，《民国笔记小说大观》第一辑，山西古籍出版社 1995 年版，第 194 页。

来“贡一得之愚”。[①] 他自幼就好读《三国演义》《水浒传》《西游记》《封神演义》《聊斋志异》《儒林外史》《隋唐演义》《儿女英雄传》《三侠五义》等“闲书”,以听故事为乐,这种熏陶,就使他的笔记更有小说味了。其他收入此编的诸作,虽然文风有异,繁简有别,但大都如这样的一些文史兼备之作,读来皆有兴味。所以此编名之为《民国笔记小说粹编》,也可谓是名副其实,不知读者以为然否?

2022 年 1 月 2 日

① 徐凌霄、徐一士《〈凌霄一士随笔〉自序》,《凌霄一士随笔》,《民国笔记小说大观》第三辑,山西古籍出版社,1997 年版,第 8、9 页。

编纂凡例

《民国笔记小说粹编》，选编民国时期笔记小说名家名作，呈现民国笔记小说主要面目，以利阅读和研究。

一、命名。笔记小说是对文史掌故笔记著作的传统称谓。《四库全书总目提要》将掌故著作归于杂家及小说家等类，20世纪20年代有集古代掌故笔记著作之大型丛书《笔记小说大观》出版。至90年代，本社出版《民国笔记小说大观》凡四辑52种49册。本次整理选其精要，亦收新品，精编精校，名之曰“民国笔记小说粹编”。

二、收录范围。本丛书主要收录民国时期（1912—1949）撰写或出版过的文史掌故著作。兼收个别清末出版的重要掌故笔记，因这些清末著作实质上是民国笔记的先声，对民国笔记的繁荣发展起过巨大的推动作用；但只限于其作者为入民国后仍从事创作活动并有相当影响者。丛书所收民国笔记均在万字以上，个别有特殊价值的不受字数限制。

三、排版、文字。简体横排。

四、点校、加注。凡有多种版本的，择一善本为底本，他本作参校，需要时出校记；手稿或单一版本的采取自校。整理时原则上保持底本文字原貌，异体字一般统一为规范字（涉及古地名、人名、译名等的字不在此限），凡明显错讹缺衍之字、词，均做改正并加以标示，符号为：原稿残缺或无法辨识的字用“□”标示；错别字后跟改正字外加“（）”标示（以下情形不做标示：人名前后不一致的，径改为正确人名；词形不一致，原文即混用的，直接统一改为现代汉语规范字，如“看作”“看做”统一改为“看作”）；缺脱字直接补充字外加“〔〕”，衍文外加“〈〉”。丛书正文不加注释，需特殊说明之处，做脚注，或于导言中予以说明。

原书未分段、标点者，均分段并以新式标点标点。如有整段引文或整首诗词等，亦分段。

特别说明：书稿中用语、用字、用法具有时代特征，与现行规范不合的，保留原貌，如“的、地、得”的使用；“右述”“如左”等原有格式标指文字，保留原貌；特殊的公文（如法律条文等），原文未标点，保留原貌；音译外国人名、地名等，保留原貌。

五、撰写导言，拟小标题。本丛书每部书前均由编者撰以导言，对作者生平、版本流变及内容特点等予以简介。对未予随事标题之笔记，凡有条件者，均酌情拟小标题（此种情况须在导言中说明），以便索引及阅读。

六、原书中有“胡清”“发逆”“拳匪”“蛮”“夷”等歧视性称谓，以及某些不当观点，为保存原著全貌，保存原著作者观点，均未予删节或更改，特此申明。

由于时隔久远、资料不足，加之其他种种原因，本丛书虽纠正了原著诸多误载，但绝难尽善尽美，敬希读者予以指正。

民国笔记小说粹编编委会

2022 年 2 月

目　录

导　言

瞿兑之（1894，一作1892—1968），湖南长沙人，字兑之，笔名宣颖，别号蜕园，别署杶庐、铢庵等。晚清军机大臣瞿鸿禨之子，毕业于上海圣约翰大学。早年任北洋政府代理国务总理顾维钧的秘书、国史编纂处处长、印铸局局长、河北省政府秘书长等职，后任教于南开大学、燕京大学。晚年久居上海，著作为生，任上海市政协委员。著述甚多，有《汉代风俗制度史前编》《北平建置谈荟》《北平史表长编》《方志考稿甲集》《汪辉祖传述》《中国社会史料丛钞》《李白集笺证》《骈文概论》等，悉见功力，是现代史上卓有建树的史学家、方志学家、骈文学家。尤于风俗掌故多所留意，著有《杶庐所闻录》《故都闻见录》。《人物风俗制度丛谈》是他这方面的集成之作，瞿兑之对此书甚为看重，此书二十世纪四十年代由太平书局出版时只署明甲集，后来大概拟续之乙集并未成书，就无形中打住了。

本书共137则，所录范围，大抵以近代为主，其中《杶庐所闻录》约四分之一采入此编。自序称，“凡随笔之书，首贵资料丰富”，而“取舍必慎，征引必实”，可视为本书一大特色。其内容涵盖极广，征引书籍百余种。前半多述风俗变迁，如“桃源”“医与风土”“门斗”“北朝杂户”；中段多述器物技艺，如“兰州绒”“钟表”“肩舆”“包家灯”“火药”“宜兴壶”；后段多述人物遗事，如“张天师”“张献忠遗事”“骆秉章”“龚定庵”“刘长佑与潘鼎新”“陶澍与丁宝桢”“汪容甫之生计”。皆取舍精当，虽为随笔体，而可作类书观，学者专家尽可采摘，且据其征引书目溯源分流，探析原委。

瞿兑之是颇有眼力的史学家，其治掌故，亦具史家眼光，不独在搜奇掠艳，曰：“凡古事当于无文字处得其真相，且当从反面钩稽之使无遁形，想当然之词亦不足信也。”（《靖康北狩中生活》）故郑逸梅先生评此著有述有作，高出同时掌故笔记。如其述“文人习武”曰：

> 明季中叶以后，科甲出身之人颇有习武事者，《明史》所载不一而足。如光州刘绘好击剑，力挽六石弓，登嘉靖四年进士。……麻城梅之涣，万历三十二年进士，与材官角射，九发九中。嘉定孙元化，天启举人，善西洋炮法。……盖彼时科场陋习虽甚，究不致以小楷大卷桎梏其身，且从事学术之人亦究居少数，故有余闲锻炼膂力也。
>
> 清初尚略存此风，如宋荦年十四以大臣子入宿卫。世祖渡桑干，水阔数丈，荦跃马以过，赐雕翎

> 箭。……盖自嘉道以后，士大夫之高者讲求精微之汉学，卑者汩没于庸滥之场屋文字，风气始日趋柔靡矣。此论世者所不可不知也。

于明至清五百余年士风日趋柔靡，概述清晰，令人深思民风趋弱之源，而不仅在佐谈助、增知识。其他如“书院文献”“晋商票庄”“宋版书中之史料”“元代中外互市之大概”“西洋建筑”“古书中欧人风俗”等，皆大有可观之处。

本次整理以上海书店1988年10月版为底本，并酌情参考已出版的其他版本。因民国排印本明显错误之处颇多，如“《艺文类聚》”误为“《艺人类聚》”“《池北偶谈》”误为“《池此隅谈》”等，另有避讳字如“玄”作“元”者，一一括改影响阅读，为方便读者，此类错误径改。另外，由于历史的局限，原书中有一些不尽正确的观点，希望读者明鉴。

张继红

自　序

随笔之书，人皆喜读，余尤嗜之若性命。既旷观群籍，窃慕纂述之业，知古人斐然有作，皆由此襞积而成。如獭祭鱼，如蚕吐丝，既得精英，遂弃糟粕，远如顾亭林，近如俞理初，所就尤伟。又观俞曲园、陈东塾治学之方，亦复如此，舍此固无由矣。然学出杂家，不专一辙，昔贤之作，常苦凌杂琐屑，读者如入五都之市，目迷口哆，撷取为艰。因发愤以为最有益之学，莫如讨人物事迹之坠逸，溯风俗制度之变迁，而尤以属于近代之事，易于传讹者，若能萃为一编，大则可以考见时代升降文化递嬗之迹，小亦足以匡谬正俗，裨益见闻。人间何世，岁不我与，爰发箧先写定为《人物风俗制度丛谈甲集》。所录大抵以近代为主。昔在丁丑，尝为《中国社会史料丛钞甲集》，与此书虽有近似处，而实不相袭，彼所已有，此即从略。惟昔年又有《杶庐所闻录》一书，卷帙无多，其中约四分之一采入此编。写定之后，续有所得，不复追加，当别为乙集以行。凡随笔之书，首贵资料丰富，而事物蕃变，包举甚难。岁益月增，固容斋洪氏之例也。近序徐君《一士类稿》，详阐掌故考证之艰。余于徐君，无能为役，然取舍必慎，征引必实，则祈向差同，览者详焉。焉逢涒叹（滩）孟冬兑之自序。

一　桃源

地僻山深，有自为部落不与外间接触者，《桃源记》非尽寓言也。《广阳杂记》有一则云：

> 广东韶州府乳源县有地曰梅花，潦水峻险不与外通，居人数百千家，有张、邓二老为之主，皆听其指挥。二老明季诸生，鼎革后不薙发，据险自守，官不得入，而租赋输纳不缺，追呼者山下遥呼之，缒租而下，如数不少欠。平西之变，胡国柱过乳源，二老以野服见，事定后二老已死矣。众以其地本归朝廷，朝廷以其地建置花县，属广州府。今人所谓梅花洞者，即其地矣，产良马。

《湘绮楼日记》亦记湘潭九洞坤人不入城市。同治二年有往卜居者，彼中人犹称道光四十四年，乃不知县城曾失守。

刘敬叔《异苑》云："元嘉初武溪蛮人射鹿逐入石穴，才容人。蛮人入穴，见其旁有梯，因上梯，豁然开朗，桑果蔚然，行人翱翔，亦不以为怪。此蛮于路斫树为记，其后茫然无复仿佛。"此即桃源传说之所由本欤？

河北省满城、涿县间相传有所谓老人村者，颇与相类。余曾于民国二十一二年间询诸满城县令蒋君善国，蒋君归而详为调查，于《河北月刊》第三卷第十二期发表《会勘三坡纪略》一文，实关系民风国政之大文字也。兹参酌其词，略加申引，录之于左，以餍好异闻者。

先是民国十八年，有涿县人郭桢者，具呈北平军事当局，自言有祖遗明崇祯时所赐三川三坡之地，毗连宛平、房山、涿县、易县、涞水、广昌六县，面积四百余里。即以房山一隅而论，有地三千余顷，树数千万株，明代即招佃分种，当时四至立碑。迨李自成兵败，其部下占据川坡，而郭氏尚存明末赐地龙票及明清两朝粮串，请将全地由国家收回，按照旗产官产变价，林木亦估值招买云云。旋由河北省政府查明郭桢迁涿仅四世，其呈文系伪造。然其年十月，又有人具呈言清军入关圈地赏功，曾将该地一段赐给皇室罗王，约十分之一，其后即将赐地转卖与王学诗之祖嗣之。乾隆间郭裔有名义山者，因进铜六十万斤，高宗将川坡之地发还，并颁给御书封典。历年以来，生齿繁衍，六县官宪向置不问。民间遂选举领袖，分为五段，董理其事，号为老人，俨如海外桃源，并不缴纳课税。

按以上之叙述，乃知老人村为确有之事实，特传说展转，附会不免齐东之讥，然固犹有脉络可寻也。考《明史》所记近畿皇庄不一而足，如《李敏传》言：

> 贵戚请隙地及鹰房牧马场千顷，敏执不可。……会京师大水，敏乃极陈其害，言今畿辅皇庄为地万二千百余顷，勋戚中官庄三百三十有二，为地三万三千

一百余顷……

入清以后，此类皇庄在赋则上谓之更名地，僻远之区，仍其旧贯，理或有之，至于圈地赏功亦非无据。据此案中吴聘卿抄呈乾隆二十六年九月部照云：

> 为发给执照事：据吏部主事存福呈称有康熙五年上赏存福之先户部尚书穆和伦山川荒地一顷，坐落在直隶涞水县属山后佛洞塔山等处，……呈请援乾隆十年上谕……上赏地亩准其由部请发执照，……合亟发给执照以凭管业。

所谓赐地龙票殆即由此附会而出也。

数年以来，常以此事屡劳政府派员调查，及其究竟，则不外托名影射，希图伐卖林树，借以牟利，因是置而不问，盖屡请而屡驳也。

至本年春间，河北省政府因清理插花地，乃指派宛、房、涞、涿四县长亲往勘查。所谓三坡者，地虽属涿，而位于房山之西，涞水之北，宛平之西南，近接长城，僻处山内。其中心曰桑园涧，距涿县一百八十里，距宛平二百二十里，距涞水二百二十里，距房山至近亦一百四十里。考三坡之名所自始，则涿人谓涿县所属，有上坡、中坡、下坡三村。三村人民以三坡地方荒凉，无人去而开垦，留居其地，遂沿用故乡村名。是说也，出自土人，必有其据。然余则窃疑三坡为山坡之讹，山坡者山民以梯田为生，故以山坡为地之总名耳。

据蒋君所述三坡风俗之特异者，一为妇女行縢及弓鞋之式，裤腿宽六七寸，围绕甚厚，而以红带束之，其鞋则浅帮平底，近尖处其帮尤浅，内不着衬鞋，亦无衬袜，只以布缠裹之，鞋尖有钩向上，鞋前帮容易脱落，故鞋面须用带勒束。余按：不袜而缠，此正古制。鞋尖向上即《史记》所谓利屣，其在宫装则上衔明珠作凤翘，古图画中所见亦如是，大抵山居之民易存古俗。其为旧日中原遗民证一。

又妇人头髻多系前面蓬起，一如日本妇女装梳，后梳抓髻，髻约长五六寸，下端为半圆形，如壶梁，用粗红绳扎成。间有梳髻于顶，如古时之宫装，亦有于脑后梳二圆髻者，此亦近于古风。其为旧日中原遗民证二。

又其人语音甚浊，不能读而字，呼儿子为楔子。余按：古音而字属支韵，应读如夷，今粤语正然。儿子读为楔子，盖当为息子。唐以前俗呼儿为息故也。若余之推断不误，则其人独能保存古语音，必为金元之际胡风所未渐被之地，此至罕而可珍之史料也。其为旧日中原遗民证三。

蒋君又在镇厂村之九龙庙中发见石香炉，有元朝年号，以为三坡人民必在元朝以前迁入。此其为旧日中原遗民证四矣。

大抵石晋割让山前山后诸州时，此地适当涿、蔚二州之间，距中原最近，意者遗民痛心疾首于板图之移易，相率入山以逃虐政，如桃源隐者故事乎？自五季以来，此地以北不见兵革，惟李自成之乱，或亦有于此聚族避兵者（蒋君亦谓传说中有云李自成旧部之遗留者）。然按之以上所述，则其人入山似不止于三百年，终以吾所推测者为近也。说者或据北宋以前无缠足者，故其人必来自北宋以后，此虽近似，然山居之人亦仅能保持其旧俗至最大限度，固不能全然拒绝时代习俗之流入。非然者，何以亦有辫发之男子，且有剪发之男子耶？

蒋君又云："每年三坡内推举完粮之人赴涿县城内完纳粮银，被举者称为老人。老人职权极大，除担任完粮外，所有一切纠纷均听其制裁，任期三年，期满公选。前者赴县纳粮，县府且为之披红插花，以示优异。直至十八年春始改为涿县第六区。近复取消区长，设公安分局长，以理行政。全境共纳粮银九百余元，公安经费一千元有奇，凡为大小村庄十有三云。"

又举其农业生活状况云："丰年则运销粮米于房属之张坊镇，饥岁则由口外之樊山、桃花堡等处输粮接济，商业极不发达，仅桑园涧有小铺一座，所卖不过油盐烟酒米面茶而已，偶有境外挑贩小商卖糖果、绳麻、布匹等。至近年本地人亦渐有运核桃、杏仁、药材往天津出售者。该地房屋建筑亦用砖瓦木石，颇为完整，地虽幽僻，庄舍之形景甚为雅洁云云。"

二　长生库

典当本起于僧寺。《老学庵笔记》云：“今僧寺辄作库质钱取利，谓之长生库，极为鄙恶。予案：梁甄彬尝以束苎就长沙寺库质钱，后赎苎还于苎束中得金五两送还之，则此事亦已久矣。庸僧所为古今一揆，可设法严绝之也。”则宋时僧寺以此牟利为人所憎之情状可想。

又考《夷坚志》云：“永宁寺罗汉院萃众童行本钱启质库储其息以买度牒，谓之长生库。鄱阳并诸邑无问禅律悉为之。院僧行政择其徒智禧主掌出入。庆元三年四月廿九日将结月簿，点检架物，失去一金钗云云。”述其制尤确。

《五代史·慕容彦超传》云：“在镇（兖州）尝置库质钱，有奸民为伪银以质者，主吏久之乃觉，彦超阴教主吏夜穴库垣，尽徙其金帛于他所，而以盗告。彦超即榜于市使民自占所质以偿之，民皆争以所质物自言云云。”则五代时其制已遍行矣。

三　木工厌胜

余于所著《中国社会史料丛钞甲集》中杂录木工厌胜传说，兹又得数事皆较古者。

《广记》一百廿八引《逸史》：“唐王屋主簿公孙绰到

官数月，暴疾而殒，未及葬。县令独在厅中，见公孙来曰，某命未合尽，为奴婢所厌以利盗窃。某宅在河阴孙宅堂檐从东第七瓦垅下，有某形状，以桐为之，钉布其上，已变易矣。”

《果报闻见录》云：“明都给事中陆茂龙，鄞县人。两世单传，至孙无嗣，以远族继焉。有江西术士至其家，称善解魔。命主人备福物香烛，书符念咒次第焚之。一符飞着正梁，即于此处凿之，得木刻太监一个，故单传之后无嗣。又寒族布政房自明弘治造屋以来时多禳祷，常闻锣鼓之声。后遭洪水破壁，见摇鼓一具。又余家有店房三间，每以赁人。不出三年，贫乏而去，甚至行乞。后有赁者以灶坏拆修，灶内拆出破碗一只，竹棒一条，故来赁者多致乞丐也。修后赁者平安顺遂，竟成吉宅矣。此皆主人造屋薄待工匠或克减工食之故。贻祸不浅，可不慎哉。”

《蚓庵琐语》云：“秀水乡民张姓者，号新发张，邑之豪族也。子孙贫落，祖遗大房售与郡宦盛姓，讳万年。拆卸时栋下获银钱四枚，上镌‘富盛万年’字，盖张氏之祖建房时特镌是钱镇压柱础，欲其富盛久远之吉语耳。讵知已符盛宦之名矣，数之前定若此。”

《在园杂志》云：“尝言营造房屋时不宜呵斥木瓦工，恐其魇镇，则祸福不测。野记记莫姓家每夜分闻室中角力声不已，缘知为怪，屡禳弗验。他日转售，拆毁梁间，有木刻二人，裸体被发相角。又皋桥韩氏从事营造，丧服不绝者四十余年。后为风雨所败，其壁中藏一孝巾，以砖弁之，其意以为砖戴孝也。”

“又常熟某氏建一新室，后生女多不贞，二三世皆然。一日脊敝而缉之，于椽间得一木刻女子，任三四男淫亵，急去之，帷薄始清。予待罪处州太守时，其大堂五楹虽极轩敞壮丽，但造自嘉靖末，未免年深，少有欹侧。窥其梁柱有朽者，命匠人以斧头敲响，以定其中空实。敲至正中西柱，匠人睨而笑曰：‘此中有物。’竭力一击，乃开大穴，内藏木刻人头耳目毕具，如碗口大。予不以为怪，亟投诸火。其时康熙三十一年，予举卓异，随迁江西九江观察副使，代予者为刘起龙，今六十余年矣，安然无恙。历考府志，自嘉靖至今太守能循资而升者绝少，岂真营造时果为木工所魇镇邪？”

《阅微草堂笔记》：“从弟东白宅在村西井畔后，前未为宅时，缭以周垣，环筑土屋。其中有屋数间，夜中辄有叩门声，虽无他故，而居者恒病不安。一日门旁墙圮，出一木人，作张手叩门状，上有符篆。乃知工匠有嗛于主人作是镇厌也。”

昆山孙兆淮《花笺录》有云（不知转引何书）：“周栎园家居，命匠营造室宇。俗以上梁日主自行酒敬匠头，始祝吉语不为魇禁术。周慢视不信，且以斫砻不谨，遽加谴责。家人为言，愈斥其妄。落成后，栎园坐厅事宴客，闻梁际剥啄声，鼠矢乱落如雨，污饾饤间，几至不能加匕箸。方疑新室何来鼠耗，复闻扑声，堕落巨鼠如苍狗，绕地而走，家人辈击以杖，倏不见。周恶其不祥，命移坐更酌。旋视鼠矢悉木屑，始悟为魇术。周至夜秉烛独坐以伺其异，忽有裸体男子历阶而升，舞手蹈足，视其面貌与己无二。周起相逐，男子遽前学其步趋，惟不发声，乃大呼。男子反身而走，背大书周亮本身字样。栎园大怒，即送县鞫治。匠始犹饰辩，继用严刑，乃云渠等魇术并非因恩怨而行，悉遵先师传记，参合动土上梁时日并屋主本身年甲，如有干碍，即依法暗造。官搜得其书，题曰《鲁班子》，卷首书‘汉光禄大夫护左都使者中垒校尉天禄阁学士臣刘向校录’，发端文祠（词）奥衍错落不成句，后益俚诞。官持示栎园，末幅有解魇法。栎园如法令家人持柳帚浸水遍屋上下洒之，口诵曰：‘水郎水郎，远去震方。天篷力士，助我刚强。净祛忧屋，世保吉康。天乙贵神，解魇镇殃。凡有诅咒，作者身当。急急如荧惑律令。’后闻匠首无疾而毙，周家自此无恙。”

四　官场形态诗词

《妙香室丛话》载通州仲进士需次粤东，有《羊城候补》南词云：

〔曲水令〕　省垣需次最无聊，况南荒蛮疆海峤。十年寒士苦，万里故乡遥。抖擞青袍，叹头衔七品县官小，此恨难消。乍出京来甜似枣，这才知道一身到此系如匏。三分西债利难饶，零星小账门前讨。心暗焦，常常把跎子虚空跳。

〔乔牌儿〕　你因官热闹，俺为官烦恼。投闲置散无依靠，悔当初心太高。

〔雁儿落〕　到如今长班留的少，公馆搬来小。知单怕与名，拜客愁抬轿。

〔得胜令〕　三顿怎能熬，七件开门少。盒剩新朝帽，箱留旧蟒袍。萧条，冷清清昏和晓；煎熬，眼巴巴暮又朝。

〔庆东原〕　上衙门蜂争闹，望委牌似蚁著盘熬。坐客厅还故意商谈笑：有的说出洋捕盗（佐杂获盗以知县用），有的说雁塔名标（即用），有的说恭逢大挑，有的说学司马题桥（捐纳），有的说因公挂误，引见重来到。

〔乔木查〕　正说时，首台来到了，忙向旁边靠。又一会六大三阳都已到，无限跟班，笑语喧嚣。

〔搅筝琶〕　俺已向旁边靠，奈从者势偏骄。争路走双手交推，站地立更抛人在脑。俺只得背着脸扭着腰，暗里鏖糟休恼，没威权敢自骄，是个闲曹。

〔沉醉东风〕　停一会手版纷纷俱下了，值堂的肚挺声高。说现任官入内堂，候补官请回轿。看他形景心如捣，奈一个番钱不在腰，也只得强从容，少安毋躁。

〔滴滴金〕　说朔望逢期，黎明行礼要站班各庙。一见心慌了，蜡烛难赊，点心又欠如何能早。待不去啊，又愁上台着恼。

〔折桂令〕　听谯楼四鼓初交，黑地仓皇觅套寻袍。急唤茶汤，无人来召。跟班还故意伸腰，宁耐他哝哝絮叨。一个说米少难熬，一个说鞋破难跑。才气得满肚鏖糟，又气得满腹咆哮。

〔雁儿落带得胜令〕　前回旧宪行，此日新官到。送迎两处忙，没个闲钱钞。花埭路非遥，小艇价偏高。促坐人三五，慌忙趁早潮。摇摇，巴得船相靠；湾（弯）腰，何曾站得牢。

〔落梅风〕　穷愁积，豪气消，难说完百般懊恼。客中愁闷何时了，待归休，盘缠何靠。

〔沽美酒〕　挈眷的尚只将柴米焦，那离家的更关心骨肉抛。但听得故里年荒便魂掉了，还有那双亲迈老，怕做蔡中郎哭沟壑爹娘饿殍。

〔太平令〕　却幸的时清晏，外夷抚扰。恤寒酸，圣主恩高。纾拥挤，上司公道。协和衷，寅僚关照。我曹慢焦且熬，终有日雷封传报。锦上花问甚谁卑谁高，谁迟谁早。倒不如吊古长歌，满斟浊醪，啸一声万丈虹蜺，舞一回双鬓萧骚。耐着牢骚，忍着粗豪，也只当来访韩苏到惠潮。

〔尾声〕　穷通算来难预料，只有天知道。安命无烦恼，守分休轻躁，几曾见候补官儿闲到老。

又载《省城需次吟》数首。其《晨谒衙》云：

鸡人叫百官，先夜呼戒旦。晨色影朦胧，挑灯忙盥面。
束带与牵衣，那能容细玩。僮仆促舆夫，出门行似箭。
手版逢吏人，细语云谒见。众人已先齐，后至心急狷。
此时得无迟，絮絮询同伴。坐守心亦忙，预计语问难。
默默自思量，幸勿临时办。多时复多时，尚不即呼唤。
便是王坦之，久待也长叹。神倦睡将来，腹鸣肠欲断。
正在惝恍间，疾声来耳畔。忽听一声传，蛇行而鼠窜。
先后论宪纲，如牟尼一串。持版前行者，一一认之遍。
然后导之入，那敢左右盼。万福问起居，两膝屈一半。
端拱捧茶杯，齐眉如举案。此吹彼又呼，汩汩声相间。
有扇不敢挥，人人背浃汗。虽非令狐公，且作一例看。
飞豹与青蝇，当面施锥钻。咀嘬饱啖之，无术相御捍。
冠重似兜鍪，几作羊头烂。讵许少抚摸，沾滴如断线。
觑他眼别瞬，偷将巾幅荐。虽未即清凉，聊且小方便。
喉痒欬欲来，强将津唾咽。鼻观殊不仁，酸同用物撺。
掩而揉擦之，不许涕暴溅。默祷三尸神，尔其行小善。
万勿调弄频，适逢彼怒谴。如此重叠苦，心何敢瞑眩。
聚精而会神，问答焉敢慢。一有不合宜，顿看颜色变。
和风忽迅雷，霹雳疾如电。那知及别人，温颜蒙注眷。
何彼独嘻嘻，而我逢灌灌。告退出官衙，纷纷鸟兽散。
得意人欣然，失意心犹战。同是一僚属，如何判冰炭。
用巧与用拙，原难同一贯。我服潘安仁，早为立本传。

尚有《伺接差》及《朔望贺》两首，同一穷形尽相。

又载裘慎甫《游宦述怀》云：

〔北醉太平〕　书卷才抛，官运初交，文凭执照仰铨曹，限程期赍缴。想当初只望龙门跃，到如今风尘下吏偏潦倒。吃紧的个中经纬费推敲，试听俺细道。

〔北黄钟·醉花阴〕　但只见蟒袍补服般般俏，簇新鲜璎珞玻璃轿。分摆著伞扇旗锣红黑帽，又听得平上去入四声号（俗语红黑帽唱道四声平上去入）。休夸他意真豪，也须知清慎勤要占何条，更有那守猷为当书上考。

〔南画眉序〕　书札纷纷到，幕友长随荐不了。要逢迎当道，怕得罪同僚。有那大来头任意捞刀，那带肚的作怪蹊跷。门印仓道歹嫌好，分股子争多竞少。

〔北喜迁莺〕　百里的公文来调，插翼的内札相招。端只为案情中供看多潦草，没奈何打叠行装上省跑。茶号房嚎，小三行找（各衙门执事人夫为小三行）。只这禀到时吵得个昏头搭脑，禀见时吓得个魄散魂消。

〔南归早欢〕　接传单过境流差到，夫马轿那件能饶。只指望办过去贪图讨好，怎知道臧获辈偏会发标。可怜力又耗气又淘，腿酸舌敝复唇焦。拚得个严参与降调，幸喜霹雳雷遭雨点小，不过是赔钱烦恼。

〔南绝世催〕　公私扰扰，打抽丰干和湿不能少。

写知单多和寡须送早，稍迟延差役家丁到署吵。正项银钱难缴，陋规银钱难要，并不是甘做那赖酕醄。

〔北水仙子〕　铺店闹，账主嘈，马号中又要麸夫料草，真叫俺无计和调。管账的日日絮叨，管厨的时时哼叫。他说是铜钱银子没分毫，又说是油盐柴米无着落。

〔尾声〕　思量事事真堪笑，是谁人叫你做这个无聊。谱一曲打油腔，好把真情细细描。

《履园丛话》云："郎苏门庶常留馆后，乞假归里由粮船挈眷入京，有七律三首云：自中前年丁丑科，庶常馆里两年过。半欧半赵书虽好，非宋非唐赋若何。要做骆驼留种少，但求老虎压班多。（按：当时以骆驼喻翰林，谓其高视阔步也。老虎班者，榜下即用知县也。）三钱卷子三钱笔，四宝青云帐乱拖。几人雅雅复鱼鱼，能赋能诗又善书。那怕朝珠无翡翠，只愁帽顶有珅渠。先生体统原来老，吉士头衔到底虚。试问衙门各前辈，此中风味近何如。粮船一搭到长安，告示封条亦可观。有屋三间开宅子，无车两脚走京官。功名老大腾身易，煤米全家度日难。怪底门工频报道，今朝又到几知单。"

《归田琐记》云："西安令某极言冲途附郭县之不可为。因举俗谚'前生不善，今生知县。前生作恶，知县附郭。恶贯满盈，附郭省城'云云。按：此语熟在人人口。宋漫堂《筠廊随笔》已载之，云其先文康公起家阳曲令，常述此语，则其来亦远矣。近时有作《首县十字令》者：‘一曰红，二曰圆融，三曰路路通，四曰认识古董，五曰不怕大亏空，六曰围棋马吊中中，七曰梨园子弟殷勤奉，八曰衣服齐整言语从容，九曰主恩宪德满口常称颂，十曰坐上客常满尊中酒不空。’语语传神酷肖。”

又云：“各县典史为流外官，古但称吏攒而已，然往往亦擅作威福，有为作《十字令》者：‘一命之荣称得，两片竹板拖得，三十俸银领得，四乡地保传得，五下嘴巴打得，六角文书发得，七品堂官靠得，八字衙门开得，九品补服借得，十分高兴不得。’曲终奏雅，则非但雅谑而且官箴矣。”

又云：“州县衙参情状各省大略相同，桂林有分段编为戏出者，尤堪喷饭：‘一曰乌合，二曰蝇聚，三曰鹊噪，四曰鹄立（站司道班），五曰鹤警，六曰凫趋，七曰鱼贯，八曰鹭伏，九曰蛙坐，十曰猿献（谢茶），十一曰鸭听，十二曰狐疑，十三曰蟹行，十四曰鸦飞，十五曰虎威（各喊舆夫），十六曰狼餐，十七曰牛眠，十八曰蚁梦。’”

五　吴风

黄省曾著《吴风录》，于江南风俗形容甚备，虽讥贬不无过甚，亦志地采风者所不可忽也。全录于下：

自吴王阖闾造九曲路以游姑胥之台，台上立春风宫为长夜之饮。作天池，泛青龙舟，舟中盛致妓乐，日与西施为嬉。白居易治吴则与容满蝉态辈十妓游宿湖岛。至今吴中士夫画船游泛携妓登山。而虎丘则以太守胡缵宗创造台阁数重，增益胜眺，自是四时游客无寥寂之日，寺如喧市，妓女如云，而它所则春初西山踏青，夏则泛观荷荡，秋则桂岭九月登高，鼓吹沸川以往。

自吴王光僚骨肉戕杀，至今九族昆弟互谋交争，鲜有亲睦者。自角里披裘公、季札、范蠡辈前后洁身，历世不绝，时时有高隐者，永乐中有王宾氏。

自汉蔡经居胥门而王方平麻姑会于室，魏伯阳作丹飞升，杨羲、陆修静辈入句曲山学道，至今吴人好谈神仙之术，然声色泊之卒皆无成。最下者□□白伪金谓之茅银，用此欺购者众。

自梁鸿由扶风、东方朔由厌次、梅福由寿春、戴逵忠〔由〕剡适吴国，人主之爱礼包容，至今四方之人多流寓于此，虽编籍为诸生亦无攻发之者。亦多亡命逃法之奸，托之医卜群术，以求容焉。

自梁武帝好佛，大兴塔寺，竺道生虎丘聚石为徒，讲涅槃经，石皆首肯。支遁入道支硎山，海上浮二石像于开元寺。至今虎丘、开元每有方僧习禅设会讲。二三月郡中士女浑聚，至支硎观音殿供香不绝。

自六朝文士好嗜词赋，三陆撷其英华，国初四才子为盛，至今髫龀童子即能言词赋，村农学究解作律咏。

自王、谢、支遁喜为清谈，至今士夫相聚觞酒为闲语终日。然多浮虚艳辞，不敦实干务。

自梁王侃明《三礼》《孝经》《论语》，撰《礼记讲疏》五十卷，《论语义》十卷，陈张冲撰《春秋义》《丧服义》三卷，《孝经论语义》十卷，隋褚晖撰《礼疏》一百卷，而陆元明论撰尤多，至今吴人善著书，然喜裒集文章杂事，无明莹笃实而通经者。

自吴曹弗兴画赤龙兵符图置龙水傍应时雨足，张僧繇丹青绝代，而于金陵安乐寺画四龙点睛者飞去，张璪双管为生枝枯枿入神品，滕昌祐花鸟，何充写貌，至今吴人善画者多。

自张弘善篆，张彭祖善隶，右军每见其缣索尺牍则藏之，张旭草书入神品，至今吴人善书，章草称宋克，能品称徐有贞、李应祯、吴宽，而超入于晋者，惟祝允明得变化之妙。

自席谦善棋，石荆山善琴，吕彦直善双钩，张珙善刊镵，至今吴中多棋客、琴师、双钩，然逐利而为，无古人自得之妙。

自朱勔创以花石媚进建节钺，而太湖石一座得银碗千，役夫赐郎官金带，石封为盘固侯，垒为艮岳，至今吴中富豪竞以湖石筑峙奇峰阴洞，至诸贵占据名岛以凿凿而嵌空妙绝，珍花异木，错映阑圃。虽闾阎下户亦饰小小盆岛为玩，以此务为饕贪，积金以克众欲。而朱勔子孙居虎丘之麓，尚以种艺垒山为业，游于王侯之门，俗呼为花园子。其贫者岁时担花卖于吴城，而桑麻之事衰矣。

自苏师旦以韩氏书史受诸将贿，至今吴人好游托权要起家。永乐时附于权臣纪纲者有陈湖陆氏、张氏，正德间附于阉人刘瑾者有汤氏。家无担石者入仕二三年即成巨富，由是莫不以仕为贾。而求入学庠者，肯捐百金图之，以大利在后也。陆冢宰黩货万余，以宸濠党谪戍，陆大〔太?〕守营新宅甲吴中，今归它人，天道虽不爽，而贪者尤甚，然持廉而不营产者则目为痴。其廉行最著者御史陈祚、副使陈琦、郎中张玮。自元氏海运用海民朱清、张瑄，而瑄子文虎遂以户部尚书领漕，取路大洋，旬日达于直沽。由是朱、张二氏得以交通诸蕃贸易占刈官芦贩盐行劫，第宅遍于吴中。瑄妾杨氏美而悍，别建第于乘鱼桥，谓之四夫人府。后没籍二氏，特立提举司专典其金帛。至今吴人有通蕃求富者，并海崇明、三沙奸民多以行贩钞掠为业。

自沈万三秀好广辟田宅，富累金玉，沿至于今，竞以求富为务。书生惟藉进身为殖生阶梯，鲜与国家效忠。

自顾阿瑛好蓄玩器书画，亦南渡遗风也，至今吴俗权豪家好聚三代铜器唐宋玉窑器书画，至有发掘古墓而求者，若陆完神品画累至十卷，王延喆三代铜器万件，数倍于《宣和博古图》所载。

自正德中吴中古墓如城内梁朝公主坟、盘门外孙王陵、张士诚母坟俱为势豪所发，获其殉葬金玉古器万万计，开吴民发掘之端。其后西山九龙坞诸坟凡葬后二三日间即发掘之，取其敛衣与棺，倾其尸于土，盖少久则墓有宿草不可为矣。所发之棺则归寄势要家人店肆以卖，乃稍稍辑获其状。胡太守缵宗发其事，罪者若干人，至今葬家不谨守者间或遭之。

自曹太守鬻物于民，皆有铺户答应，十其入而一其酬，在昔已有“曹平分、傅白夺”之谣，至今郡县刻剥铺户。嘉靖十二年霸州王仪以御史来，则铺户一切革之。

自郡守徐亲信吏胥门隶，往往成富人，至今为吏胥门隶者酷以剥克讼人为事，而隶人之害为尤甚。一人之正，十人之副，与吏胥因缘为奸，买票出则横行，动辍（辄）索数十金，其富而讼者粮长之欲脱稽其逋者所赠尤多。

自刘氏、毛氏创起利端为鼓铸囤房，王氏债典而火村名镇，必张开百货之肆以榷管其利，而村镇之负担者俱困，由是累金百万。至今吴中缙绅士夫多以货殖为急，若京师官店六郭开行债典兴败盐酤其术倍克于齐民。

自江右张鳌山提学来吴，废七塔朱明二尼寺以业宦室，胡太守又废景德等寺为子游等祠，公馆且往往馈赠势显，由是自城至于四郊及西山一带率为权豪所夺，为书院、园圃、坟墓，而吴之丛林无完者矣。至于黄县令辈希效则又尽撤古刹以赠权门贪夫，否则厚估其值令释道纳之，大扰郡中，至今未已。

自郭令信任巨富，粮长纳其赃贿千万，以致粮长倍收人口吞并乡民，莫之控诉，而粮长自用官银买田造宅置妾，百费则又开坐于小户，谬言其逋，至今粮长虎噬百姓以奉县官。

自张士诚走卒厕养皆授官爵，至今称呼推油作之佣夫为博士、剃工为待诏、家人奴仆为郎中、吏人为相公。

自吴民刘永晖氏精造文具，自此吴人争奇斗巧以治文具，行赂者乃赠郡县，故郡县宦此者争索文具于民，若长州、郭田二令相继挟千副以往，至今为民害未已云。

六　延寿法

吴仰贤《小匏庵诗话》云：“乾隆十一年湖北江夏人汤云山年一百四十一岁，特赐‘再阅古稀’匾额。沈文悫年七十余，往见云山。问以眠食，曰健饭多睡；次及方药，曰生平无病，不知药也。文悫赠以诗，有曰：‘身历八朝同木石，心空六凿返真淳。’后汤又越二十余年始卒。嘉庆十五年广西宜山县民蓝祥年一百四十二岁，特赐匾额诗章，恩给六品顶戴。”

《居易录》云：“范道人者德州人，居卫河西琵琶村，生于明嘉靖三十年，程工部正夫先贞以康熙庚戌见之，年百二十岁矣。起居如平时，五官之用，未尝少衰，平生不知服食修养之术。少贫不娶，事母最孝谨。入九子祠，为香火道人，祠有祭田数亩，躬耕而食，何思何虑，与人一无所忤。”

《客座赘语》云：“无锡黄鸿胪仁卿家于金陵，年九十，犹健饮啖，对客拜起如壮年，御女无虚夕，至九十六而终。人问其致寿之道，弗答。第闻其烹炼秋石，名曰龙虎霞雪丹，日服五分而已。公为顾尚书汝学之姻，疑传其术者也。幼医许北林年八十余矣，上楼蹑屐如飞，侍妾数人。余尝问：‘闻翁有素女之术，然乎？’答曰无之，第数日不一泄则目昏耳鸣百节胀痛，必一御女始小挺耳。”

明姜南《蓉塘诗话》载成化七年南京吏部尚书萧山魏骥年九十八，九月甲申觉神思少怠，不肯治药物，戊子赋诗写字如常，己丑遂卒。此与北魏高允甚相似。骥谥文靖。

《白下琐言》云：“康茂园方伯基田年逾古稀而健若四五十人，早起用肥鸭一只，煮汁作面，间日用煨羊肉三斤，取阴阳相剂之义，如是以为常。后为河帅，齿落复生，须发皆变为黑，寿及九十而卒。”

《归田琐记》云：“昔人以夜卧不覆首为致寿之原，又有百病从脚起之说，然人之禀赋不同，有不可以一律论者。相传曹文恪公秀先卧被仅四尺余，仅覆胸腹而已，赤两足置于被外，虽严寒亦然。刘文清相国墉卧被甚长，睡时将被折为筒，叠其下半，挨入之，家人俟其入于被中，并将上半反叠，如包裹状，虽酷暑亦然。是皆罕闻之事。然两公毕生泰然，并无伤寒伤热之证，且各登上寿考终，则理之不可解也。忆余官袁浦时，于霜降安澜后用两部公觞河上三大宪，县寄圃节相居中，左为颜惺甫漕帅检，右为张莲舫河帅文浩。自巳初入席坐至亥正，漕帅微露倦容，两目稍闭。节相睨之而笑曰：'三兄睡着了。'漕帅瞿然曰：'我正听曲，何曾睡邪？'节相曰：'三兄平日在署以何时睡？'漕帅曰：'必到亥初。'节相大笑，复左右视曰：'世上人有亥初即睡者乎？'语毕复大笑不止，且对漕帅曰：'君言亥初必睡，今已亥正又何以不睡乎？'漕帅正色曰：'我言署中常日如此，今夜有戏可观，有酒可酌，又胡为睡邪？'满堂为之欢噱。少顷，漕帅问节相曰：'且请教中堂在署以何时睡？'节相曰：'我照常办事时必到子正始睡，否则丑初或丑正俱不可知，到寅则无有不睡者矣。'漕帅哂曰：'然则中堂不必言何时睡，但当言今日办事明日睡而已。'合坐为之大笑。二公言此时，皆已年逾七十。"

又云："今人以饱食安眠为人生乐事，不知多食则气滞，多睡则神昏，养生家所忌也。昔应璩诗言中叟得寿之由，曰'量腹节所受'。《博物志》言所食愈少心愈开，年愈益；所食愈多，心愈塞，年愈损。孙思邈《方书》云：'口中言少，心中事少，腹里欲少，自然睡少。依此三少，神仙诀了。'马总《意林》引《道书》云：'欲得长生，腹中清；欲得不死，腹无屎。’此皆古人相传养生之诀，而余于今人亦得其证。记在京日侍戴可亭师请示却病延年之术，师曰：‘我督学四川时，得疾似怯症。或荐峨眉山道士治之。道士谓与余有缘，能治斯疾。因与对坐五日，教以吐纳之方，疾顿愈。到今数十年乃强健胜昔也。’时师年已八十余，风采步履只如六十许人，自言每日早起但食精粥一大碗，晡时食人乳一茶杯。或传师家蓄一乳娘，每隔帐吸咽之，乳尽辄易人，盖已廿余年，师讳而不言也。余问曰：‘即此已饱乎？’师大声曰：‘人须吃饱乎？’又闻黄左田师谈：‘我直南斋直枢廷已四十年，每夜早起不以为苦，惟亥、子二时之间得睡即足耳。在枢廷日每于黎明观奏折小字不用灯光，其目力远胜少年人。’后师引年归，甫得高卧，至日高时始起，而两眼骤昏矣。”

七　金华斗牛

民国二十年左右《沪报》有记金华斗牛之俗者，云金华、浦江、义乌三邑居民每于秋赛时为斗牛之举，富而好事者大都畜一标牛，既刻期则各家之牛皆先后牵往。牵者二人或四人，多至八人或十六人，其尤者则二十四人、三十六人，以红布饰牛之背，或特制木架插令旗标牛之名。若乌龙枪、麒麟挂、狮子挂之类。既至则各家依约定之匹偶而相角。其相角也，十数分后即由搭牛者拆开。初不欲其有胜负，其必欲决胜负者，必为极著名之牛。而富翁欲以之得盛名者，未角之前，双方戚友各备武器，既角之后，胜者骄而负者以为大辱，遂至各以兵刃相向。畜牛之家珍之若上客，夏设蚊帱，冬备火炉，饲以膏粱，及其将赴斗也，且饵以人参、桂圆焉。

考《庸闲斋笔记》记之尤详，然无《沪报》所记则不知其俗至近年犹存也。《庸闲斋笔记》云：

> 余在婺州十有六年，每逢春秋佳日，乡氓祈报祭赛之时，辄有斗牛之会。先期治觞延客，竭诚敬，比日至之时，国中千万人往矣。斗场辟水田四五亩，沿田塍皆搭台，或置桌凳，以待客，及本村老幼妇女卖饼饵者，卖瓜果者，装水烟者，薨薨缉缉然，猱杂于前后左右。牛之来也，鸣钲前导，头簪金花，身披红紬，簇拥护之者数十人。既至田中，两家各令健者四人翼其牛，二牛并峙，互相注视，良久乃前斗。斗以角，乘间抵隙，各施其巧。三五合后两家之人即各将其牛拆开，复簇拥去，观者不知其孰胜负而主之者已默窥其胜负矣。胜者亲友欢呼，从之若奏凯状，牛亦轩然自得，徐徐步归；负者意兴索然，即左右者俱垂头丧气焉。小负之牛尚可养成气力，更决雌雄，大负则杀而烹之，盖锐气已挫不能再接再厉矣。斗之日，聚集群牛，不下三五十头，其登场相角者亦不过十数头，余皆自崖而返耳。牛之佳者，不大胜亦不大败；次者虽败犹能好整以暇，无辙乱旂靡态；下者则苍黄

抵触，血肉淋漓，奔逃横逸，溅泥满身，冲出提塍，掀翻台凳，不可牵挽。于是老妇孺子暨粉白黛绿者哗然争避，或失足田中，或倒身岸下，遗簪坠珥，衣服沾濡，头面污损，相将扶而去，真可谓见豕负途载鬼一车矣。斗胜之家，张筵款客，高朋满座，主人轩眉攘臂，矜其牛之能，曰彼之角如何来，我之角如何往，彼如何攻坚，我如何蹈瑕，我意彼必从是出而彼竟不料我从此出也，言之津津，几忘乎我之为牛牛之为我焉。其畜牛也，卧以青丝帐，食以白米饭，酿最好之酒以饮之。亲朋相访，主人款之，呼酒必嘱曰，慎毋以饮牛之酒来，乍闻者以为敬客之意，殊不知饮牛之酒乃是上上品，客不得而饮之也。牛所买来之家，呼之曰牛亲家，豢牛之牧童，名之曰牛大舅，其真正儿女亲家亲之不若与牛亲家亲。

八　奇嗜

上元甘熙《白下琐言》述嘉道间诸名士嗜好一则云：梁山舟嗜枇杷，每过金陵必假馆其孙女王氏，求书者踵集。其孙女买枇杷数百枚，以大盘盛之，献诸先生座右，先将笔墨及求书各纸陈其侧。先生见之大喜，遂命其孙女侍侧磨墨，且啖且书，枇杷啖毕而书完矣。孙伯渊嗜蟹，每餐必设，素有呕水病，而食蟹辄愈。梅伯言嗜栗子，赴都时道上日蒸以当饭，计自王家营抵都门食栗三十余斤。

栗性滞腻，多食令人气闷，而彼独安然无恙云。

甘泉焦里堂循襄阮文达山东学幕时，闻偃师武虚谷亿名，且闻其每食麦一斗，高粱（粱）酒十斤。一日有客自外至，身长八尺，破帽羊裘，白须萧萧然，与道姓名，即虚谷也。谈次极洽，因问以食量，虚谷掀髯笑曰：“天下岂有此人，其半则庶几可得耳。”虚谷能饮啖，其本传不传，乃借里堂以传之。又里堂初好食蒜而恶韭，筵有韭则远其坐。三十五岁时授徒村中，见畦中韭肥秀可爱，试食之而善，自此遂每食必具。皆见《雕菰楼文集》中。

《白下琐言》又云：“粤东冯晋渔太史蓁侨居明瓦廊，性嗜鸭，凡赴友燕饮必先问有鸭几何品。尝谓金陵所产鸭甲于海内，如烧鸭、酱鸭、白拌鸭、咸水鸭、咸板鸭、水浸鸭之类，正四时各擅其胜，美不胜收，予所以侨寓斯邦者正为此耳。又尝蓄大蛇二尾，去其舌齿，以竹筒藏之，夕则放于衾内与之共寝，率以为常，尤为怪事。”

《归田琐记》引《听松庐诗话》云：“姜西溟不食豕，纪文达不食鸭。”

九　奇畏

宋高文虎《蓼花洲闲录》云：“参政孟庾夫人徐氏有奇疾，每发于见闻，即举身战栗至于几绝。其见母与弟皆然，母至死不相见。又恶闻徐姓及打银打铁声，尝有一婢使之十余年甚得力，极喜之。一日偶问其家所为业。婢曰，打银，疾亦遂作，不可见，竟逐去之。医祝无能施其术，盖前世所未尝闻也。”

戴名世《忧庵集》云：“一商人家资数万，好饮酒，饮醉即发狂骂座，在座者咸苦之。但其性畏红枣，人或见其酒狂将发，即以红枣一盘置案上，一望见即大叫，诟詈而去。其或众人轰饮，不令彼知，彼侦得即趋而至。人即以红枣罗列户前，彼即发怒去，不敢逾户入也。然其实无他肠，人亦不恨之。一日有远客至，诸人毕集，商亦在坐。远客素闻商畏红枣，不之信，以为此特诈耳。其人素与商狎，密以线穿红枣数十枚，出不意系其颈上。商即仆地昏眩欲绝。急去之，舁之归，良久乃苏。满身皆起红块无数如红枣形，逾数日乃平复。”

又《履园丛话》云：“王司农宏京性畏蠕子，每见必惊惧失色。西田相国其叔也，一日令与（舆）夫密置数枚于肩舆中，忽见之，惶惧仆地。”

一〇　八字相同

八字之说自宋以后方盛，其记生命相同者，唐人裴晋公雌甲辰以后宋人得三事。

周紫芝《竹坡诗话》（《说郛》八十八）：“绍兴初有近相寓永嘉，独陈用中彦才虽邻不谒。及再相，有荐之者，止就部注邑连江，戏作小诗云：‘命贱安能比巨公，偶然年月与时同。只因日上争些子，笑向连江作醉翁。’

盖其所生年月时适与时宰同，但日差异耳。”

《文昌杂录》：“昔有一军校与赵韩王同甲，月日时亦同。韩王每迁拜，此校亦颇有转补，或大有锡赍，亦须薄有沾赐。然韩王微疾，此校必剧病；或薄责，必大受笞辱。”

《宋史·李超传》：“子濬与李宗谔同岁同月，后一日生，其卒也亦后一日，众以为异。”

《续夷坚志》：“定襄沙村樊帅所居说里中任实暨其妻张氏七十三岁，同年月日时生，复同年月日时死。”明以后尤多。

沈瓒《近事丛残》云：“星命之说，纯谓之无固不然，而纯谓之有亦多可疑。如秀水沈少司马思孝，新建邓文洁公以赞，年命八字皆同。一发于戊辰，一发于辛未。一为会元鼎甲，晚年生子而卒于五十岁。一受廷杖遣戍，召还跻通显，至今六十余尚无恙，而竟少子。又长洲徐通政申、万载张总制鸣冈，亦同八字。而张之科甲以癸酉庚辰，徐以丙子丁丑，两公前后为南通政使。而徐以己酉被论归。张升南少马，今庚戌升两办总制。徐富，张不及远甚。徐之仲子登癸卯乡科，张则未也。又嘉兴岳礼部和声与同邑沈医士号南山之子八字同，而贵贱迥异。但年皆四十二并未生子，此一节同耳。又山西甲戌科王长科凤有，南昌辛未科涂御史杰，亦同八字。涂升光录少卿，以建言削籍，王亦迁谪而未为京堂也。”

《涌幢小品》云：“宝祐中孟无庵珙开阃荆襄，尝单马出巡，见汉江一渔者貌甚奇伟，提巨鳞避于道左。无庵问其姓名与年庚，则年月日时皆与己同，异之，邀之俱归，欲命以官。渔者不愿，曰：‘富贵贫贱各有定分，某虽与公相年庚同，然公相生于陆故贵，某生于舟则水上轻浮故贱。某日以渔为活自足，若一旦富贵实不能胜，必致暴亡。’再三强之，不可而去。孟怅然久之曰：‘吾不如也。’”（按：此记宋末事，必别有所本，其别水陆之异则启后来之论者也。）

又云：“江右张右庵鸣冈，吴中徐文江申同年月日，张第庚辰，徐第丁丑，同县令同台。徐为通政使，家富，一子登乡书，多儿女之戚；张为侍郎，其家与子则非徐匹，同时官于南京。于同之中又盈缩如此，乃知天有所夺必有所予，不必营营矣。”

《坚瓠集》云：“《雪涛集》，明一村翁与高皇生同年月日时。高皇曰：‘尔有子乎？’曰：‘无。’‘有田产乎？’曰：‘无。’高皇曰：‘然则何以自给？’曰：‘吾养蜂耳。’曰：‘尔蜂几何？’曰：‘十五桶。’高皇默然念：我有京省，渠有蜂桶敌之。”《人海记》云：“万历甲辰进士同姓名者张铨，一大名人，一沁水人，俱乙亥正月二十六日生，科第子女皆同，并姓名亦同。尤奇。”

杜於皇《变雅堂集》有明顺天巡抚潘永□墓志铭，谓公与马公成名，生同庚居同里，为诸生游最欢，子女联姻戚。及成进士，同年擢都御史，同官且同制，至是得罪同事，临命同日，识者以为前定云云。

《竹叶亭杂记》云："人有生同年月日时而命绝不相似者，星家因言所生之地有不同也。汪文端公廷珍与盛京成司马书同年月日时生，汪进士第，成仅一举；汪官六品，成必五品；汪五品，成则四品；成官侍郎，汪则三品：官阶每成大一级。今汪官尚书而成犹侍郎，其爵位犹不甚相远。所可异者，二公面貌酷肖，八字同而乃面貌亦同，此则罕闻事也。其曩时丁内外艰年岁亦略相同。"

《阅微草堂笔记》云："无锡邹小山先生夫人与安州陈密山先生夫人八字干支并同。小山先生官礼部侍郎，密山先生官贵州布政使，均二品也。论爵布政不及侍郎之尊，论禄则侍郎不及布政之厚，互相补矣。二夫人并寿考，陈夫人早寡，然晚岁康强安乐；邹夫人白首齐眉，然晚岁丧明，家计益薄，又相辅矣。此或疑地有南北，时有初正也。余第六侄与奴子刘云鹏生时只隔一墙，两窗相对，两儿并落蓐，非惟时同刻同，乃至分秒亦同。侄至十六岁而夭，奴子今尚在，岂非此命所赋之禄只有此数，侄生长富贵消耗先尽，奴子生长贫贱消耗无多，禄尚未尽邪？理固如斯，俟知命者更详之。"

《茶余客话》云："德清蔡翁精子平之学，一日史胄司夔过访，蔡告以南中生一孙，推其命颇富贵，若迟一时则大贵。史叩其日时大惊曰：'予今岁得子正其日月时也。'蔡曰：'此儿必入阁。'即今文靖公贻直也。京师传为佳话。康熙辛酉，胄司携眷入都，泊舟水驿生子，家人往来岸上，闻一铁工家亦生一子，问其时，正相同，归告胄司，必识之，字之曰铁崖。后二十余载，文靖已官清禁，胄司南归，复经其地，欲验旧事，亲行访之，则门宇如故，一少年操斧斤操作甚勤，问之则辛酉某日生者也。公归竟夕不寐，既乃悟语客曰：‘此四柱中惟火太盛，惜少水制，幸生舟中，得水气补其缺，若生于镕冶之地，则以火济火，全无调剂矣。’”

吴炽昌《续客窗闲话》云：“近有赵姓推测子平精极一时，自推其命应得四品。因思素未读书，难求科甲，纳资尚可求名，奈家无储蓄，仗其术云游四方，欲争名于朝，遂至京师。无如依命直谈鲜所许可，致绝顾问。出都回至扬州，其道盛行。乃赁夏屋延衣冠中人作支宾，自居楼上，悬铃缒筐以取，名噪一时。本郡太守遣仆就问，赵见八字咸与己同，不胜诧异，飞一条以询曰：‘生于南方，忝在同行；生于北方，四品黄堂。’来人曰：‘是旗籍也。’又有浙抚亦旗人也，其夫人舟至镇江，午夜欲产，闻停泊处人声嘈杂，有市腐者，妇亦将产，干仆以重金夺其收生姥，至则夫人生儿，肆中亦生儿，同时闻啼声，夫人疑此儿之庸也。后抚故，公子以荫得官，洊升浙抚，太夫人道出停泊处，访同产之儿，亦已成人，仍业腐也。是二人者或母有南北、时有正初、地有水陆之分。”

一一　孙春阳与戴春林

吾国现存店肆之最年久而治之有法者，载籍中得二焉，曰孙春阳与戴春林。

《履园丛话》云："春阳宁波人。明万历中年甫弱冠，应童子试不售，遂弃举子业为贸迁之术。始来吴门，开一小铺，在今吴趋坊北口。其地为唐六如读书处，有梓树一株，其大合抱，仅存皮骨，尚旧物也。其为铺也，如州县署，亦有六房，曰南北货房、海货房、腌腊房、酱货房、蜜饯房、蜡烛房。售者由柜上给钱，取一票自往各房发货，而管总者掌其纲。一日一小结，一年一大结。自明至今，已二百三四十年，子孙尚食其利，无他姓顶代者。吴中五方杂处，惟孙春阳为前明旧业，其店规之严、选制之精合郡无有也。赵吉士载入《寄园》，余澹心《板桥杂记》亦载之，袁简斋《食单》亦有其名。"

《片玉山房花笺录》（昆山孙学淮撰）云："戴春林香铺相传开自前明，其来已久，货亦最佳。所卖桂花油及一切香料虽皆取之于苏，而法苏极精。安息香尤妙，香中细篾先埋土中三年，然后取出削制，以此焚香时绝少灰煤，亦无竹气，他香铺不能，故其名独著。"

又《白下琐言》云："旧俗妇人以黑绉包头，绸缎廊谈见所奇望街、汪天然两家皆以是著名。汪天然自明迄今，世守其业，门前招牌'汪天然家清水包头'八大字，为升州徐表书。庭中有大石盆贮水，相传昔时来买者必令以盆水浸之，示其无欺。"

一二　土豪

明末清初江南势豪恶习，如昆山赵氏《风满楼丛书》有传钞之民抄《董宦事实》一卷，述董其昌家事云："董侄祖常于万历四十三年率家人二百余抢一陆秀才声远家中使女绿英。抢劫未遂，将陆家捣毁而去。是时恰有一苏州人业说书者钱二摭编其事，于市中演唱，另一秀才名范庭芝者适在旁听唱。不意董仆闻之，密报其主，即将钱二锁至家中，硬栽庭芝以主使之罪，百般凌辱。庭芝不胜愤，到家而死。庭芝与董氏本有戚谊，故庭芝死后，其母冯氏、其妻龚氏率三四仆妇赴董家说理，其来意固不善。祖常与冯氏、龚氏言语冲突，将其逐出门外，并将所带仆妇剥去下衣分缚两足于椅上，恣意侮辱。此事传出，顿动公愤，皆欲甘心于董氏。三月十五日在府县行香之际，群众聚集董氏门前，先将其豪奴陈明家捣毁，更将董宅雕梁画栋二百余间一齐烧却，甚至上海崇明、金山等处之人亦有远来与其事者。"

又《履园丛话》云："国初苏州大猾有施商余、袁槐客、沈继贤，吴县光福镇则有徐掌明，俱揽据要津，与巡抚、两司、一府、二县声息相通，鱼肉乡里，人人侧目。太傅金之俊归田后，屡受施商余之侮，至患膈症而歿。施下乡遇雨，停舟某船坊内，主人延之登岸，盛馔款留。施见其家有兵器，遂挽他人以私藏军器报县拘查，并为之解救。事得释，曰以此报德。而其人不知也，再三感谢，馈之银不受。适鲥鱼新出，觅一担送施以为奇货，施即命其人自挑至厨下，但见鲥鱼已满厨矣。又见一银匠妻貌美，曰此妇眼最俏，匠闻之以石灰瞎妻睛。其势焰如此。后金太傅门生某者，来官江苏臬使，闻其名，罗织杖毙之。沈继贤者，尝与人斗牌，被人捉一张，曰：'我之牌谁敢捉？'其人曰：'捉尔何害？'沈唤家人耳语。少顷县差捉其人去，其人恚曰：'犯何法而捉我？'沈笑曰：'捉尔何害？'又一势家款客，沈上坐。有一少年至，向沈一拱。满堂骇然，责少年。少年曰：'我不认得沈继贤，何妨乎？'未几，少年被盗攀害下县狱，其父兄以五百金求沈解救得脱，踵门叩谢。沈曰：'此事乃余讨情。'以五百金还之，少年恳受不从，感激无地，叩首不已。沈笑曰：'如今是认得我了。'少年始悟。吴俗语云：'得罪了你，又不是得罪沈继贤，怕甚么。'亦可想见其为人矣。后被巡抚汤文正公杖毙玄妙观三清殿下，满城人称快。徐掌明与昆山之徐联谱势可炙人，谚曰：'长吴两县印，不及掌明一封信。'尝与至戚黄振生有隙，令人殴死。村农抬尸至黄门，知张员外教王德保正诈周羽故事，讦讼十三年，至康熙二十二年制台王新命断结，办徐掌明发遣，寻以逃归论死。其子扮盗入孙氏室强奸妇女以泄旧忿。一妇被奸时摸盗手六指，知为掌明子，案破立斩。"

董氏之为土豪，异代尚有能言之者。松江许仲元《三异笔谈》云："董幼海传策为思翁之侄，与余家有葭莩戚，为御史时，以建言廷杖，事载《明史》。分宜败起少宰，后复归里。明季缙绅多横，董氏尤甚。幼海偶饭于某氏，食火肉而甘之，主曰：‘此购之沈行者。’侍仆知之，归告主膳妾。妾思媚郎主，即遣人之沈行购之以供膳。幼海味之曰：‘何乃似沈行产？’妾应曰然。饭罢即趋外舍，呼其童至怒曰：‘我在外间事何敢漏言，且以仆隶而与闺中传语，尤不可长。’另嘱一仆看守，须讯实治之。妾闻之且惧且愤，遂乘间自缢。其仆知益恐，谓守者曰：‘某姨已死，我罪更重，自问无全理，汝以不觉失囚，谅无死法，生平积累数百金，悉以奉汝，幸纵之。’守者以其言甘币重，允之。幼海索之不获，先毙守者，穷追逃者，亦毙之。嗣是婢仆人人自危，均怀逆志，董微觉之，聚众而谕之曰：‘余性急而多暴，事过辄悔之。明日当祀武安王，于神前出矢言，不责一人矣。’祀甫毕，以小忤意执一役重挞之。众乃合谋曰：‘祸孔急，需事之下也。’即于是夜饰为盗装，攻入寝室，小婢为之导，侍寝姬启扉纳之，一舆人以斧斫其首殪。少顷复苏，谓其妾曰：‘吾伤至重，速邀沈某治之，或尚所图。’婢即奔告诸奴曰：‘速来，已能语矣。’复来一厨役手枪刺其胸，刃出于背，乃绝。”

一三　白话诗文

《魏书·胡叟传》：“年十三辨疑释理，知名乡国。学不师受，好属文，既善为典雅之词，又工为鄙俗之句。为韦杜二族赋。叙中世有协时事而未及鄙黩，世犹传诵之以为笑狎。”按：《魏书》此传文义颇异于常。盖取当时所流传之别传而入于史，犹《晋书》之《夏统传》也。胡叟字伦许。寻其名字及一生事迹，皆极诡俶。其佚事必为当时人所争传者，如明之李卓吾、陈眉公，清之袁简斋乎？

临川李大理联琇《好云楼集》有《异哉行自题独立苍茫图照》，乃以近代语体入诗之作也。诗云：

> 异哉我交海内四十春，独未接此图中人。
> 似曾水中镜中识其面，无形有影初非真。
> 忽然见形此图上，持比水中镜中之人又不皆一样。
> 三分异，七分同，眉较淡，须较浓，形容俭下太不丰。
> 所以拉同一处谛认者，为其传神酷肖炯炯双青瞳。
> 是一是二浑难定，谁赝谁真有何证。
> 一身不了安得许多身，怪问图中之人图不应。
> 图既不我应，还问水与镜。
> 水中镜中之人也开口，开口不答仍然问。
> 山妻在旁笑不休，唤我回头看他眸。
> 原来此人坐他眸子里，教他代口道行止。
> 行止从头道，此人进早退亦早。
> 早退夫何为？
> 俗语说得好：南人得志刻稿，北人得志讨小。
> 此人也者北人之愿今年已得偿，

南人之愿明年会当了。

虽然刻稿将付谁，虽然讨小兰征杳。

有心盼子子不生，无心恋官官已荣。

为求有子万事足，豫办无官一身轻。

眸中之人闻语嗤嗤笑，水中镜中亦流照，

惟有图中之人痴立不改貌。

山妻重致词，劝君一解图中颐。

展氏无隐慝，若敖讵馁而。

君虽刑官未尝一日在其位，杀人无后不必为君危。

且独立自咏诗，幺豚暮鹦终有时。

造物纵君宦成早，能不抑君得嗣迟。

请今日之日人才强仕君罢仕，

或者来年之年人抱孙儿君产儿。

又康熙中长洲顾嗣协作新会知县，书一联于大门云："留一个不要钱的新会县，成一个不昧心的苏州人。"此可谓白话对联之祖。嗣协乃顾侠君之兄也，事见《秀野年谱》。

张伯行《正谊堂文集》有《河地说》一篇，极论仪封河地升科之害，乃昔人以白话文入文集者。录如下：

此地非膏腴之田地，乃常常不收屡赔钱者也。或曰："屡赔钱粮，买之者何意？"予应之曰："非得已也。"因某年不收，某年又不收，及至年终，钱粮尚不能完，催科又不容缓，周士及、朱印昌等日被敲扑，比较数次，皮肉皆烂而分毫无凑。余适读《礼》家居，周士及、朱印昌及值比较之期，乃环跪门首求情宽限。予乃以礼谕之曰：“余闭户读《礼》，县父母前从不敢以私事相干，阖邑所共知也。余实不能从命。”周士及等乃曰：“比非私事也，亦不与寻常讨情面者相等，乃我等十数家性命相关。我等在县日受比较，无衣无食，性命难保，而家中父母妻子亦要冻死饿死，此乃阴德事也，还祈求命，暂缓须臾，皆属恩德。”予闻众人之言，恻隐之心亦遂动于中而不能遏，遂差人向县父母委曲言之，而县父母竟缓五日之期。后五日而周士及、朱印昌又来恳求，予以为不便再讲，而周士及、朱印昌等乃将地求售。予以为卖地自有售者，何必求我。而彼乃云：“此地赔粮已久，人所共知，谁肯去买？宅上地土多，还赔得起，倘收一年，便可抵数年之粮。”予云：“你几个人欠多少粮？既是穷苦，我替你完了罢！”彼云：“我等有限，阖县欠粮尚多，宅上岂能尽完。况我祖父以来，因这粮差赔累，也不知受过多少苦了。今日到我们身上，又受这罪，即使今年替我完粮，明年不收，明年又要受罪，但只要了此地将粮过了去，我等这几家人家便得生了！就是救了我这几家人家的性命了！望祈哀怜我们罢！”又托官经纪来说，不得已，遂买此地。既买之后，又赔粮数年，于某年收仅得收麦一季，遂有兰阳县某姓者欲骗此地，予遂具呈兰阳县情愿奉让。后因周士及每日烧香，各处遍贴誓状，其念遂寝。自是后又赔粮数年矣。

《两般秋雨庵随笔》云：“古人娵隅跃清池。”以蛮语入诗。“误我一生踏里彩”，蒙古语入诗。今李宁甫太守《潮州竹枝词》云：

销魂种子阿侬佳，开襆千金莫浪夸。
高卷篷窗陈午宴，争看老衍貌如花。

注：六篷船呼幼女曰阿侬佳，梳拢曰开襆，呼婿曰老衍。

舒铁云《黔苗竹枝词》云：

马郎房底好姻缘，偻指佳期不计年。
插遍青山黄竹子，侬侬还索鬼头钱。

注：俗结婚于邻，建空房曰马郎房。合卺三日，女归母家，或半年一返。女父母向女索头钱，不与，或改嫁。有婿女皆死，犹向女之子索者，则谓之鬼头钱。凡人死，其生前所私男女，各插竹于坟前祭焉。

山房缥渺际青天，百尺梯头踏臂眠。
才到三更春梦觉，泪花一斗听啼鹃。

注：克孟牯羊亲死不哭，跳舞浩歌，名曰闹尸。至明年闻杜鹃声，则举家号恸，悲不自胜。曰鸟犹岁至，亲不返矣。

先大父《题汪亦沧日本国神海编》云：

贡院繁华系客情，朝朝应辨几番更。
筵前只爱红裙醉，拽盏何缘号撒羹。

注：贡院者彼邦馆唐人处也。佐酒者号曰撒羹。

胶青拭鬓腻髣鬒，妾住花街任往还。
那管吴儿心木石，我邦却有换心山。

注：妓所居之山曰换心山。

一四　洋钱

江都张心泰所著《粤游小志》云："粤中用银不一种，曰连，曰双鹰，曰十字，曰双柱，此四种来自外洋；曰北流锭，曰镪，此二种出自近省。皆乾隆初年所用。其后外洋钱有花边之名，来自米时哥。又有鬼头之名，来自红毛，亦谓之公头。”据此乃洋银在乾隆初已盛行于沿海之一证也。

《秋雨庵随笔》云：“粤中所用之银不一种。曰连，曰双鹰，曰十字，曰双柱，此四种来自外洋；曰北流锭，曰镪，此二种出自近省。皆乾隆初年以前所用。其后外洋钱有花边之名，来自米时哥。又有鬼头之名，来自红毛，亦谓之公头。夷国法，嗣王立则肖其像于银面。《史记》所谓安息国以银为钱，钱如其王面，王死，转效嗣王面是也。福公康安节制两粤，爵嘉勇公。有司以公头之名犯公爵禁之，令民间呼为番面钱。以画像如佛，故又号佛番。南韶连肇多用番面，潮雷嘉琼多用花边。粤中用钱千隆百凿，率皆烂板。其发江浙者，曰出舱光板，无一鐅痕。每圆以广平称之，足重七钱二分。以寻常通用烂钱易之，每圆加二三分四五分不等。仁和周南卿茂才《咏洋钱》句云：‘一种假情留半面，十分难事仗圆光。’写得不黏不脱。”按：《明斋小识》谓乾隆初年市上咸用银，二十年后银少而钱多，偶有洋钱不为交易用。盖诸氏指内地各省而言，梁氏则指广东沿海之地，故用洋银更在乾隆以前也。

《思益堂日札》云：“直省俱用银，惟江苏、浙江、福建、两广用洋钱，相传洋人取中国高银至彼国，以药炼之，半搀以铜制成钱，即如中国高银，但不能复熔成铤耳。道光初年浙江长吏曾出示禁用，市井哗扰，以为不便，不逾月复故，盖已成积重之势矣。又四川、云南之铜每百斤辄有银数两，中国之水不能出铜中之银，惟外洋能出之，奸民每将红铜卖与洋船，俟银既净，然后复入中国，谓之条铜。他省所出想亦如是。是今日所用洋铜名产于洋而实即出自中国者。（此一段见乾隆时杨农先学士椿奏疏。）此银与铜所以下洋而中国有银贵铜少之患也。”《仁宗实录》：“嘉庆十九年谕军机大臣等：苏楞额奏严禁海洋私运一折，据称近年以来夷商贿通洋行商人，借护回夷兵盘费为名，每年将内地银两偷运出洋，至百数十万之多，该夷商已将内地足色银两私运出洋，复将低潮洋钱运进，任意欺蒙商贾，以致内地银两渐形短绌，请旨饬禁等语。夷商交易，原令彼此以货物相准，俾中外通易有无以便民用，若将内地银两每年俱运出洋百数十万，岁积月累，于国计民生均有关系。着蒋攸铦祥绍查明每岁夷商等偷运足色银两出洋实有若干，应如何酌定章程严密禁止，会同妥议具奏。”

又同年谕：“本日召见钱樾，询以江浙地方情形。据称：……江浙数年来年岁丰稔，而米价总未平减，兼之市集行贩，常有骤长骤落之时，甚至一二日间有每石增减银数钱者。推原其故，洋面近虽肃清，而零星匪徒尚未净绝，仍时有出洋米石。大约洋船一到海口，则其价立昂；洋船开行后，价即陡落。其买米总用洋钱，因其便于取携，不须平兑，行使简便，易于掩饰，故近海口之松江、嘉兴、宁波、绍兴各府洋钱盛行，街市交易不用银两制钱，恐多流弊等语。”

一五　裹足

清初裹足之禁始严而复弛，其经过有足述者。《履园丛话》云：“崇德三年七月奉旨，有效他国裹足者重治其罪。顺治二年禁裹足。康熙三年又禁裹足。七年七月礼部题为恭请酌复旧章以昭政典事，都察院左都御史王熙疏开顺治十八年以前民间之女未禁裹足。康熙三年遵奉上谕下议政王贝勒大臣九卿科道官员会议，元年以后所生之女禁止裹足。其禁止之法该部议复等因，于本年正月内臣部题定。元年以后所生之女若有违法裹足者，其父有官者交吏兵二部议处，兵民则交付刑部责四十板流徙，十家长不行稽察枷一个月，责四十板。该管督抚以下文职官员兵疏忽失于觉察者，听吏兵二部议处在案。查立法太严，或混将元年以前所生者捏为元年以后诬妄出首，牵连无辜，亦未可知，相应免其禁止可也。裹足自此弛禁。事见《蚓庵琐语》及《池北偶谈》。”

《骨董琐记》云：“《辍耕录》云：‘扎脚自五代以来方为之，如熙宁、元丰以前人犹为者少。近年则人相效以不为者为耻也。’又云：‘浙西之人以草为履而无跟名曰靸鞋，妇女非缠足者通曳之。’据此则缠足之风实盛行于元，盖所以示别于胡人也。浙西偏远，其风稍逊。亦犹有清一代粤桂尚多赤足者，唯士大夫家不事农作乃摹拟中原耳。”

宋元之间尚有以不裹足为高者。元人《湛渊静语》

云："伊川先生六代孙淮咸淳间为安庆倅，明道年五十四卒，二子相继早世无后。淮之族尚蕃居池阳，妇人不缠足不贯耳，至今守之。"

明代民间盛行裹足。而宫廷所着鞋样另是一种。《野获编》云："禁掖中凡被选之女一登籍入内即解去足纨，别作宫样，盖取便御前奔趋，全与民间初制不侔也。"《明内廷宫制考》云："宫女服用紫色员领窄袖，编刺折枝小葵花于上，以金圈之，珠络缝金束带，红裙弓样鞋，乌纱帽饰以花帽额，缀团珠结珠鬓梳垂珠耳饰。"

又清代于汉人之缠足者既未能禁绝，甚至旗人亦有染其俗者。《仁宗实录》嘉庆十一年谕旨有"前于嘉庆九年挑选八旗秀女，见其衣袖宽大，并有缠足者，殊为忘本"之语。

一六 医与风土

《四库提要》于刘完素"素问元机原病式"条下云："完素生于此地，其人秉赋多强，兼以饮食醇酞，久而蕴热，与南方风土原殊。又完素生于金时，人情淳朴，习于勤苦，大抵充实刚劲，亦异乎南方之脆弱。故其持论多以寒凉之剂攻其有余，皆能应手奏功。"又于沙图穆苏"瑞竹堂经验方"条下云："幼科之褐丸子与苏沈良方中所列褐丸名目相类，治疗亦同，特彼用乌头桂香附干蒸陈皮配合，攻补兼行，颇为周密，此乃用黑牵牛、三棱蓬、莪术诸品，殊病其过于峻利。盖金元方剂往往如斯，由北人气禀壮实与南人异治故也。”又于朱震亨“局方发挥”条下云：“考震亨之学出于宋内官罗知悌，知悌之学距河间刘完素仅隔一传。完素主于泻火，震亨则主于滋阴，虽一攻其有余，其剂峻利，一补其不足，其剂和平，而大旨不离其渊源。故于局方香窜燥烈诸药谆谆致辨。明以来沿其波者往往以黄蘗知母戕伤元气。”又于张介宾“景岳全书”条下云：“其持论则谓金元以来河间刘守真立诸病皆属于火之论，丹溪朱震亨立阳有余阴不足及阴虚火动之论。后人拘守成方，不能审求虚实，寒凉攻伐，动辄贻害，是以力救其偏。”元许衡《鲁斋集》有《论梁宽甫病证书》曰：“近世诸医有主易州张氏者，有主河间刘氏者。张氏用药依准四时阴阳而增损之，正《内经》四气调神之义，医而不知，此妄行也。刘氏用药务在推陈致新，不使少有拂郁，正造化新新不伤之义，医而不知，此无术也。然而主张氏者或未尽张氏之妙，则瞑眩之疾终不敢投，至失机后时而不救者多矣。主刘氏者或未悉刘氏之蕴，则劫效目前，阴损正气，贻祸于后者多矣。”此古今医术之一大变迁也。

《黄溍集》中《葛应雷墓志》云：“浙西提刑按察司判官李公某，中州名医也，尝自诊视其父疾，复以咨决于公，闻公言，父子相顾骇愕曰：‘南方何以有此邪？则尽出所藏刘守真、张洁古之书。’与公讨论，所见无不吻合，江南言刘、张之学自公始。公所著书大旨以为医当视时盛衰。刘守真、张子和辈值金人强盛、民悍气刚，故多用宣泄之法。及其衰也，兵革之余，饥馑相仍，民劳志困，故张洁古、李明之辈多加补益之功。至若宋之季年，医者大抵务守护元气而不识攻伐之机，能养病而不能治病，失在不知通其变化。”当时之论如此。

余考《齐书》言：“褚澄疗疾无问贵贱，皆先审其苦乐荣悴乡壤风俗水土所宜气血强弱，然后裁方用药，至于寡妇尼僧必有异乎妻妾之疗。”此已言以地而判治疗之法矣。《潜邱札记》云：“元人葛恒斋尝立说，以为医当视时之盛衰为损益，刘守真、张子和值金人强盛、民悍气刚，故多用宣泄之法。及其衰也，兵革之余，饥馑相仍，民劳志困，故张洁古、李明之辈多加补益，至两宋之际医者大抵守护元气而已（详上文所引）。”此又言以时而判治疗之法也。

魏象枢《寒松堂集·老母七十九诞日诗》注云：“三月二十日晨起，腰忽痛，闰四月初九日痛才止。坐堂中时复感寒，浑身冷战，微汗乃止。二十三日胃痛腹胀甚，服凉剂牛黄丸三，痛止，日吃冰块至十余碗，服木香流气饮不效。六月十五日起服分消丸半料，一月之内泻百次，日吃西瓜一枚，食始进。八月二十六日起服金匮丸半料之半，九月十六日服消风败毒散一剂，身肿渐消。九月二十四日起服神芎丸半料，肿消过半，又服半料全消。至十月初六日神气已复。生平勤苦，悉记忆不忘，尚未能下床举步。”所记甚琐细有致。北人气体厚实，故高年犹能受凉剂若此。

一七　门斗

陈其元《庸闲斋笔记》云："乡前辈言乾隆朝开大科，征书至学，学官遣门斗持文传与荐者，门斗问诸君曰：'公等咸称博洽，亦知我门斗二字昉于何时，取何义？'皆瞠目不能对。比至都，访之同征者，亦均无以对，迄今已百有余年矣。计有博学者能知之。近人谢旭升（濂）《劳谦斋公余随笔》云：'偶于某说部中得之，乃知门者门子也，司阍之人也；斗者斗子也，学官有学田，收取学租必用斗，指经管学租之人也。学官系冷衙门，难养多人，司阍者因兼司斗，此门斗所以命名也。'此说似无以易之。"

一八　朱注

朱子注经专求文义之贴切，一变汉儒旧法，实即元明以来制艺所本，故场屋中每有即以朱注为破题起讲之笑柄。相类者凡得二事。

《制艺丛话》云："闻陈大士少时读书作文即高视阔步，不读《朱子集注》。初应童试，题为'君子易事而难说全节'，构思竟日，不完卷而出。其友诘之，则曰：'我只得一破题，甚得意，自谓他手所不能竟至以下不能再着一语。'其友曰：'试述之。'大士曰：'君子之心公而恕，小人之心私而刻。'友笑曰：'此集注语，君何据为己有邪?'大士始爽然自失，自是始读朱注。"

又云："相传河间纪文达师少负神童之誉，而务泛览博涉，不主故常，四子书读一过即弃去，应岁试时题为'名之必可言也'二句。师破题云：'君子于其言无所苟而已矣。'遂置劣等。自是专攻经义，逾年遂领解。"（按：此为以经破经，虽属误笔，亦觉文章天成妙手偶得，与上一事相映成趣。）

《两般秋雨庵随笔》云："前明某省某科题为'子在川上'一节。解元文起讲云：'今夫天地之化，往者过，来者续，无一息之停，乃道体之本然也，然其指而可见者莫如川流，故夫子于此发之。'全抄朱注，一字不易云云。"

一九　满汉

清初满汉之间已多隔阂，可于诸臣章奏中微见其意。魏裔介有"上下之情未通，满汉之气中阏"语，又有"督抚封疆重臣，当慎遴择，不宜专用辽左旧人"语（《碑传集》十一）。

康熙初，耿精忠、郑成功连兵闽中，受清军骚扰最甚。据全谢山《姚启圣碑》云："闽中驻一王、一贝子、一公、一伯。将军、都统以下各开幕府，所将皆禁旅，无所得居，则以民屋居之；无所得器械，则即以屋中之器械供之；无所得役，则即以屋中之民役之。朋淫其妻女，系其老幼。喑哑叱咤，稍不如意，箠楚横至，日有死者，加以饥馑，而民之存者寡矣。公自入闽，蒿目伤心，谋所以拯疲民者，无所不用其极。及厦门平，力请班师，但留吴喇二将以善后。既而尽撤之，而禁旅将驱男妇二万余人去。公流涕力请于王，令军中敢有私携良民者杀无赦，而公则赎之以金，临发尽取以还民。禁旅得金，亦欣然以归。”当时汉人苦心如此。

又汪景祺《西征随笔》云：“吏治之坏莫坏于陕西。数十年来督抚藩臬皆以满洲人为之，目不知书。凡案牍批答第责之幕客，官方贤否但委之堂官，虽判日亦假手于人，吏治民生皆不过而问焉。惟以刻剥聚敛为恒舞酣歌之计而已。如督臣吴赫获罪，钦差大臣临讯，有妓女为疑犯，督臣与妓女同跪于庭，为千古笑谈，不但失大体已也。”

又雍正六年陕西粮道杜滨奏参巡抚西琳，每接见属员，有二裁缝旁坐缝衣，不但司道恭揖，二裁缝稳坐，至府厅以下长跪回话，二裁缝亦稳坐如故，凡地方紧要事务，一一听闻。大小官员，均相骇异。西琳去而继以武格。滨复奏云：“巡抚初到任审第一起事，参革清涧令陈锦私派案，当堂只说得一句：‘你要据实供。’其后总是书办在旁问供。后书办说此案须驳，巡抚点首而退。”谕旨云：“西琳被人如此参奏，返躬自思，何颜立于天地之间耶！朕所用满洲外省大臣中多无耻不廉，器局狭小，其所以然之故，朕实不解。……满臣之颜面，被尔辈一二丧失天良之人坏尽矣。朕除愧恨之外，复有何谕！”此谕载雍正朱批谕旨中。其深恨满人庸劣致为汉人所轻视，情见乎词。

又《啸亭杂录》："苏昌，满洲人，以翻译进身，累任闽浙两粤总督。其材具庸下，为僚属所揶揄。坐拥苞苴，初无善政。其子富纲为滇督几二十年，其贪婪倍于其父。目不识丁，凡有文稿，皆倩吏胥讲释，合省传为笑柄。后卒以贪婪正法，人皆快之。"盖道光以前，各省疆吏不轻以授汉人，而专为调剂满人之地，故有所谓"捞棺材本"之说。种种笑柄，由此而出。虽以雍正之智谲，不能掩尽天下耳目也。

又乾隆中，山东巡抚国泰以贪墨为钱南园先生所劾。其弟国霖侦知之，募善走者驰报之，使预为地。时署中积金无数，乘夜运入司库及运司首府首县各库，以补缺项。然存金尚多，因埋于珍珠泉侧。其人奢纵好粉墨，读书至不能分句读，而日必作八股一篇，亦怪事也。事见《更生斋集》。

又乾隆十三年谕："今日张廷玉、陈大受、汪由敦等拟写直隶、山、陕办理台站事宜，谕旨内将陈宏谋虽有过但系汉人，本不必责以急公免其置议之处写为无功无过。此系面奉之旨，何得舛错至此，明系有心袒护陈宏谋。……日前曾召见汪由敦，语及陈宏谋，尚有任事之意。汪由敦忻喜见于颜色，彼其意盖谓汉人中有此能办事之巡抚，可为生色，本属小见。……以理论之，陈宏谋之不能急公，朕虽免其置议，而在张廷玉、陈大受、汪由敦等尚应以此自惭，请将陈宏谋议处，方见不分满汉，能知君臣大义。"事见《实录》。亦见当时虽知满人之（不）称职犹不愿予汉人以宽假。

又顺治十年二月，幸内院览少詹事李呈祥条议，部院衙门应裁去满官，专任汉人一疏，顾谓大学士洪承畴等曰："李呈祥此奏大不合理，夙昔满臣赞理庶政，并有田猎行阵之劳，是用得邀天眷，大业克成，彼时可曾咨尔汉臣而为之乎？朕不分满汉，一体眷遇，尔汉官奈何反生异意？若以理言，首崇满官，固所宜也。想尔等多系明季之臣，故有此妄言耳。"及议任珍之狱，大学士陈名夏等汉官二十七人别议以上，奉谕责令回奏。最后谕之曰："凡事会议理应画一，何以满汉异议？虽事亦或有当异议者，何以满洲官议内无一汉官，汉官议内无一满洲官，此皆尔等心志未协之故也。本朝之兴，岂曾谋之尔汉官辈乎？故明之败，岂属误于满官之言乎？奈何不务和衷而恒见乖违也云云。"此足见初年诸臣于满汉之见尚未甚矜持。比世祖大渐，遗诏尚以不尽任满臣为己罪也（均见《东华录》）。

二〇　文人习气

《茶余客话》："李天生为三相国所荐，至京师，名重一时。容斋以同姓年长兄事之，天生居之不疑，人尊为关西夫子。与顾宁人讲韵学不合，加以声色；与毛西河辨古韵不相下，大怒，始而恫喝，继加拳勇，西河避之。邱海石、丁野鹤皆山左诗人，阮亭《怀人诗》所谓'九仙诗人丁野鹤'，又齐名当日邱灵鞠是也。二君平生友善，一日同饮铁沟园，论文不合，谩骂不已。邱拔壁上剑逐丁，丁急出上马逸去。邱追不及，乃返。又汪尧峰性卞急不容人过，议论大声，颊发赤，目光炯炯，诗文小得失必面折之。与王阮亭以诗相戏，后遂成隙。与宋荔裳不合，辄自诧曰：'吾乃与此人同名。'"

章实斋与汪容甫议论龃龉几欲挥刃。见洪稚存《怀人诗》。

孙渊如在毕秋帆幕中喜慢骂，一署皆疾之如仇，严长明等作公揭逐之，末言："如留孙某者，众即卷堂大散。"毕见之乃别构一室处孙，馆谷倍丰于前。诸人益不平，亦无如何。亦见《更生斋集》。

赵秋谷负才名傲睨一世，朝士某以诗集编贴台馆，秋谷甫展卷，立还其使。好与人龃龉，坐人或为所陵，不能堪，惟汪武曹份尝忽愤发，面数其失，赵虽交讧而气为之夺。见《先正事略》。

《思益堂日札》云："古人折疑辨难不惜反复再三，要必理道事势关系大节，若老辈中阎百诗与汪钝翁因辨论礼制，段茂堂与顾千里因备忘之记辨虞庠在国之西郊作四郊一字，简牍往还，交肆诋讦，不止文人相轻恶习矣。"

二一　天主堂

宣武门内天主堂为清初西学传播中心。纪氏《如是我闻》曾托鬼语加以讥刺。其言有云："彼奉其国王之命，航海而来，不过欲化中国为彼教。揆度事势，宁有是理。而自利马窦以后源源续至，不偿其愿终不止，不亦真欤？乃不及五十年而西人已有喧宾夺主之势，不及百年而中国已几于家弦户诵其教义矣。”乾嘉间人方醉心考据，目光止于眉睫，见解断不及此，正不得以此专责文达也。然化中国为彼教，究于彼有何益处。苟非争传教，必不至争用兵，即不至因此互相残杀，作茧自缚，孰令致之？文达之论，固亦洞澈事理，不可菲薄也。

花村看行侍者《谈往》亦有“记天主堂”一则。语气殊有左袒意，盖明清间人见解颇悦其新奇也。《帝京景物略》所记略同。

> 利马窦，大西洋人，奉耶稣教。十字架者即耶稣为仇人杀身之具也。奉其教而必著架图于门首，思其难而以敬天为事也。教无父母，惟尊天。窦入京师，建天主堂于宣武门内。堂制狭长，上如覆幔，傍绮疏，藻绘诡异，供耶稣像。像系彩饰平画，望之如塑，貌三十许人。左手执浑天仪，右叉指若方论说状，须眉竖者如怒，扬者如喜。耳隆轮鼻隆准，目若瞩口若声。右圣母堂，貌若少女，手一儿耶稣也。衣非缝制，自顶被体。所供香灯盖帏都精美。其入京为万历之辛巳，卒于庚戌年，奉旨以陪臣礼葬阜城门外三里许。

北京宣武门天主堂，历史至为悠远，盖都中讲西方学术之策源地也。其中教士颇与搢绅先生往还，中国人欲通知外洋事者，亦必就其中问津焉。南皮张景运，字浮槎，所著《秋坪新语》中记其所见颇详。浮槎此书亦见于纪文达笔记中。纪氏与张氏世为婚姻。此书有刊本。盖文达在时已流行坊间，但迄今已不易觅得，亦从无为之排字印行者，书之显晦固有莫之为而为之者。兹录其记此堂一则而略删其枝叶如下：

京师宣武门内天主堂，其式准西洋为之。丙午新正，予偕大兴令汪怡堂同年、医学科杨君、满洲教授观近斋往观焉。浼监副索公为导。索西洋人也，发黄而卷，目睛亦黄色，言语不甚解。见人惟执手曰“好呵好呵”，而笑容可掬。启其堂东西凡二重，南北七重。外重如隧道，两面皆辟疏棂，透入日光，空明洞彻。内重复壁间左右门各六，每门间一龛，东西相向十二龛。中画像男女不一，或介胄持兵，或婵娟丽若天人，莫不五彩炫耀，突出壁间，如塑成，盖皆侍者也。中一妇人巨像，庄严妙好，高髻云鬟。面同满月，两眸湛湛若秋水射人，自胸以上及两膊皆赤露，肤理莹腻，居然生成。胸前垂七宝璎珞，金碧璀璨，光彩夺目，不可正视。乳以下衣纹缭绕纠结如霞晕数重，五色陆离，涛回漩伏，怀抱一婴儿。承座二人颠倒横陈，眉目秀异，披发裸胸，不知其为男女也。四傍云气旋绕，迷离敞况，望之俨从空中而来下，即所谓天主矣。最后一重地稍高于前，宝座设其中，龙蟠虬舞，金色烂然，黄袱幂之。其堂高数仞，凡三层，层层开窗，嵌以明瓦，渐高渐敛如覆舟形，圆而椭。而承尘榱栋栌欂棨棁间悉绘神鬼状，好丑间杂，佥裸其上下身，腰间蔽前蔽后，云锦灿如，莫可方物。却立堂前，翘首向后斜视，则梁间人层层压叠，如俯窥，如笑睨，如侧立，如怒扑，如欲下击，如欲上骞，纵横颠倒，隐现蔽亏，千态万状，飞动骇人，几忘其为绘素也。复由壁右穿户出，至一堂中，悬圣祖赐额。东西两壁各绘房舍。倚西壁而东望，则重门洞辟，深杳无际。洞房窈窕，复室回环。孚思或启或闭，珠箔半掩半垂。室有几，几有瓶，瓶中有花。有炉，有鼎，有盘，盘置枸橼木瓜之属，新鲜如摘。壁有画，画傍有门，门中复有室，室中洋罽铺地。丹锦幂案，床檀凝紫，幱纱萦烟，翠幕金屏，备极人间之富丽。凝眸片晌，竟欲走而入也。及至其下扪之，则块然堵墙而已，殆如神洲瑶岛可望不可即，令人怅惘久之。复转自东壁西向望，则重廊复室，历历如东壁者然。云其画乃胜国时利玛窦所遗。其彩色以油合成，精于阴阳向背之分，故远视如真境也。近时不乏能手，逊其妙远矣。壁画虽旧，卒莫得而易之。观罢索烹茶相待，复各赠以鼻烟，谢之而出。按：乾隆中自宫廷贵胄皆尚西洋画，《红楼梦》载西洋黄发女子，正其时流行之物也。今大内及热河诸库物迭次发露，知洋货之流传殊不少云。又纪文达于其笔记中亦述及此堂，兼引艾儒略之言，足见文达亦颇留心西学也。

又赵文恪慎畛《榆巢杂识》：“崇文门内天主堂建在

康熙年间，乾隆时重修。客厅东、西两壁画人马凯旋之状。堂内供奉彼国圣人，皆画图全相，四围男女老少聚集嬉戏，千态万状，奕奕如生。堂宽数丈，高以十数丈许，不架一木，全以砖砌成，人巧夺天工信然。”按：崇文门内为宣武门内之讹。

《帝京景物略》又云：“其国奇器若简平仪（仪有天盘，有地盘，有极线，有赤道线，有黄道圈，本名范天圈，为测验根本），龙尾车（下水可用以上取，又龙尾象上之尾，尾上升也。其物有六，曰轴，曰墙，曰围，曰枢，曰轮，曰架，潦以出水，旱以人力资风，水功与人牛等），沙漏（鹅卵状，实沙其中，颠倒漏之沙尽，则时尽。沙之铢两准于时也，以候时），远镜（状如尺许竹笋，抽而出，出五尺许，节节玻璃，眼光过此则视小大视远近），候钟（应时自击有节），天琴（铁丝弦随所按音调如谱）之属。”

二二　吴园

记吴中园林者如：

潘世恩《思补斋笔记》云：“嘉庆己巳光禄公移居城东钮家巷，有诗云：‘地名銮驾巷，家有凤池园。皮陆昔所憩，羊求今与论。亭台诗世界，水木道根源。善闭无关键，何知尘市喧。’园为顾中丞汧故居，今分为二：东为水园，程氏所居；予家在其西，当日所谓陆园也。园之门曰‘日涉’，北有庭三楹曰‘蓬壶小隐’，上有楼以庋赐书，背植牡丹数百本，张幄其上，天香袭人。庭前左右有簃有廊有室，曰‘凝香经’，曰‘绿荫榭’，曰‘先得月处’，曰‘补梅轩’。轩之外有庭，下有泉，四时不竭，曰‘玉泉’。其南有屋如舫，颜曰‘烟波画船’。槛外池十尺许，游鱼瀺灂可乐，假山玲珑，石磴盘折，每急雨喷薄其间作瀑布声。四面花木环绕，有古松参天，相传宋元时物。又老梅一株卧地如蟠龙，别干崛起，着花无数。余如苍松、银杏、紫薇、丹桂、桃柳之属，错列如画。迤西蚪翠居后有芍药台，花时缘壁蔷薇簇成锦绣。再西一园修竹夹径，题曰‘峭蒨青葱间’。光禄公于静摄之暇散步游览吟啸自适，尝诵‘潜鱼跃清波，好鸟鸣高枝’之句，俯仰上下，天趣盎然。”

焦循《半九书塾杂咏》序云：“嘉庆己巳，纂修郡志，得脩脯金五百，以少半买地五亩，在雕菰淘中。其形盘曲若嬴，以生圹占其太半。于书塾之乙方起小楼，方丈许，四旁置窗，面柳背竹。黄珏桥在东北半里许，桥外即白茆湖，行人往来趋市，帆樯出没远近，渔灯牧唱，春秋耕获，尽纳于牖。楼下置椟，以生平著述草稿贮之，以为没后神智所栖托，圹以藏骨，楼以息魂，取淘之名以名楼曰‘雕菰楼’。楼北二老桑，翳骫四布，编竹作篱。篱下种蕉数本，设石案一、石墩二，曰‘柘篱’。篱外旧有竹数亩，于竹中辟一径，随其势曲折以达于后扉。径东有丘，因丘筑小亭。亭外植红薇十数本，薇表于亭，竹表于薇。长夏花发竹中，晨起坐阑楯间，众鸟作声，不知有人，曰‘红薇翠竹之亭’。径以西隤而下，置屋锐两荣东向面竹。其南黄梅一株，先曾祖父手植也，历百余年，旧干已萎，肄櫱复成树，扶疏负书塾后，以垣围其左，不令梅与竹杂生，曰‘蜜梅花馆’。梅右启小门通塾，塾故四楹。西一楹余幼时读书所在，修葺使明洁，读《易》其中。近年悟得天元一正负如积之术全乎易理，以数穷易，以易倚数，日坐室中，苦思寂索，别有撰述或赋诗词不在此，曰‘倚洞渊九容数注易室’。室外书塾先人遗构也。塾前故有木兰，高数丈，花时如玉琢浮图，前年槁于水。不忍去也，又不忍见凋落状，断其上枝，存撅株数尺，覆土作丘，与昔丘迩，标以石峰，高七尺，植杂卉奇石，曰‘木兰冢’。冢东海棠一株，木犀一株，牡丹一株，在昔丘上。面木犀，旧有屋作舫状，雕菰楼在其东北，石镌仲长统像并《乐志论》嵌于壁，曰‘仲轩’。轩南即塾门，轩面西门。面东门外高柳十数株，间以桃，楼俯其北。启东窗绿影满床，不见其外。柳下多木芙蓉水蒾，夏月乌犍卧树侧犨然作声。木兰冢而南，山茶一株与牡丹、木犀、海棠、黄梅、二老桑岁相若，东、西各生一小株，垂二十年，春时能随老本发花，自二月至于四月不遏。连书塾右室有廊，引而申之，带于山茶南，廊端稍阔，可坐以向花，用苏长公句名之曰‘花深少态簃’。或曰‘少态消词’也，余曰非也。凡物之有态者必妖媚，妖媚非典也，长公又称其后凋耐寒，直以松柏比之矣。彭城刘蒙论菊云：‘或问菊奚先，曰先色与香而后态，又曰安有君子而可以态乎？’以此证坡诗，则少态非诮词也。”

《白下琐言》云：“金陵昔多寓公，随园而后，享林泉之乐，极觞咏之娱者，莫如阳湖孙伯渊师，始侨寓旧内之五松园，园有古松五株，故名。后买皇甫巷司马河帅宅，亭馆池树，布置有法，名曰‘冶城山馆’。甲戌复就旧内菜圃隙地累石穿池，莳花种竹，大兴土木，逾年而成。门前设书肆，曰‘窥园阁’，入门迤东一带，缭以长廊，曰‘小芍陂’，孙源湘题。厅事面南曰‘廉卉堂’，唐仲冕题。东北隅有室三楹，庭后种芍药，曰‘留余春馆’，师之太翁自题。西北临塘一榭曰‘鸥波舫’，吴鼒题。旁通高台，钟阜在望，曰‘大观台’，石韫玉题。西南隅竹篱、茅舍、寒菜一畦，曰‘蔬香舍’，姚鼐题。宾朋燕集岁无虚月，而五亩之名遂与五松并传矣。无何师捐馆后，赁为茶肆，园林遂荒，惜哉。”

二三　广州名园

园林之美，广州仅次于吴中。俞洵庆《荷廊笔记》云：“广州城外滨临珠江之西，多隙地，富家大族及士大夫宦成而归者，皆于是处治广囿营别墅以为休息游宴之所。其著名者旧有张氏之听松园，潘氏之海山仙馆，邓氏之杏林庄。顾张、邓二园辟地不广，一览便尽。其宏规巨构，独擅台榭水石之胜者，咸推潘氏园。园有一山，冈坡峻坦，松竹蓊蔚，石级一道，可以拾级即登。闻此山本一高阜耳，当创建斯园时相度地势，担土取石，壅而崇之，朝烟暮雨之余俨然苍岩翠岫矣。一大池广约百亩许，其水直通珠江，隆冬不涸，微波渺弥，足以泛舟。面池一堂极宽敞，左右廊庑回缭，阑楯周匝，雕镂藻饰无不工致。距堂数武，一台峙立水中，为管弦歌舞之处，每于台中作乐，则音出水面，清响可听。由堂而西，接以小桥，为凉榭，轩窗四开，一望空碧，三伏时藕花香发，清风徐来，顿忘燠暑。园多果木，而荔枝树尤繁。其楹联曰：'荷花世界，荔子光阴。'盖纪实也。东有白塔，高五级，悉用白石堆砌而成。西北一带高楼层阁，曲房密室，复有十余处，亦皆花承树荫，高卑合宜。然潘园之胜为有真水真山，不徒以楼阁华整花木繁缛称也。"

《庄谐选录》云："粤东盐商潘氏最称富盛，其花园名海山仙馆，颇具丘壑。潘之裔名仕成者，奢汰愈甚，后乃以欠国课不能缴，家被藉没，园亦入官，此同治季年事也。园价昂，一时无人能购，乃用开彩法售之，共三万条，每条银钱三枚，数日即满额，逮开彩时为香山一蒙师所得。此人本寒士，以骤得巨产之故，恣意嫖赌，全园不能即售，则零碎拆售，先售陈设古玩器物，次售假山石，次拆门窗售之，次锯树售之，未一二年，余过其处，则全园已犁为田，惟颓垣败瓦犹约略可数，得彩之人已潦倒死矣。又潘尚有《佩文韵府》板，则抵与山西某票号。"

二四　吕仙

吕仙之为民间普遍，自宋已然。

《通斋诗话》："宋世画像奉吕仙不一而足，观放翁赞可见。一云：'天下家家画吕公，衣冠颜面了无同。劝君莫被丹青误，那有长绳可系风。'一则即用仙语，词云：'一粒之粟，有国有民。二升之釜，浩渺嶙峋。我游巴陵，始识公面。青蛇铿然，求之不见。'"

《蒿庵闲话》云："天启中济南盛传吕仙自叙传，云是殷文庄、葛端肃得之乩笔者，传云吕仙本唐宗室，避武氏之祸，挟妻而遁，因易吕姓，以山居名岩，字洞宾，妻又死，号纯阳子。"考之范致明《岳阳风土记》云："吕先生河中府唐礼部尚书渭之孙，海州刺史让之子，会昌中两举进士不第，去游庐山，遇异人，授剑术，得长生不死之诀。"何大相异也。近又有《瑶华帝君传》云："韩湘乩笔自叙乃直隶人所传，以退之为叔父，亦良怪异矣。"

清张道临《安旬制纪》云："潞王有吕真人画像，风左则须飘而右，风右则须飘而左，相传仙笔也。"

《野获编》云："嘉靖二十五年以永禧仙宫成，命成国公朱希忠祭告朝天等宫，首揆夏贵溪告纯阳字佑帝君，吕洞宾屡著灵异，然爵以帝号则始见于此。"

《能改斋漫录》云："世传吕先生诗：'黄鹤楼边吹笛时，白蘋红蓼对江湄。衷情欲诉谁能会，惟有清风明月知。’此吕先生非洞宾，乃名元圭者也。其诗元题于石照亭窗上，或云元圭乃先生别字。”按：此吕元圭与邯郸吕翁似均非洞宾也。

《夷坚志》：“峡州远安民家笃信仙佛，尝作吕公纯阳会，道众预者，颇盛斋供。既罢，一老兵从外来，着敝青袍，蹑破麻鞋，负两箬笼，弛担踞坐，呼叫索食，却之不可。其家尚有余馔，随与之。既又求酒，畀以小尊，一吸而尽，至再三皆然。主人骇其量，语之曰：‘尚能饮乎？’曰：‘固所愿也，但为君家费已多，不敢请耳。’酒至到手即空，不遗涓滴。徐问今日所作斋会，主人指壁间画像示之，客注视微久，不能识云何。告以故，客曰：‘非也，倘真人自来宁识之乎？’因笑曰：‘我却会识他状貌结束全然与此别，与我绢五尺，当为追写一本。’主人喜，既付之，客接绢不施粉墨，但置手巾摩挲，俄而大吐，就以拭残污。主始恶焉，度其已醉，无可奈何，旁观者至唾骂引去。良久纳绢于空瓶，笑揖而出。一童探瓶中取视，则仙像已成，衣履穿决，宛与向客无少异。其家方悟真人下临，悔恨不遇，标饰置净堂谨事之。时淳熙七年筠州新昌人邹兼喜为邑主簿，传其事。”此盖亦吕仙之传说也。

二五　晋商票庄

晋地表里山河，农田不足以敷赡养，一家之中，必有出外贸易者，乃足以资其生。于是南则江汉，以至粤桂，北则满洲内外蒙，以至俄之莫司科，东则京、津、济南、徐州，西则宁夏、青海、乌里雅苏台等处，几无不有晋商足迹。迄票庄发达，中国二十二行省，支分派别，尤有万里同风、一气贯注之势，晋人遂以善贾闻于宇内。

票庄经营，为山西极有统系之商业。据山西商业学校所编之《晋商盛衰记》，盖创始于前清中叶。当乾隆、嘉庆间有雷履泰者，平遥县人，以县中达蒲村李姓资本于天津设日昇昌颜料铺。所贩颜料中，有桐绿一种，出于蜀，因往来重庆、天津间，日昇昌颜料铺之名大噪，尚无所谓票庄也。时各省贸易往来，皆系现银，运转之际，少数由商人自行携带，多数则由镖局保送。盖沿途不靖，各商转运现银，时被劫夺，而保镖者遇众寡不敌，亦束手无策，故为各商所深忧。雷时为日昇昌执事，慨运款之不便，遂创为汇兑一法，凡往来银钱，无论大宗小款，皆揽收之，代为收兑，此响彼应，无需现运，省路费，免转输，防劫失，一举有三得焉。于汇兑之时，量各处银色之高低，金融之通塞，交路之顺逆，各量其银钱所汇之数，加以汇费，名曰汇水，即其创汇兑时所得之利也。夫日昇昌者，不过一颜料营业耳，各商以大宗款项交之，而能信任不疑者，以铺东李姓（俗呼曰李二梅子，即李二魔子。李二魔子名文质，平遥达蒲村人。俗名李二魔子，因其有风症也。平遥人读魔字音近梅，故曰李二梅子）为山西巨富，又以雷信用素孚，各商交银，犹外府也。以故行之三四年，而获利数倍。同时有蔚泰厚，布庄也。其执事为毛凤翙，亦平遥人，慕日昇昌之发达，由布庄招揽汇兑，亦获厚利。票庄自雷、毛发起后，仿行者日多。其初率由他行改设，或附设之。至咸丰初年，领资本专营票庄者，相继而起。平遥则有蔚盛长、天成亨、新泰厚、协同庆、协同信、百川通、蔚丰厚、蔚长厚、宝丰隆，祁县则有元丰久、巨兴和、存义公、三义源、大德通、大德恒、合盛元、大盛川，太谷则有世义信、志成信、协成乾、锦生润等，皆日增月盛，踵事增华。就总号所在之地，分为三帮：总号在平者曰平帮，在祁者曰祁帮，在太谷者曰太谷帮。设总号于本县，设分号于各省。分号之多，以日昇昌、天成亨、蔚泰厚、存义公、大德通、大德恒、志成信、协成乾为最，皆三十余处。俗云："日昇昌汇通天上。"盖谓分号之多也。

是时筹饷例开，报捐者多归票行承办，而事业日盛。值洪杨乱起，南七省用兵筹饷，急如星火，而道路梗塞，转运艰难，国家以票行可靠，于是军饷、丁粮胥由汇兑，亦多归票庄承办。同治以后，规模益宏，即边陲之协款，内地之赈抚，皆资票行以为挹注。一纸之信遥传，百万之款立集，殊觉灵便。

夫三帮营业，固以汇兑为性质，然其所以大获胜利者，亦资乎存款。时各庄存款，多则银七八百万两，少则银二三百万两，且官款不计利息，其私款之有息者，不过二三厘耳，故每至年终获利，三帮合计，共有银五百万两之多，是固票庄信用发达之结果，亦实西人忠诚谦和之所致也。自光绪甲午之役后，祁、太、平三帮，共票庄二十余家。至每家原本皆仅十余万两，即后获利倍本，亦不过增至二三十万三四十万而已，然至四年账头，每股可获利银二万余两、一万余两。其每股获利银八九千两、五六千两者，常数耳。

光绪庚子，清帝西巡，大局岌岌，而票商之执券兑现者，上海、汉口、山西各处，云集雾合，乃竟应付裕如。由是而信用益彰，生意尤盛。如平帮之百川通，原本银十万两，作为十股，连人股二十股，共分三十股，而四年结账，每股获利银一万二千两，共获利八十四万两。祁帮之大德恒，原本银十余万两，共分二十余股，而四年结账，每股获利银一万两。大德通原本银十余万两，亦共分二十余股，而四年结账，每股获利银九千两。太谷帮之志成信、协成乾皆原本银十余万两，共分二十余股，而四年结账，每股各获利一万余两。此外各家，每股获利七八千两者甚多，具获利五六千两者，下乘也。然此犹除过各码头之应酬、衣资、饮食及一切挥霍等费而言。若并此计之，则四年中各家获利，尚不止此数。且官商士庶，皆知票商之殷实，所以各号存款，积有七八百万两或二三百万两不等，且官款皆无利息，私款虽有利息不过二厘三厘，票庄以此无息之巨款，转放可得六七厘、七八厘之息。存款愈多，利息愈厚，所以无往不利，而擅数十年商业之胜场也。票庄号规，学徒者于十五六时，随人至数千里外，初次十年始许回家，故回家后，少年夫妇多有不相识者。嗣后虽较初次减少，然犹以五年为度，且归家者不得直抵其家，必依例先至号东之家，开其衣包，令号东检视后听命而归，其重公职轻家务之习尚如此。

又《清稗类编》记山西票号之沿革云：山西票号虽创于明季，乾嘉以后始渐发达，同光间则为鼎盛时代。宣统以前姑置勿论，在宣统时票号凡二十二，此中有天顺祥者，其主人为云南帮，余二十一皆山西帮，二十一家之中又分为三帮，三帮者祁、太、平是也。

三帮之中平遥为最先，其规章一切亦较祁、太两帮为严，试以存款论，平遥帮之存款利息至高三厘，祁、太两帮可由三厘至四厘，甚且有得四厘半者；以放款论，平遥帮放出之款多仅六厘，至多亦仅七厘而止，甚且有仅取五厘者，若祁、太两帮则往往多至一分，平均之数亦七八厘，此其大较也。盖山西票号向重信用，不重契据，不做押款，为各帮所同。至以博取重息悬为大禁，则为平遥帮所独也。（祁、太两帮亦非专取重利，不过就比较上言之耳。）就各帮之大端言之，其执事者种种固执不通之处，不胜枚举，每因是而为世所诟病，然其所以能历百年而不败者，亦未始非固执不通四字之效也。

祁、太、平三帮之中，祁帮六家，平遥帮十家。祁帮为大德恒、大德通、存义公、合盛元、三晋源、大盛川，太谷帮为锦生润、志一堂（即志成信）、协成乾、大德川、大德玉，平遥帮为日昇昌、协同庆、百川通、宝丰隆、天成亨、蔚泰厚、新泰厚、蔚盛长、蔚丰厚，其牌号之名皆三字也。

日昇昌为票号中之创设最先者，最初营业为颜料行，西帮人名之曰西绿，其在汉口、重庆等处者尚售西绿，买卖批发，不忘本也。道光初改汇兑业，至同、光间营业遂为同行之冠，设立分号有二十四处之多，各省几无不有日昇昌招牌，其中间在汉口，盖亦经营于南而不于北也。

二六　宋版书之得失

《七修类稿》云：“版本最易得而藏多，故宋时试策以井卦何以无彖为问，正为闽本落刻，传为笑柄。我朝太平日久，旧书多出，此大幸也，亦惜为福建书坊所坏。盖闽专以货利为计，但遇各省所刻好书，闻价高即便翻刻，卷数目录相同，而于篇中多所减去，使人不知，故一部止货半部之价，人争购之。近如徽州刻《山海经》亦效闽之书坊，只为省工本耳。”

《养新录》云：“今人重宋椠本书，谓必无差误，却不尽然。陆放翁跋《历代陵名》云：‘近世士大夫所至喜刻书版，而略不校雠，错本书散落天下，更误学者，不如不刻之为愈也。’是南宋初刻本已不能无误矣。张淳《仪礼识误》、岳珂《九经三传沿革例》所举各本异同甚多，善读者当择而取之。若偶据一本，信以为必不可易，此书估之议论，转为大方所笑者也。”又云：“苏子瞻云：‘近世人轻以意改书，鄙浅之人好恶多同，故从而和之者众。

自予少时见前辈皆不敢轻改书，故蜀本大字书皆善本。’”

朱象贤《闻见偶录》云：“专以鬻书为业者谓之书坊，江南（苏）、江西、浙江省有之，他处则无，偶有店铺，亦此三省人也。但书坊止知趋利，并不顾是非错谬，如书首序文，此种则用此篇，他种即将此序略易数句，即列彼书之首。旧版有朽腐者，或于目内刊去，或改补号数，充为全帙。又书有不行者，竟将不行者冠行者之名于首，公然发卖。”按：象贤乾隆中人，此亦推论宋以后刻书之弊也。

《庸闲斋笔记》云：“今人重宋版书，不惜千金数百金购得一部，则世袭藏之，不特不轻示人，即自己亦不忍数翻阅也。余每窃笑其痴。昆山令王鼎臣刺史定安酷有是癖，尝买得宋椠《孟子》，举以夸余。余请一睹，则先负一椟出，椟启中藏一楠木匣，开匣乃见书。书纸墨亦古，所刊字画究无异于今之监本。余问之曰：‘读此可增长智慧乎？’曰：‘不能。’‘可较别本多记数行乎？’曰：‘亦不能。’余笑曰：‘然则不如仍读我监本，何必费百倍之钱购此也。’王恚曰：‘君非解人，不可共君赏鉴。’急收弆之。余大笑去。近观《云谷杂记》记东坡先生云：‘近世人轻以意改书，鄙浅之人好恶多同，故从而和之者众，遂使古书日就讹舛，深可忿疾。孔子曰，吾犹及史之阙文也。自予少时前辈皆不敢轻改书，故蜀本大字书皆善本。庄子云，用志不分乃疑于神，此与易阴疑于阳礼使人疑汝于夫子同。今四方本皆作凝’云云。又记《东坡集》误以‘幕客’作‘慕客’，‘银笔之僻’作‘银笔之譬’，‘从容’作‘从客’，‘江表’作‘士表’，‘李密’作‘孝密’，诸本皆然，遂至于不可读。坡集艰得善本如此。此张淏之说也。东坡在北宋所言如彼，张淏在南宋所言如此。是当两宋之时，善本已自难得，今人于宋版书不察臧否，一概珍之贵之，岂不过哉。”

二七　宋版书中史料

近人张孝民《宋孝宗时代之刻书》一文（载民国二十五年一月五日《大公报·图书副刊》），略云：“隆兴元年至淳熙十六年二十七年间锓版之书总凡二百八种，为宋代刻书之最盛期。其刻于两浙路者四十五种，福建路三十三种，而江南东西路与之相若，次之则淮南东西路，又次之则川峡（陕?）四路，而荆湖南北、广南东西亦间有之。其时坊贾之著曰‘建宁府黄三八郎’，曰‘闽江阮仲猷’，曰‘建安余仁仲’，然麻沙书肆多出帖括场屋书，雠校极粗。”

其论刻工与装背匠云：“《夷坚丙志》载刻工蕲州周亮，建州叶濬、杨通，福州郑英，庐州李胜于舒州刻《太平圣惠方》，嗜酒懒惰，急于版成，将字书点画及药味分量随意更改，以误人，同日为震雷击毙。孝宗时刻工以蒋辉为最著，因朱子劾唐仲友而得名。蒋辉即蒋念七，系婺州人，淳熙四年因伪造官会事发断配台州牢城，差在都酒务著役。辉雇人代役，每日开（刻）书籍供养。唐仲友命其就公使库开（刻）《杨子》《荀子》等印版，辉共王定等一十八人在局雕开。后义乌县往台州提辉前去证对公事，为唐氏使人夺回，仲友乃逼其雕会子版，以土朱、靛青、棕墨等物共印二千六百余道。迨提举封库，辉又被捕押赴绍兴府禁勘。辉男名亚德，尝具状捏称其父被义乌县弓手打伤，人命难保，知辉在台州刻书时亚德已不小。与辉同开荀杨印版等十八人，今皆见于宋椠《荀子》，曰蒋辉、李忠、吴亮、宋琳、王定、叶祐、林俊、徐通、金华、陈岳、王震、林桧、周侁、周珣、周言、陈显、陈僖、徐逵、周安，其周安、陈显、王定之名亦见于‘按唐仲友状’，惟状中又有印匠陈先之名，为此所无。蒋辉为造假会老手，故其刻工最精，《荀子》字大如钱，书法全摹欧阳，称宋椠上驷焉。当时其他开字匠文献无征，偶见一二字于宋椠版心，讹音俗字或仅知其名而不知其姓，如祥举广在蕲州刻《窦氏联珠集》本悉果为何姓也。有姓名可举者，略如金昇等之隆兴二年镌《管子》，沈忭、黄康、徐益、裘举、沈忻、陆荣于澄江郡斋雕《宣和奉使高丽图经》，毛用、黄宪乾道六年开《洪氏集验方》，翌年又刊《伤寒要旨》及《药方》，蔡清、戴世荣、余全、余埙、张仲实、张明喆、戴良臣、柯文、吴钦、王用、刘升、张撰于滁阳雕《汉隽》，宋敏于江西漕台刻《吕氏家塾读诗记》等，是也。至装背姓名可知者，如元刻《宋史》为郭成装背，而宋代装背匠惟见北平图书馆宋刻宋装之《文苑英华》中之黄绫书面内有黑印一行云'景定元年十月二十六日装背臣王润照管讫'，又或作'十一月初一日'，以墨笔填写。每卷前半叶与上卷后半叶黏附黄黑紫色小绫片，尤为特色，钤有缉熙殿书籍印，内殿文玺方印。此缉熙殿本黄绫装璜蓝绫题签表背最为精工。与欧阳修所言秘阁藏书并以黄绫装背谓之太清本者正合。孝宗时有表背匠余绶者，唐仲友令其将印好书集打角一百部作七担，用箬笼盛贮，差人由台州押归本宅。亦见朱子按状。"

其论工料及书价云："宋版书所用有真州麻纸、衢婺藤纸、抚州萆钞纸及徽池、绍兴、蒲圻等处之纸。又有一种椒纸。淳熙二年四月十七，左廊司局内曹掌典、秦玉祯等奏闻壁经《春秋》《左传》《国语》《史记》等书，多为蠹鱼伤损，不敢备进上览，奉敕用枣木、椒纸各造十部，四年九月进览。又有用官牒故纸者，如《洪氏集验方》以淳熙七、八两年官册纸背所印，《花间集》用淳熙十一二年鄂州使库公文册刷印，纸背有'江夏县丞温鄂州司户参军戴'等衔名，此种纸质地坚厚，故两面可印写也。有详记工价者，如舒州公使库刻《大易粹言》有淳熙三年正月日雕造，所贴司胡至和具牒文。今具《大易粹言》一部计二十册，合用纸数印造工墨钱项下纸副耗共一千三百张，装背饶青纸三十张，背青白纸三十张，棕墨糊药印背匠工食等钱共一贯五百文足，赁报钱一贯二百文足，本库印造见成出卖，每部价钱八贯文足。象山镌《汉隽》淳熙十年有记云：'象山县学《汉隽》每部二册，见卖钱六百文足，印造用纸一百六十幅碧纸二幅赁报钱一百文足，工墨装背钱一百六十文足。'"

以上皆从宋版书中得来之史料，亟录存之。

二八　昭仁殿藏书

光绪甲午春夏间，宫中忽有清查书籍字画古玩之事。太仓陆宝忠时以编修直南书房，奉命与其事，尝详记之。略云："昭仁殿为圣祖寝宫，殿仅五间，后隔置一室，即御榻，地下所藉地衣三十年未换，尚是当年旧物。又查书至建福宫时，检得宋刻《文选》，上有高宗画像，又得圣祖御书《千〔字〕文》。又德宗问昭仁殿书藏相台本《五经》何往，宝忠奏：'嘉庆二年乾清宫灾，高宗命内侍速移出，已不及，曾见前人记载。'又景阳宫正殿五间满储书籍，两旁木壁中皆宋元明瓷器，左右有大柜四，皆系字画。后层为御书房，乃文宗初年读书之所，亦有珍本在架上，两厢各三间，皆藏殿本各书及旧抄本，盈林插架，年久失修，尘封尺许。有何义门手校宋本三体影抄《六一集》最精。检查两月甫了，凡宋本、影宋本及旧本之至精者皆陈设御书房，殿版大部分设正殿，余分置两厢，人间未见之本甚多，手缮挡（档）册，一存书房，一呈御览。庚子之变，挡（档）册失去，深以未录副本私藏为憾。"见其《年谱》。

二九　十库与三库

梁溪坐观老人（张祖翼）《清代野记》云："太和门之左有明库六，每年钦派满大臣二员率司属人等盘查一次，每查一次即盗一次。觉罗炳半聋，曾随其堂上官往，有一库皆帟幕衣履之属，一珍珠帐幔宽长可八尺，皆用珍珠穿就，四围则用红绿宝石间之，小者如绿豆，大者竟如龙眼核也。穿线有朽败处，一抖晾则珠纷落，必一一拾而裹之，记于簿，加印花焉。然所裹皆赝（赝）鼎，盖已为匠役等易之矣。更有宫人绣履七八箱，嵌珠如椒，皆万历间物也。更有皮张库则皆鞟矣。又有药库，内藏毒药甚夥。有不知名者，相戒不敢动。更有金库、银库则历年报空者。"

记清代十库者，以何刚德《春明梦录》为最详。其一云："京师有十库而银库居其三：一系紫禁城内库，存款百二十万，备闭城日用，永远不动也。一系内务府银库，专储金玉珠宝，不藏银也。惟户部之银库则专藏银。余在京十九年，奉派随同查库四次，每次藏银至多不过一千一百万，少至九百万以上。"

其二云："京师银库防弊极严。设管库大臣一员，以户部侍郎兼之，郎中为司员，下有库书数人，库兵十二人。库书不入库，而入库者只有库兵。外省解饷到库，每万两闻需解费六十两，却非明文，不知库书、库兵如何瓜分。然库兵入选之日，户部门外必先有十数镖客保之去，防被掳勒赎也。库兵之贵如此，似非区区部费所能养其廉，是非出于偷窃不可。库兵之入库门也，虽严冬亦必脱去衣裤；内别有衣裤，亦不能穿之出库。出库时，库门设一板凳，跨之而过，示股间无银也。且两手向上一拍，口叫‘出来’二字，示胁下、口内无银也。然其偷法有出人意表者，则以谷道藏银也。法用猪网油卷圆锭八十两，恰可相容。平时则向东四牌楼一秘密药铺买药服之，谓男子谷道亦有一交骨，服之则骨可松。然油卷巨而银之分量重，塞之于内只能容半点钟工夫，稍久亦便出。余初疑其说，同人告余曰：‘汝不查过内库乎？内库兵不曾脱裤，因裤藏皆大元宝也。’余闻之亦无以难。至冬间偷银又有抽换茶壶之一法：茶壶出库必倒开一验，冬天冰冻，银在茶内，虽倒开亦不坠也。其余则重出轻入，天平上亦不能无弊。然无论如何，大数不能过差，查库时须求适合，可见所偷亦有限甚矣。”

其三云：“缎匹库，亦户部三库之一也，名曰缎匹，其实御用缎匹皆藏于内务府之缎库，兹所藏者特备赏赐之缎匹及官用之粗质布帛耳。库中有楼，楼上积土不许打扫，土厚时则加芦席以上，积二百余年来，不知加席几次，脚踏其上软如棉，而尘则甚嚣然。查库时堂官率同司官十余人，分楼查点，每项数千百匹，或以一二十匹为一捆，或以数十匹为一捆，查不胜查，不过抽查一二捆，点数而已。有一日，余上楼查三线罗列数百捆，捆高充栋。余举其最高者，指一捆，令其取下查检。库役缘梯而上，高举布捆，倒掷地上，尘土四起。时方盛暑，挥汗如雨，面目为之黧黑，盖库役嫌余苛察，故恶作剧也。三库内又有颜料库，所藏尤杂。各种材料皆备，檀香成堆，散布于地，然无人敢检拾者。宣纸多数十年物，积叠如墙。闻其中有蛇穴居，每次查库者皆不敢过问。年年贡品，用之不竭，日积月累，几不可数计。月要岁会，册籍朗若列眉，其实偷漏抽换，弊窦固无可究诘也。”

其四云：“京师十库余均查过。内库户部三库之外则有内务府六库。六库中银库在弘义阁（太和殿之西庑）。库藏最贵者为蓝宝石，约两指大，仅三片，金刚钻大如青果核者两口袋，余则金玉珠宝璀璨满目而已。磁库内古瓷如宋元明所制，排列数十架，色色俱备。若南薰殿茶库所藏字画尤多可观，历代帝王像有盘古、有汤武，唐宋以下即较全，间亦有皇后像。此外如徽、钦二帝及李、杜小像各十余帧。徽、钦活画蒙尘面目，李白面白而须稀，杜甫面黑而胖。又有吴三桂斗鹌鹑小像，皆特色也。闻又有王右军墨迹及古画甚多，值大雪天寒，不免有分班偷空时刻，惜未能遍观也。他如缎库、皮库，记又有一颜料库，皆视外库为优焉。”

三〇　近代物价

筠连曾次乾有《宣统辛亥与民国十四年乙丑之物价比较》一篇，录之如下：“昔者辛亥也，今者乙丑九月也，皆以制钱计，铜币一枚合制钱十文。物价之以升计者，米昔六十，今六百。苞谷三十，今四百。以斤计者麦面昔二三十，今四百。园麻昔七八十，今九百。煤昔一文零一二，今八块（?）。火酒（苞谷所酿）昔四十，今七百。桐油昔五十，今六百。菜油昔七八十，今五百。麦醋昔上等三文，普通一二文。蔊椒昔七八十，今六七百（七星椒一千文）。红糖昔三四十，今五百。糖霜昔八九十，今一千。牛肉昔四十八，今四百四十。猪肉曰和身滚，昔七十四，曰净肉，今七百四十，曰带头，今六百四十。鸡昔四十八，今六百。以二斤作一斤计者，猪蹄、猪头依猪肉价。锄及其他铁器九百，今一千二百。以两计者，猪油昔一百二十，今一千。芝麻油昔十五六，今一百四五十。毛尖茶昔五六十，今一百五六十。鸦片昔一千四五百，今一千七八百。旱烟出金堂、什邡者，昔二百，今二千四百；出本县者，昔七八十，今八九百。水烟（重八钱）昔十六，今一百。以件计者，白布（重二十四两）昔七百，今七千。猪肠肝、猪肚肺昔三百，或不及，今依猪肉价。猪脑昔十六，今四十。鸭昔一二百，今一千。鸡蛋昔四，今四十。皮蛋昔十，今九十。以二件作一件计者，猪腰昔二十四，今二百四十。以根计者，小葱昔五六根一文，今三根二文。蒜苗昔二三根一文，今一根五六文。工资之以月〔月〕计者，耕种昔八九百，今七八千。女佣昔七八百，今二千（若计日今二百文）。以日计者，缝工昔八十，今九百。女缝工昔四五十，今六七百。泥瓦匠昔六十，今七百。木匠昔八十，今八百。其他小工昔四十，今三百。以次计者，理发昔二十四（小孩八文或十二），今二百。至于银价，昔之每两易制钱一千五六百，今五十二千。今昔相同者，制钱一千文扣底钱六文，铜圆百枚扣一枚。”

三一　元代之抑勒权势

至元十九年，拘括江南官豪隐匿逃军。二十年，禁云南权势多取债息，仍禁没人口为奴及鲸其面者。二十三年，中书省以江南隶官之田多为强豪所据，立营田总管府，其所据田仍履亩计之。

武宗至大二年以约苏言江南富室有蔽占王民奴使之者，动辄百千家，有多至万家者，其力可知。自今有岁收粮满五万石者，令输二升于官，仍货一子而军之。

皇庆七年（编者按：疑有误，皇庆年间为公元1312年—1313年），诏京帅势家与民均役，皆惩宋之弊也。

三二　元代诸匠户

元代诸匠户之见于《食货志》者，益州有陶金户二千，建康七千三百六十五。云州有炼银户，费里沙有淘玉户六千，益都有采铜户一千。在辽阳者，拨采木户一千采之。在澄江者，拨漏籍户扇炼，西京有铁冶户七百六十，交城铁冶户一千，在顺德者，拨冶户六千扇焉，在济南者，拘漏籍户三千扇焉。

至元二十一年，阿鲁和诺克言曩于江南民户拨匠户三十万，其无艺业者多，今已选定诸色工匠，余十九万九百余户宜纵令为民，从之。见《世祖纪》。

又《世祖纪》有河南舞阳姜户、藤花户，《成宗纪》有桓州甲匠。又云徙甘凉御匠五百余户于襄阳。

《世祖纪》又云："宏州匠官以犬兔毛制如西锦者以献，授匠官知宏州。"宏州今察哈尔境。

三三　元代中外互市之大概

据《元史·食货志》，元自世祖定江南，凡邻海诸郡与番国往来互易舶货者，其货十分至十五分取一，以市舶官主之，大抵皆因宋旧制。至元十四年以后，每岁招集舶商于番邦，博易珠翠、香货等物。又定双单抽之制，以别番货与土货，双抽者番货，单抽者土货也。十九年，令市舶司以钱易海外金珠货物，仍听舶户通贩抽分。二十年，遂定抽分之法。是年禁舶商以金银易香木，惟铁不禁。三十年凡金银铜铁男女并不许私贩入番。成宗元贞二年禁海商以细货于马八儿呗喃梵答剌亦纳三番国交易，大德七年禁商下海，延祐元年仍禁人下番，官自发船贸易。

三四　北朝杂户

北朝各色杂户之称恒见于史者如左列：

僧祇（祇）户

《魏书·释老志》："……故沙门统昙曜昔于承明元年奏凉州军户赵苟子等二百家为僧祇（祇）户，立课积粟拟济饥年，不限道俗，皆以拯施。"

白　户

《北齐书·文宣纪》："诏免诸使作屯牧杂色役隶之徒为白户。"

府　户

《北齐·魏兰根传》："缘遏诸镇，控摄长远。昔时初置，地广人稀，或征发中原强宗子弟，或国之肺腑，寄以爪牙。中年以来，有司乖实，号曰府户，役同厮养，官婚班齿，致失清流。"

乐　户

《周书·司马消难传》："陈平消难至京，特免死配为乐户，经二旬放免。"

《通典》二六四："齐神武秉东魏政，迁都于邺，群盗颇起。遂立严制，诸强盗杀人者首经皆斩，妻子同籍，配为乐户。”

三五　酒楼

《明实录》：“洪武二十七年八月庚寅，新建京都酒楼成。先是，上以海内太平，思欲与民偕乐，乃命工部作十楼于江东诸门之外，令民设酒肆以接四方宾旅，既又增作五楼，至是皆成，赐百官钞宴于醉仙楼。”

《秦淮广记》云：“酒楼本十六，其一北市楼，建后被焚。”此《实录》止言增建五楼也。十六楼者，在城内者曰“南市”“北市”，在聚宝门之西者曰“来宾”，在聚宝门外之东者曰“重译”，瓦屑坝者曰“集贤”、曰“乐民”，在西关中街北者曰“鹤鸣”，在西关中街南者曰“醉仙”，在西关南街者曰“轻烟”、曰“淡粉”，在西关北街者曰“柳翠”、曰“梅妍”，在石城门外者曰“石城”、曰“讴歌”，在清凉门外者曰“清江”、曰“鼓腹”。此见《金陵琐事》。《艺林伐山》遗南市、北市，陈鲁南《金陵世纪》遗清江、石城，皆因宴振之诗“十四楼”之误而曲为之说。酒楼之设，所以来远人盛都市，此制自古有之。曹植诗“青楼临大道”，疑即是官建歌楼，与民同乐。《南史·李安人传》：“明帝大会新亭楼劳诸军主樗蒲官赌，安人五掷皆卢，帝大惊，目安人曰：‘卿面方如田，封侯相也。’”新亭楼疑亦是酒楼，故可犒军，可以樗蒲。唐时渐多，楼名不可悉举。

如《酉阳杂俎》所载长乐坊、安国寺红楼，睿宗在藩时舞榭，此亦恐是酒楼。宋制尤备，《东京梦华录》所载集贤楼、莲花楼、礼乐楼、宣德楼之类，三层相高，五楼相向，各有飞桥栏楯是也。凡名都大邑皆有之。范石湖《揽辔录》云："过相州，市有秦楼、翠楼、康乐楼、月白风清楼，皆旗亭也。"《陆放翁集·对酒》诗自注："宝钗楼咸阳旗亭也。芳华楼在成都合江园。"

三六　冰嬉

近年冰嬉（俗云溜冰）之戏盛行。后生小子但知为欧西之风，不知吾国古已有之，即冰鞋之制亦曾无以异也。宝竹坡《偶斋诗草》中有咏此物诗云：

朔风卷地河水凝，新冰一片如砥平。
何人冒寒作冰戏，炼铁贯韦当行縢。
铁若剑脊冰若镜，以履踏剑摩镜行。
其直如矢矢逊疾，剑脊镜面刮有声。
左足未住右足进，指前踵后相送迎。
有时故意作攲侧，凌虚取势斜燕轻。
飘然而行陡然止，操纵自我随纵横。
是耶洛仙非列子，风胡能御波能凌。
侧闻冰嬉本故事，水（冰）嬉仿佛传西京。
隆冬景物液池好，翠华莅止山水荣。

旧典不举越十稔，宵旰衣食游幸停。
闲人游手恣戏谑，年年结队嬉郊垌。
临深履薄亦何益，蹈险行乐忘战兢。
我来观此触旧感，醉言狂放君试听。
安得风伯大神力，吹使四海同坚冰。
火舟胶轮鲎帆冻，魍魉缩首牵长缨。
九州聚铁锻为履，万牛析鞹萦索绳。
王师十万踏冰去，长驱直捣趋西溟。
月支取头作饮器，金银收得供彤廷。
十洲三岛绕周遍，变夷用夏非观兵。
安能有人肩此任，人心所注天乐成。
言绝兴尽废然返，芒鞋蹩躠劳莫胜。
南望鸡笼海云隔，风涛激荡难结凌。

按：乾隆中潘荣升《帝京岁时纪胜》云："太液池之五龙亭前中海之水云榭前，寒冬冰冻。以木作床，下镶钢条。一人在前引绳，可坐三四人，行冰如飞，名曰托床。积雪残云，景更如画。冰上滑擦者所着之履皆有铁齿，流行冰上，如星驶电掣，争先夺标取胜，名曰溜冰云云。"知乾隆中已有此戏。今北海庆霄楼即高宗奉太后临观冰嬉之所也。

考乾隆御制诗注："每冬太液冰坚，令八旗与内务三旗简习冰嬉之技，分棚掷采球，互程趫捷，并设旌门，悬的演射，用娴步伐止齐之节，皆轮番阅视，按等行赏，以为常例。"又云："国俗常有冰嬉之典，树旗门，整编伍，士皆缇衣齿履，鹄立以俟。驾前分棚掷鞠，健步争先，意注手承。及旗分八色，盘旋弥络，悬球仰射，如凌虚振翼，自在游行。事毕依例按名颁赉，八旗及内府三旗岁于冬至后举行亲临阅赏。”

三七　西洋建筑

吴仰贤《小匏庵诗话》云：同里沈丈慕琴直刺亨惠，从弟晋仙之外舅也，道光庚子举人。由教习期满出宰粤东，未捧檄前，屡困公车，逶迟日下。性情豪迈，喜交游。其抑塞磊落之概，时寄之于诗。尝随朱颖艭观察幕游羊城，有《登西洋鬼子楼》长篇，以诗代绘，如出鬼工。诗曰：

危楼杰阁高切云，蛎墙粉白横雕甍。
钩阑高下涂净绿，铜枢衔门屈戌平。
踏梯登楼豁望眼，网户宏敞涵虚明。
复帐高卷红靺鞨，科苏斗大悬朱缨。
华灯四照铜盘腻，虬枝蜷曲蚖膏盛。
丈余大镜嵌四壁，举头笑容来相迎。
毾㲪布地钉帖妥，天昊紫凤交纵横。
佉卢小字愧眯目，蛛丝蚕尾纷殊形。
鹉毛管小制不律，琉璃碗大争晶莹。
器物诡异何足数，波斯市上嗟相惊。
白鬼婆娑黑鬼跃，猿啼雀步来零丁。

睛圆鼻突蜷毛发，短衣密扣灿繁星。
穷裤连缠贯髀股，皮鞨组带状殊狩。
魑魅形应叱叔夜，撑犁语更穷士衡。
见人逡巡掉头去，手一短筇双目瞪。
我皇德威遍四海，宇内久息潢池兵。
西域三十有六国，通商惠工除苛征。
他族逼处究非策，奸宄须防芽蘖萌。
罔利争悦吐金鸟，掉尾岂乏横海鲸。
抚绥安辑赖大吏，溟渤终古昭澄清。

此正鸦片战争前所目击之广州西洋人所居也。其描画西洋人形态，尤觉绘形绘声，穷形尽相。此皆诗史中之足珍者。

杨钟羲《雪桥诗话》云：李侍郎友棠为穆堂阁学孙，阿文勤乙丑所取士。乾隆丙申以王锡侯《字贯》忤逆之书，作诗赞美落职。乙亥给事中时，巡视台湾，有《赏番图》，题者甚夥。秦西岩诗：

胡床高踞绣衣尊，赏遍生番与熟番。
猫女仙郎齐拜舞，都都争献小黄门。
红毛楼外洋更准，白玉山前海吼迟。
三十三区五十澳，一时齐唱赏番诗。

红毛楼盖即荷兰人所居矣。

三八　大族制

中国合族之法，各处不一。闻山西尉迟氏自唐至今未尝分家。其法族中必选有才行之人为族长，有公案，有钤记，凡族中之事皆听其一言为进止，无敢违。其继任之族长即由前族长自行选举，他人不得干预。至举出后，定三日受事。相传前有一族长所举代己之族长才十四岁，云遍察合族人惟此儿可任此事，因召其人告之。其人殊不谦却，惟云须试办一二日乃敢定允否，族长曰可。其人因遍召族中各房长至，下令曰："明日可尽割田中麦。"时才三月，非割麦时，然诸人皆唯唯受教，旋散去。其人又潜出巡视各处，即又召诸人至令曰："顷已察得麦未熟，未可割，可即停止。"诸人又诺而去。乃白族长曰："可矣。"族长问其故，曰："闻令而应如响。是服教，今吾退而察之，则皆各谕具属，无敢匿令者，是不敢惰慢也。如是吾故以为可为矣。"族长深然之，因以事授之。

又苏州范氏文正公后人巨族也，向推一人为族长，设公案听断一族之事，立有钤记，死或他故则更以钤记授后人。交替时必着公服，一若官之受代然。

又江西礼城白马岩吴家，其所开典当之账簿以《千字文》编号，每月用一字，凡用《千字文》一周即必设酒食请合族人及诸司事者会饮，今已二百数十年矣。盖吴氏祖制，凡当皆不得分析，每房以次轮值一月，周而复始，值月者以时促不能亏空作弊，故能久存也。

又山东章丘九经孟家之法，祖遗产业亦不得分析。每添男丁即由族长月致所应得之钱，妇丧夫者必问欲更嫁否，若欲嫁则备奁具一分，由族中为择大家嫁之，若至三年犹不肯嫁，则送以鸦片烟具一分，吸与否亦听之，月致金如故。男子令识字读《四书》，取粗通文字，不令作文，惟许武试，然亦得武举而止，倘必欲仕官者，亦听其自由，惟不能得分金。族人有小过，族中断之，犯大罪即令出族，而听官处置。今京外各处凡店名三字而以“祥”字居末者，皆孟氏之产也。四事皆出《庄谐选录》。第一事似不免装点寓言，余当可信。

同居之俗虽在今世不足重，然古人之所以重之者，亦缘其必有良法美意足以维系集团生活而成一社会中心也。河南偃师任氏在明清间为北方第一义门。据南皮张氏《秋坪新语》记其族制颇多可取。略云：“佾生任天笃自其四世祖光玉至四世孙瑞丰同居者九世。所居顾县镇成周缑氏故城也。其地土厚水深，任氏自山右来居，田仅四百亩，以耕以食，男妇蕃衍至百六十余人，合爨历百年如一日也。先是，天笃祖开昌生五子，欲试其心，潜以金二百匿麦囷中，为士尧、士舜拾之以告。开昌曰：‘天赐也，盍取之？’二人以子无私蓄，坚请。开昌知其意诚能笃天显者，乃立永不析产议，使士尧为家督，更条为家训者四：曰婚姻为人伦之始，孝弟为风化之源，杜私为正家之要，勤俭为持家之法。博引经书史传先儒家训以己意发明之。

其丧祭用朱子礼，毋溷僧道。冬至祭始祖，立春祭先祖。盖本程子意，兼合丘文庄累世同居得行立春一祭之议也。又以家道之离恒由妇人，田真泣树，缪彤自挝，往事俱在，故于新妇入门许用纨绮，既庙见后即贮公厨，止给布素。家长召至中庭，导以美恶利害，反复引申，俟无间言乃使视饎佐饔，不率教者姑教之，无弃理，卒愧悟。比二年，自操井臼理饔飧，年五十始不执役。或有不终所天者，各妇更番代之，无累以劳，用厉贞孝，无再适人者。女十岁即授之棉花教纺织，随事变易，以为妆奁资。朔望日聚子弟中堂讲《孝经》、小学，次日以《孝经》《女训》训妇女，细绎再四，破析入微。以故妇女无私馈无私假，无饰容观无适私害，以交勖礼义焉。其闲子弟之法，无逐木，无入城市，耕读外惟学医济人，毋索谢。不能者执百工之业自食其力。亲党中有贫必委曲周恤，毋漠视。其居室分昭穆以环中堂。厨分内外左右，毋逾阈。男女以班序，食尢儳越。世行敦朴，不外交。过其村者，望云树融和烟火蔼郁书声纴声相上下，无不肃然以敬怡然以欣。乾隆甲辰宸翰赐'义门敦睦'额。"

三九　裱褙

裱装书画之法，张彦远《法书要录》《图画见闻志》已详言之。如云："装褙画轴，煮糊必去筋稀缓得所，搅之不停，自然调熟，入少细研薰陆香末，永去虫而牢固。"又云："勿以熟纸褙，必皱起。宜用白滑漫薄大幅生纸，纸缝相当则强急，舒养有损，要令参差其缝，气力均平。"又云："宜造一大平案，漆板朱界，制其曲直。"皆今法所本。

叶昌炽云："曩见文渊阁书籍外装锦函皆卍字挖嵌式，五百余年，毫无损脱，亦无蠹蚀，此其煮糊必有奇秘之法，惜不得其传耳。"又云："今人藏帖用剪裱，丰碑直行，分条合缝，联缀无痕，世谓之'蓑衣裱'。四围镶边，多用白纸，或黑，或紫，或蓝，亦间用虎皮笺，或用五色槟榔笺，或用古藏经笺，背后衬纸。最上用东洋皮纸，其次用粉连纸，劣者用粗黄纸，然浆性漓则易脱，且生虫蚁，不能经久，或仅垫薄纸一层，每一叶接缝处以纸黏合，循环舒卷，谓之'巾折裱'。书条横幅或古碑之逐层横列者，即可整裱，不分条不割字，接缝处亦不用镶边，此较能耐久，且不损字。小造像及彝器拓本宜用挖嵌裱。大者一叶一通，小者多至三四通，空地可写释文，或随意题识。字之极大者或用推篷式，或一叶一字，或一叶二字。擘窠书及石刻图画不能剪裱者，可用方胜折叠之法。诸山题名及唐墓志或以数十通合装一册，亦可随其大小长短而折叠之。又有用装钉书籍之法，线穿成册，工值既省，且便临池，然中间褙字之处必隆然凸起，亦需用挖嵌法，背后再垫纸一层，庶几妥帖不皱。古人得佳碑喜整装，既免脱落，且不失原碑尺寸，诚为善法。然非铺案挂壁，无从展阅。余谓收藏碑板须有两本，以正本整装留原石制度，以副本剪裱，明窗净几，取便摩挲。整装之法，亦有二，金题玉躞，所费不赀。或仅用皮纸一层托之，不加杆轴，折叠平匀，外帖藏经纸签，写碑目及年月，书撰人姓氏，一二十通为一集，或加夹板，或青布函。凡收藏稍富者，此法最宜。拓手之精者固不易，装池更不易，凡碑文左行者，粗工不省，往往仍从右起，行字颠倒，不复成文。《醴泉》《皇甫》诸碑尚有旧本可为依据，稀见之碑，分条割字，偶失原序，前后即致舛午。剥泐之处或仅存半字，或微露残笔，辄割弃如敝屣，分书行草，波磔飞动，或致跳行，或越方格之外，亦多割损，如伐远扬。故余每装一碑，虽丰碑仅存数十字，其无字处亦谆谆戒其留空，提行空格必依原式，凡字口陷内，皱痕不可过求熨帖，若舒之使太平曳之使太直，古人笔意必尽失如墨猪矣。此皆非俗工所能知也。”

四〇　清后宫之制

按宫史所载定制，皇帝尊圣祖母为太皇太后，圣母为皇太后，居慈宁、寿康、宁寿等宫，奉太妃、太嫔等位随居。皇后居中宫主内治，皇贵妃一位，贵妃二位，妃四位，嫔六位，分居东西十二宫，佐内治，贵人、常在、答应俱无定位，随居十二宫，勤修内职。十二宫者，景仁、承乾、钟粹、延禧、永和、景阳、永寿、翊坤、储秀、启祥、长春、咸福，乃乾隆六年所定也。至宫女则各有名额，皇太后十二人，皇后十人，皇贵妃、贵妃八人，妃嫔六人，贵人四人，常在三人，答应二人，皆挑选世家及拜唐阿（宿卫者）闲散之女充之，此种宫女及岁即出外遣嫁。

有清后妃中有汉人，自世祖妃石氏始，户部侍郎滦州石申之女也。其家且见于《池北偶谈》。案《实录》，顺治五年诏许满汉通婚，汉官之女欲婚满洲者，令报部，故妃得以汉籍入选。《永平府志》且载其恩宠之状云："赐居永寿宫，冠服用汉式，敕石申妻赵淑人乘肩舆入西华门至内右门下舆入宫"云。然其后圣祖、高宗后宫中亦多汉姓，而仁宗之生母孝仪纯皇后本姓魏氏，嘉庆二十三年特谕于玉牒内改书魏佳氏（据《实录》），颇疑其实为汉人而讳言之也。

每三年行选秀女之制，由户部奏请日期，届日于神武门外预备，宫殿监率各该处首领太监关防，以次引看毕引出，其秀女等各给饭食，并车价银两，俱由户部支领。

诸帝中享国最久者，圣祖四后、二贵妃、十妃、四嫔、七贵人、七庶妃；高宗三后、四皇贵妃、二贵妃、八妃、八嫔、二贵人；而文宗年仅三十乃亦有三后、一皇贵妃、二贵妃、四妃、六嫔、三常在。此皆见于《清史·后妃传》。

又据《实录》："顺治十五年十一月礼部等衙门会议宫闱女官名数品级及供事宫女名数，乾清宫置夫人一人，秩一品，淑仪一人，秩二品，婉侍六人，秩三品，柔婉二十人、芳婉三十人，俱秩四品，设尚宫、尚仪、尚服、尚食、尚寝、尚绩六局，内官主之，秩六品。又慈宁宫设贞容、勤侍之属，无定数，品级从之。然事实抑而未行。凡宫史中称女官，似皆内务府派充，其所由来亦莫详也。”

历观前史之制，清之后宫为最简肃矣。

四一　致书皇帝

远邦书问词义有经翻译而仍极可笑者。《隋书》载突厥致书云：“从天生大突厥天下贤圣天子伊利居庐没莫何沙钵略可汗致书大隋皇帝，皇帝妇父，乃是翁比，此为女夫，乃是儿例。两境虽殊，情义如一，自今子子孙孙乃至万世，亲好不绝，上天为证，终不违负。”此国羊马皆皇帝之畜，彼之绘彩皆此国之物。其称号亦如蒙古帝之冠以长生大气力里云云，而明帝之冠以“奉天承运”四字亦未尝不相类。至唐宋诸帝之有尊号，殆亦即其意，正未可以其为远夷之俗而笑之矣。明以后诸帝仅有一纪元之号，即以此为称，故尊号亦可省耳。

《池北偶谈》载康熙二十一年蒙古为请旨事：“外藩蒙古王、贝勒、贝子、公、台吉等臣诚惶诚恐谨奏者：向因逆贼吴三桂相率叛乱，军民极其荼毒，幸我皇上不惮心身之劳，孜孜图治，仰见天朝早臻太平，是以祭告太祖皇帝、太宗皇帝、世祖皇帝，复上太皇太后、皇太后徽号，涣颁恩诏，大赦天下，爰加赐赉，率土俱欢。恭上我皇帝尊号为至神大德治平天下圣皇帝，伏祈皇上俯准臣等所奏，臣等不胜欣跃。”奉旨：“朕自御极以来，夙夜孜孜，勤求化理，期于中外乂安，生民乐业，今逆寇虽已荡平，治化尚未孚洽，前诸王大臣等请上尊号，已经有旨，尔藩王等所请亦不必行，该部知道。”是清代仍有此议。

明《张文忠公集》有《番夷求贡疏》，略云：“接得巡抚甘肃兵部右侍郎兼都察院右会都御史侯东莱差人赍到乌思藏僧人番书一纸，译称释迦牟尼比丘锁坚南错贤吉祥合掌顶礼朝廷钦封干大国事阁下张，知道你的名显如日月，天下皆知，有你身体甚好。我保右（佑）皇上，昼夜念经，有甘州二堂地方上。我到城中为地方事，先与朝廷进本，马匹物件到了。我和阐化王执事赏赐乞照以前好例与我。我与皇上和大臣昼夜念经祝赞天下太平，是我的好心。压书礼物四臂观世音一尊，氆氇二段，金刚结子一方。有阁下分付顺义王早早回家，我就分付他回去，虎年二月初头写等因。”奉圣旨：“卿轴理勋猷，宣播遐迩，戎狄咸宾。朕得以垂拱受成，深用喜悦。览奏具见忠慎，宜勉纳所馈，以慰远人向风慕义之诚。”

又《池北偶谈》载康熙二十五年荷兰国王耀汉连氏、甘勃氏遣陪臣宾先吧芝奉进贡表词有云：“外邦之丸泥尺土乃是中国飞埃，异域之勺水蹄涔原属天家滴露云云。”竟是中国代为之词，与隋时突厥之词适相反矣。

四二　书院文献

近人颇主张书院制度，足辅学校所不及。其实往时书院亦全恃宏奖风流之大吏，延聘山长得人，始有实效。否则秕弊百出，亦无非庸流之窟穴而已。清季纷纷改为学堂，遂使多年书院文献皆湮灭不可得见。偶录数则于左。

问津书院在鼓楼南大街。掌院山长二位，分官、斋两课。每月考生童二次，膏奖需项由运库支发，年终报部。乾隆十七年邑绅查为义捐地基创建，有卢公见曾碑记可证。

三取书院原在三岔河口南岸，今移于东浮桥之东，乾隆二十年泸州同知王又朴捐修地基建立。每岁束脩膏奖由芦商捐资支给。嘉庆六年重加修茸（葺）。今同归运库支发。生童课与问津同，额数稍次。

辅仁书院在城西北文昌宫，每月二次课生童文艺。山长由本籍延请，膏奖需费有捐化生息银两。至官课奖银一项由道、府、分府、知县四衙门轮流备发。道光十年邑绅侯肇泰、举人梅成栋创建。

会文书院在城内义仓前，系举人考课之处，光绪初年立。由运司祝公垲倡议，实任运司如公山酌定。由运库每岁支领京蚨二千吊以为经费，历任津海道并运司天津道捐资。除修造工程外余钱六千吊，发典六厘行息，为士子每月膏火之用。无山长，通城现任官轮流月课，皆捐廉备奖。历任司道施存书卷甚富。经理书院及义塾董事为邑绅娄君，每岁立薪水三百六十金，由运库支发。（右钱塘张焘《津门杂记》）

敬业书院初名申江书院，本明潘恩故宅，后为西人利玛窦寓所。中有观星台，遗址尚存。相传康熙年间严禁天主教，遂毁其堂，籍入官产，改为书院。经地方官屡行集资修建，又倡捐以足经费，然后规制乃宏，诸生多来肄业。在沪掌教者，素称优缺。每岁上游所荐山长不下十余人，其实督课者不过一二人，余皆糜地方官脩脯而已。官课道、县分主之，师课则山长专主之。惟课无定期，与省中书院小异。有时官长莅至，借作居停，则与北路僻县无行馆者相似。以讲艺之地为息宾之所，未免甚嚣尘上矣。同治乙丑，法人索还书院，以其本为天主堂故址也。旋移建于县东旧学宫基，仍名敬业。按：邑志所载观星台高不过二三丈，湖石叠成，极玲珑嵌空之致，盘旋上之弥迂远，前铺紫石为阶，刻黄赤道及经纬缠（躔）度。乾隆间修院废之。今石砌犹有可识。

蕊珠宫即蕊珠书院，在县治南。内设监院一人，司生童试卷及出纳膏火。是院创于道光八年。时陈芝楣銮方为观察，喜其水木清华，得山川之秀，遂葺为书院。增建奎宿阁三层、方壶一角、海上钓鳌处诸胜。陆梦坡方伯继之，增拓其规，曲廊高阁，蔚然可观。当院之初设也，董其事者为邑中某孝廉，倡言系本城绅富捐赀，外邑人不得阑入，今著为令甲（令甲出《汉书》，谓令之甲乙次第也）。试于院者悉沪城氏族，即选敬业书院诸生三十六人月课于此，取十八人为登瀛上舍。夫书院之设，本为切磋文艺，于功名得失无关。询之他郡，从无外邑人不许与试之例，果尔则某孝廉隘甚，宜其传笑四方，流为谈柄也。

南园珠来阁久不可考，自改书院以来，黄邑侯冕及阳金城、汪忠增二观察并捐俸千金，与绅士集成课试经费，并增课额七十二人。先后董其事而克成之，邑孝廉金君树涛也。道光十八年又售院旁民居，拓建芹香仙馆、致道堂、育德堂及左右两庑为学舍，而珠来阁得复其旧。南园每至盛夏，辄设茗肆，游者众至，惟珠来阁则不许登。阁左为山雨欲来风满楼，西向凭窗远眺，烟树苍然，雉堞如画，楼下高荷万柄，纳凉胜地，无过于此。

龙门书院建自同治四年，丁雨生中丞在任时捐廉倡设，而应敏斋方伯踵成之。其地为李氏吾园废址（始设时仅在南园之湛华堂，地狭规制未备）。院中肄业诸生定额三十人，每岁仲冬例由观察甄别。其课程以经史性理为主，而辅以文辞，尤以躬行为重。院中诸生于行事读书俱有日记，各置一编，盖士先器识而后文艺，固教育之正轨也。先后所延山长皆品学素著者，如平湖顾访溪明经（名广誉，咸丰辛亥荐举孝廉方正）、兴国万清轩征君（名斛泉，咸丰丁巳胡文忠公疏举隐逸）、兴化刘融斋中允（名熙载，曾任广东学政），皆其选也。

诂经精舍创自同治十二年，为沈仲复观察所专设，自分廉俸以给诸生膏火，其嘉惠于士林实无穷也。课士不尚诗文，专讲经史，与龙门书院实相表里。沪自通商以来，当南北要冲，寄籍之士云臻雾沛，即欲肄业龙门而额隘难容，故观察乃有此举也。精舍中广储书籍，无一弗备，俾士子得以枕葄其中。昔太傅阮文达公振兴文教，提倡宗风，于粤设学海堂，于浙设诂经精舍，皆以史论经解觇士之学识。观察浙人，故以文达之惠浙者转以惠沪，谓非沪

士之所深幸哉。（右长洲王韬《瀛壖杂志》）

以上适为清季津沪两地书院文献，今日视之，极为可珍。李越缦曾为李相国延主问津，考《越缦堂日记》，住院时极少，脩脯年约千金，已为近畿有数优馆。李阅卷极认真，诸生得益即在此。其所陶成之佳士颇不乏人，遗泽永矣。

又日本冈千仞观光纪游述其所目睹之龙门书院云：“书院本李氏家园，应敏斋为道台时买为书院，以待四方士子。有泉石之胜，竹树萧洒，亭台雅洁，略似我邦禅刹。堂壁录朱子白鹿洞揭词。其设科一以经史宋学为主。”冈君以光绪甲申来游吾国也。

章实斋与洪稚存书，备述其初到归德文正书院之景况，历历如绘。书云：

> 廿一日早行，走访王判府，始终不得晤。留话令渠监奴致意，遂发长路。出自东门，阳乌过天秤矣。风起尘暗，车行不甚快意。柳色尚青，惜其困风尘中，不见濯濯新致。四十里至陈留，天色未晚，驺从俱倦。欲驻足遍觅旅店不得，又强行二十五里，草店一宿。五夜鸡鸣，下弦巽月出东南方，鸣铎宵征。平沙作烂银色，天翠洗润，凉欲增裘。十许里东方渐作曙霞，秀天远树，掩映作湾环势。麦绣平畦，村庄点缀，杏花如雪，烟光淡宕，晴风细流，沙尘不起。三十五里杞县小食，七十里睢州，鞠使君以事赴郡城。

莲幕沈君怀青故乡人也，将使君意迎款署中，设馔道故乡旧事。衙鼓初严，归行馆寝，署中遗刺将意。已而黄君来访，使君婿也，韶秀温文，问年则二十矣。廿三日早起迟州隶不至，辰刻始行。五十里宁陵县，买麦饼作中食，天卓午矣。自此以东皆昨岁黄河漫溢地，淤沙高出如波涛起伏。车行时登时降，不得里许平衍。风起天阴，沙势迷漫，不辨远近。大树埋身沙底，枝柯着地，扶苏盘蔚，如伟丈夫屈身作童子戏。时见佛寺浮图累累出土仅三二级，乃如南州春笋惊雷乍坼甲也。村舍人家陷入地中，或露其脊，或出其檐，村民结苇，列屯平沙，相与掘地寻故栖止。搜其盖藏，犹能不失故处。其有力者斩茅筑垒，栋宇一新，下视故址则登天矣。小舟无数，横沙砾间，盖黄水盛时滔漫田野，居民舟楫通道，今则置高阁矣，乃知沧海桑田何必蓬莱三岛始为异事。行五十里，黄昏始抵郡城，俾隶先驱报当事者。隶迷所往，停车四达之衢，不知所从。适鞠使君行馆乃在咫尺，驺人走相告语，因止骖馆中。使君赴酌未回，家人供晚食讫，将觅旅店暂作栖止。已而馆人至礼椽至，太守遗刺申意。商丘诸明府馈餐，则腹已果矣。夜来宿书院中，深宅窅窱如在空谷。夙兴投刺通谒，纷纷报访，数日未有已也。书院在东城内，西与府学为邻，台门耸起，榜题“文正书院”。入门由右折，重门北启。其内为正心堂，堂后小院，门隶及外司厨家于其右。傍门腋出小巷，与儒学衡宇相望者也。其中为文昌阁，砌台如城闉，杰阁重檐，耸然高矗。下为洞门，阴气森然。穿洞北上，是为讲堂。上有层楼，榜题“藏书”，然今已无书矣。其楼三栋，凭窗而窥四邻，房宇在几席下。左右有四翼室东西两庑各五间，诸生肄业处也。堂后为文正祠堂，轩敞高爽，实院中主室。东西两庑亦俱五栋，则院长所居，较诸生塾舍宽衺殆将倍差。庭院旷荡亦倍于前，有古柏三株，上竦无枝桷，高槐二株亦直上其阴，桃树五株夹植，中唐甃甓，于时桃且华矣。紫丁香、木海棠、月季红各一。又有玫瑰二丛，楮材一树，皆芜秽未修，枯枝残叶满地不扫。东庑檐下有井，城中得水不易，东郭附近居民朝夕取汲于是，不胜哗也。当事者议以后院为院长安顿家累，禁止居民行汲。院长病其妨民，俾以篱落间之，每日早、暮放汲二次。启闭有度，限之以时，亦于居室无碍，如是庶几不以便于己者或累于人。东北隅有小院，轩启四楹，可为别馆。西北隅亦一小院，则厨灶也。馆舍宽广，足以侨置家累。窗几明净，足以编摩文史，学校苦无藏书，询其所有，自《明史》外皆不知也。陈翰林濂为城中巨绅，时通往返，闻有藏书可借，然未必富也。旧家如侯氏、宋氏向来颇有子弟在院肄业。今以当事者公冗急不得暇，旬日以来尚未考录入院生徒。此时启馆未有期日，书院门可张罗。院长正喜借此优游。回忆豫懋堂株守斗室，户外市井纷嚣，不得跬步一散积郁，到此乃如盆鱼移置池塘，总不得江湖浩荡，亦且免曳尾触四围矣，官场报访及宴会征逐稍已即间。三月朔日为始，排日编辑史考，检阅《明史》及《四库》子部目录，中间颇有感会，增长新解，惜不得足下及虚谷仲子诸人相与纵横其议论也。然蕴积久之，会当有所发泄，不知足下及仲子此时检阅何书？史部提要已抄毕否？《四库》集部目录便中检出，俟此间子部阅毕送上，即可随手取集部发交来力也。《四库》之外，《玉海》最为紧要，除艺文史部毋庸选择外，其余天文、地理、礼乐、兵刑各门有应采辑处，不特艺文一门已也。此二项讫工，《廿三史》亦且渐有条理，都门必当有所抄寄。彼时保定将家既来，可以稍作部署，端午节后署中聚首，正好班分部别，竖起大间架也。至检阅诸书采取材料，凡界疑似之间可备而不用，不可遇而不采，想二公有同心也。兹乘羽便，先此布闻。其余一切，须开学后接见诸生，与此间人士多有往返，性情相喻，乃可因地制宜。此时固无课业纷扰，然亦颇少文墨接谈，得失参半，亦势之无如何耳。三月初一日。

记杭州诂经精舍者，《履园丛话》云："嘉庆初年，扬州阮云台先生一为浙江学政，两为浙江巡抚，于西湖圣因寺旁设诂经精舍，选诸生中经学修明通于一艺者，习业其中，有东京马融氏之遗风。余每游湖上，必至精舍盘桓一两日，听诸君议论风生，有不相能者辄訬攘面赤。家竹汀宫詹闻之笑曰：‘此真所谓洙泗之间龂龂如也。’其精舍中肄业诸生则有洪颐煊、震烜、徐养源、养浩、陈鸿寿、陈文杰、胡敬、徐熊飞、吴东发、汪嘉禧、孙同元、赵春沂、赵坦、范景福、何兰汀、徐鲲、丁子复、李遇孙、金廷栋、陶定山、张鉴、沈涛、周联奎、顾廷纶、邵葆初、蒋炯、李方湛、吴文健、陆尧春、朱壬、汤锡蕃、王仁、朱为弼、何起瀛、钱林、张立本辈凡三十余人，为一时之盛，及先生还朝，诸生皆散去，或仕或不仕，近且凋落作古人者又不一其人矣。”

记上海龙门书院者，徐宗亮《归庐谈往录》云：“上海龙门书院创自应廉访宝时，地在城西幽处，陂塘芦苇，颇似村居，讲堂学舍，环以曲水，规制亦甚严肃。学徒以二十人为度，课程以躬行为主。万清轩、刘融斋两先生先后主讲，甚负时望。每午师生会堂上，请益考课，寒暑无间，诵读之外，终日不闻人声。有私事乞假，必限以时，莫敢逾期不归。刘先生主讲最久，士论尤协，途遇学徒，望而知为院中人也。刘殁后，一显官告休寓此，大府荐主是院，学徒执业以请，则告以生辈高材何烦日课；乞假以出，告以生辈植品何烦定假。积日既久，院中出入无禁，日夕在外者有之，课试一事等诸寻常校艺，昔之良法美意荡然尽矣。廉访初意欲驾学海堂而上，专讲躬行，而辅以文术，然学海堂定制用意极精。以广东物力之富，道光全盛之时，而公费岁入不过五百金，仅可自给，但立学长，不立山长。学长若缺，即由生徒推补。文达当时创建，其俭如此，上以杜贵要挟荐，下以杜游闲请托，而专为其读书之士谋一下帷地也。龙门大旨与学海相类，而主讲束脩优厚，予人以觊覦之端，未及二十年时移而事迁矣。”

黄彭年《莲池书院记》云：“白莲池为行宫，从万卷楼西，界以垣，为书院。道光中罢行宫，示天下不复行幸，莲池易为宾馆。同治十年，开局修《畿辅志》，予来居焉。光绪四年，予始重领书院讲席。合肥相国置书二万余卷，使诸生得纵观，增课经古，以时奖励，于是远近来学者日众。书院广十六丈有奇，纵仅十丈，而圣殿、考棚、讲院及院长校官之居咸在焉。其为讲舍仅数十楹，今年学者麇集，予既居志局，乃举向日院长校官之居以待学者，犹不能容，或怅然而返。布政使宜兴任公闻之，命知府吴君焕采筹增舍。无隙地可辟，吴君乃就院中相度分布，鸠工庀材，西院增舍九，东院增舍十有一，葺废舍而新之者四，凡增二十四楹，装治用具咸备，费金千二百有奇云云。”

广东之学海堂为阮文达所手创。陈兰甫、朱九江二先生皆出其中，蔚为岭南人才渊薮，与近百年来学术风气关系颇大，爰辑旧闻以存盛事。

学海堂在广州城北粤秀山中，堂中远眺，海门可见。堂阶南出循西下行，折而东，有石磴，迤南至于外垣。其中百竿一碧，三伏时不知暑。自堂皇南望，则见竹杪，堂后为启秀山房，居山之前，故名。堂东石磴、坡陀、梅花夹道，西达于山房。其东最高处有亭曰“至山”，山颠与亭相接。稍东即越王台故址，又东北镇海楼在焉。堂之西亦有磴道可抵山房。此山多南汉遗迹，东则歌舞岗，半山则呼鸾道，嘉时令节都人来游。堂南有室三间，东一室藏书，西二室司阍所处。以上为堂之全景。

至于学海堂本身者，在周垣之中，三楹九架。东、西、南三面深廊环绕，两旁别有画阑，其北余地连接土山，若为山房前导者。堂阶木棉甚高，花时如绣，堂中北墉之东尊藏仪征公小像石刻。北墉之西嵌苍山洱海图，大理石画也。西序刊石者为《学海堂集序》，公教士纲领节目隐括于此。堂南为门者三，门两旁翼以短垣。其上窗棂骈叠，内外洞然。东、西墙窗棂各一，而加敞，皆湘帘静护，尘土不侵。

自经咸丰七年英军入粤之乱，藏书之室毁焉。寇退，拓地建屋以藏书版，改以“启秀山房”之名名之。又于山房东壁外隙地数弓，坡陀而下，架木以平之，构一书斋。同治四年冬落成，陈兰甫先生名之为“离经辨志之斋”。

阮文达初办学海堂，专为课举贡生监以经解诗古文词。其膏火初由督署给发，后又定以沙田租每年约五百余两为堂中经费，合之督署所拨生息之款四千两，每年共可得千金左右。

学海堂之异于其他书院者，永不设立山长。此文达深知山长一人不能兼赅众长，且有盐（鉴）于其时滥荐山长之积习也。故文达之言曰：“学长责任与山长无异。惟此课既劝通经，兼该众体，非可独理，而山长不能多设。此学堂专勉实学，必须八学长各用所长，协力启导，庶望人才日起。”永不设立山长，与各书院事体不同也。八学长同司课事，每年轮值一人管院，第一次之学长则吴兰修、赵均、林伯桐、曾钊、徐荣、熊景星、马福安、应逵八人，皆知名之士也。学长每年润笔银三十六两。

至学生肄业之法，文达去粤后十年，卢坤继督粤，手定尤为严密，卢亦文达门下士也。大要云：诸生各因性之所近，自择一书肄习，又于学长八人中择师而从，谒见请业。每届季课，各就所长交出季课。及同治四年，郭嵩焘抚粤，又从而申明之曰：卢前部堂颁发课程有句读、评校、抄录、著述四项工夫，应令肄业诸生每日读书用红笔挨次点句，毋得漏略凌乱，以杜浮躁。至于评校、抄录、著述三项，视乎其人学问浅深，凡为句读工夫者不限以兼三项，为三项工夫者必限以兼句读。

卢坤在粤又定所读之书云：课业诸生于《十三经注疏》《史记》《汉书》《后汉书》《三国志》《文选》《杜诗》《昌黎先生集》《朱子大全集》自择一书肄习，即于所颁日程簿首行注明习某书，以后按日作课填注簿内。

堂成于道光四年之冬，旧有阮文达像及文达自滇寄赠之苍山洱海大理石屏。又文达联云：“公羊传经司马记史，白虎德论雕龙文心。”乱后晏端书补书之。

旧有《学海堂志》，道光中林伯桐所辑，乱后复经陈兰甫续补，在《修本堂丛书》中。

堂建于道光四年，亦见《两般秋雨庵随笔》。

四三　漳州水仙

漳州出水仙花，为畅销世界之花种，民国二十五年上海报纸有通信一篇，摘录于下，以广异闻。

漳州之种水仙已二百余年矣。据乡老传说，有余凤鸣者侨商于非洲，见一外人之花园内开有此花，甚艳，携归植之。其后种子散播于漳州圆山一带。又有谓原种系拾自海澄港尾者。今其产地在南乡之黄山附近各庄，距漳州仅五六里。兹据漳龙生产调查之报告，年产一万七千余担，输出货值三十万元，输出口岸以苏、粤为多，而售价以英、美各埠为佳。

栽种水仙以粘土沙壤为宜，收获后任其生杂草，至旧历八月上旬起土令松，晒以日光，使中干燥，燥后作畦。霜降前后将花种埋土中三寸，第二年四月杪掘出，至旧历八月上旬再埋之土中，至翌年四月再掘出，晒于红砖之庭使燥，至八月间保存，第三年亦如之。其翌年即为收获之期，至是乃贩卖于市场。

初年埋种花种，间隔距离不必一定，亦不必整理，约栽培一千粒之种子占地一千五百六十方尺，第二年栽培时仍如上年。至第三年则花种须依花粒之大小而栽之，俾便翌年收获。当第一年发芽时，铺稻草其上，借资保护。至第二年将花种球粒置池塘中浸约一日，匀播畦上，加以肥料。约七八日后，盖以稻草，至霜降节叶即穿出稻杆外矣。自是留置畦中，按月溉水一二次。至翌年芒种前后掘出，已由蒜头形变为球形，头大尾小，颇似锥子，乃洗净泥沙，暴干置篾篓中藏之。至霜降前再种，施肥灌溉一如前年，交霜降节苗出，尤为雄伟。阴历十二月间开花，剪去卖之。花头仍留畦中，俟芒种掘出，形如大鸡卵，旁生小花粒，此小花粒即可作初种之用，应即折下，与大花粒一同晒过，收藏手续仍如上述。至霜降时再种，其大花粒应施肥加多。次年芒种再掘出，即市上出售之花头也。

水仙输出大花售于广东，中花由上海分售全国，小花由香港输至欧美。其输至国外者附土装置，一包装四颗，直径一尺，深尺二寸，装于小圆竹笼内。卖花时期系旧历五六七八月，运出亦如之。

四四　明代秦淮灯船

记明代秦淮灯船之盛者，张岱《陶庵梦忆》云："秦淮河河房便寓、便交际、便淫冶，房值甚贵，而寓之者无虚日。画船箫鼓，去去来来，周折其间。河房之外，家有露台，朱阑绮疏，竹帘纱幔，夏月浴罢，露台杂坐。两岸楼中，茉莉风起动儿女香甚，女客团扇轻纨，湲鬓倾髻，软媚着人。年年端午，京城士女填溢而看灯船。好事者集小篷船百十艇，篷上挂羊角灯，如联珍船，首尾相衔，有连至十余艇者。船如烛龙火蜃，屈曲连蜷，蟠委旋折，水火激射。”

戴名世《忧庵集》云：“秦淮五月之灯船最擅名，余往见词人之诗歌乐府所以称美之者甚至。及侨寓秦淮数载，常得见之，然亦无奇者。其船或十余，少亦有四五，船之两旁各悬琉璃灯数十灯，或皆一色。船尾置一大鼓，船顶覆以白绢。船中凡一二十人，两旁列坐各执丝竹奏之，鼓人击鼓节之。凉棚者，秦淮小舟之名也。是时凉棚无算，来游观者，各集宾客数人，赁凉棚饮酒，随灯船上下。两岸河房皆张灯，帘纱窗之间，红妆隐跃。此沿故时承平之习，父老谓其衰减于曩日已不啻数倍矣。”

杜濬《秦淮灯船鼓吹歌》，备举明代故实，虽诗而实史也。歌云：

一声著人如梦中，双槌再下耳作聋。
三下四下管泫（弦）沸，灯船鼓声天上至。
居然列坐倚船舷，惊看遥指相诧异。
鼓声渐逼船渐近，亦解回环左右戏。
急攒冷点槌犹涩，春雷坎坎初惊蛰。
吹弹节鼓鼓崛强，中有间声阑不入。
吁嗟此时听鼓止听鼓鸣，谁能打摺声里情。
谁能眼底求精妙，乍许胸中见太平。
太平久远知音稀，万历年间闻而知。
九州富庶无旌麾，扬州之域尤希奇。
谁致此者帝轩羲，下有江陵张太师。

江陵初年致国政，乐事无多庙漠竞。
尔时秦淮一条水，伐鼓吹笙犹未盛。
江陵死日富强成，圣人宫中奏云门。
后来宰相皆福人，普天物力东南倾。
豪奢横溢撒向水，此水不须重过秦。
王家谢家侈纨绔，湖海游人斗词赋。
广陵女儿绝可怜，新安金帛谁知数。
旧都冠盖例无事，朝与花朝暮酒暮。
水嬉不待二月半，炫服新装桃叶渡。
高楼夹水对排窗，卷起珠帘人面素。
腾腾更有鼓音来，灯船到处游船开。
烛龙但恨天难夜，赤凤从数画不回。
皇天此时亦可哀，龟年协律生奇材。
善和坊接平康巷，弄儿狎客多渠魁。
船中百瓮梁溪酒，胆大心雄选锋手。
苏州箫管虎丘腔，太仓弦索昆山口。
镇江染红制缨络，廿碗珠灯悬一角。
当前置鼓大如筐，黄金钉铰来淮阳。
此声一欢众声集，不独火中闻霹雳。
风雨丛中百鸟鸣，旌旗队里将军立。
熬波煮火火更然，积响沉舟舟未湿。
可怜如此已快意，未到端阳百分一。
记我来游丑与辰，其时海内久风尘。
石榴花发照溪津，友人置酒我作宾。

下船稍迟渡口塞，踏人肩背人怒嗔。
灯光鼓吹河沙遍，街尾蟠旋成一串。
蔽亏果觉星火覆，演弄早使鱼龙颤。
众人汹汹我静赏，初奏此时差可辨。
须臾光响相纠结，惟闻森森沉沉直上光云汉。
东船西舫更交加，下视何由睹寸涧。
偶然闪倏透水处，如金在镕风掣电。
楼楼堂客船船使，近不闻声远察面。
乌乎此时灯船更难动，
但坐饱食挥槌调丝按孔相凌乱。
侯家别携清商部，那得于中闻唱叹。
复有劣鼓与劣吹，就中藏拙谁能见。
爆竹声底烟雾浓，暂借香风解沾汗。
露零雨下不能退，乐极生悲真可厌。
酒醒忽迷此何地，魂销略记伊堪恋。
直至明朝日亭午，船松却退人相羡。
归来沉眠须竟日，流莺啼破河阳战。
此后游人数日稀，清淮十里流花片。
记得坐中客，能说王稺登。
稺登挝鼓湘兰舞，赏音击节屠长卿。
后来好事潘景升，晚节犹数茅止生。
绝艺于今谁作主，李小大歌张卯鼓。
当时惆怅说如今，忍见如今又成古。
年复年来事可叹，灯船伐鼓鼓不欢。

辛壬之际大饥疫，
惟见凤陵烽火照见秦淮白骨横青滩。
桃叶何须怨寂莫（寞），天子孤立在长安。
吾闻是时丞相蒯成候（侯），
黄金至厚封疆雠。
公卿济济咸一德，坐令战鼓逼龙楼。
甲申三月鼓遂破，断管残丝复谁和。
半间堂里起笙歌，平章舟上称朝贺。
试问当时雷海青，阶下池头还几个。
新剧惟传《燕子笺》，杀人无暇上楼船。
行人何必近前听，涂毒鼓中无性命。
同时阿谁使蓄尔，惟有黄刘高左五侯耳。
君不见师延靡靡濮上水，未若玉树后庭美。
赏音何人丞相嚭，相对掀髯复切齿。
一拨弦中半壁亡，一捧鼓中万人死。
鼓急弦惊曲不长，两年歇绝堕渔阳。
有客徒怜桥下水，无人不断渡边肠。
及此相看真分外，何许藏舟一舟在。
拂尘捍拨光初辉，奋槌扬袖蓝缕衣。
不灯漫乘夕照出，无伴知从何处归。
争新夸异各有故，君看西风桃李枝。
西风一枝众称异，东风万树空尔为。
入耳悲欢难具说，醉里分明具心热。
於戏汉代金仙唐舞马，此事千年有无者。

兴亡不入心手闲，然后声音如雨下。
探汤挝鼓蒺藜刺，应有心肝碍胸次。
余音漠漠搅飞絮，灯船灯船过桥去。
过桥去，伤鼓声，长歌短歌歌当成。
陇西李贺抽身死，举杯相属樊川生。
此身流落江南久，
曾听当时杀尾声，又听今朝第一声。

此歌驱遣故实，动魄惊心，悲壮淋漓，如倾江倒海，唐以后久无此作。

四五　北京城内徙民

顺治戊子，工科右给事中魏象枢因官民徙居南城，城狭民稠，赁买无房，拆盖无地，具小民迁徙甚艰一疏。奉旨："着工部督同五城御史察南城官地并民间无房空地，将迁徙官民好生安插。"事见《魏敏果公年谱》。此事不见官书，历来志燕都掌故者皆未征引。观此可知当日居民受逼迁移之苦，亦见初定鼎时规模之肃。

四六　古报纸

《靖康要录》云："靖康二年二月十三日凌晨有卖朝报者，并所在各有大榜揭于通衢云。金人许推择赵氏贤者，其实奸伪之徒，假此以结百官使毕集。”此宋代之报纸也。

张穆《顾亭林先生年谱》引先生与公肃甥书云：“忆昔时邸报至崇祯十一年方有活版，自是以前并是写本。”此明代之报纸也。余按：金人购胡铨劾秦桧疏稿刻而卖之获利，则其时每有重要新闻立时传播，国际侦探手段颇高，似朝报亦是刻版，非写本也，不知明代何以反是写本。

又沈瓒《近事丛谈》云：“胡宗宪先令人于朝报捏造一事云，差锦衣卫百户苏某前往浙江与该抚按官会议军情，听令便宜行事等因。乃宣言钦差将到。”又蒋氏《东华录》：“顺治十五年，山东河南总督张悬锡奏讦麻勒吉等需索，有云：‘我们往湖广时，尔在山东，岂不见小报？为何不来迎接？’云云。”又康熙五十三年三月，左都御史揆叙疏言：“近闻各省提塘及刷写报文者，除科抄外，将大小事件采听写录，名曰‘小报’。任意捏造，骇人耳目，请严行禁止。”从之。又雍正四年五月初九日上谕云：“今又见报房小钞内云，‘初五日王大臣等赴圆明园叩节毕，皇上出宫登龙舟，命王大臣登舟，共数十只，俱作乐。上赐蒲酒，由东海至西海，驾于申时回宫’等语。报房捏造小钞刊刻散播，以无为有，着兵、刑二部详悉审讯，务究根源。”旋议奏捏造小钞之何遇恩、邵南山依律斩决。得旨应斩监候。此所谓朝报、小报、小钞适与昔时京报宫门钞不同，甚类今新闻纸。以上见邓之诚《骨董琐记》。

又按：《浪迹丛谈》谓《宋史·曹辅传》：“政和后帝多微行，蔡京谢表有‘轻车、小辇七赐临幸’语。自是，邸报闻四方。”《唐诗话》：“韩翊家居，有人扣门贺曰：‘邸报制诰阙中人书荐君名，除驾部郎中知制诰。’”邸报始此，此盖即朝报矣。

四七　古书中欧人风俗

欧人风俗见于中国记载者，《桯史》为最早且详。其言曰：“番禺有海獠杂居。其最豪者蒲姓，号白番人，本占城之贵人也。阮浮海而遇风涛，惮于复反，乃请于其主，愿留中国以通往来之货，主许焉。舶事实赖给其家，岁益久定居城中。屋室稍侈靡逾禁，使者方务招来以阜国计。且以其非吾国人，不之问。故其宏丽奇伟益张而大，富盛甲一时。绍熙壬子，先君帅广，余年甫十岁，尝游焉。今尚识其故处。层楼杰观，晃荡绵亘，不能悉举矣。然稍异而可纪者亦不一，因录之以示传奇。獠性尚鬼而好洁，平居终日相与膜拜祈福，有堂焉以祀。名如中国之佛而实无像设，称谓聱牙亦莫能晓，竟不知何神也。堂中有碑，高袤数丈，上皆刻异书如篆籀，是为像主。拜者皆向之，旦辄会食，不置匕箸，用金银为巨槽，合鲑炙粱米为一，洒以蔷露，散以冰脑。坐者皆置右手于褥下不用，曰此为触手，惟以溷而已，群以左手攫取。饱而涤之，复入于堂以谢。居无溲匽，有楼高百余尺，下瞰通流。谒者登之，以中金为版，施机蔽其下，奏厕铿然有声。……余后北归，见藤守王君诸郎言其富已不如曩日，溲匽皆废云。”

四八　试题出处

《蓬窗附录》引《柳下偲闻》："考试翰詹各臣命题稍僻皆不知所出，傅文忠公问阅卷诸公曰：'岂无一二知之者乎？'曰：'止有一卷知之。'公曰：'此人宜置之劣等。彼既知出处则当布告同人，奈何秘而不宣？此非端人也。'公此言真能从风俗人心起见，不以一知半解取人。《小仓山房文集·湖北布政使徐公（垣）传赞》云：'余与公同习国书，廷试时诸翰林掩护其卷，栩栩自私。而公独任人窥观，有询必告，其心地光明亦可想见。'容秋曰，文忠语自是大臣观人于微，紫垣方伯亦不可及。壬戌朝考题论为'求贤审官'，余记出《毛诗·卷耳序》，询之朱肯夫，逡巡未答。时诸同年聚语殿门檐下，有询予者。予告之，且曰不记全文，宜再请益熟于注疏者。正商榷间，贵筑杨茹香同年取片纸录《诗序》粘于柱间，同人争趋观，以为然。同试者无不从《序》说立论。当时予甚愧荒陋，而服茹香之有学大度，使文忠见之当大激赏。丙寅大考翰詹赋为'黻冕昭文'，出唐无名氏《九月授衣赋》。诸人瞠不知所出，或有以为《左桓二年》臧哀伯语。兴义景剑泉师曰：'非也，哀伯语乃衮冕黻珽昭其度也。下文火龙黻昭其文也，自为句。此必昔人合两文为一，何得以为哀伯语？'同人皆以为然。惟汉军某太史独以为出《左传》，赋首臧哀伯云云。予见而阻之，渠以已缮正不便刮易，后竟列三等四十八名，罚俸一年。己未会试诗题为‘高车高梱’，得‘从’字。场中亦鲜知为《史记·循吏传》孙叔敖事。惟钱塘伊乐尧具知本末，亦取片纸书示同号。萧山丁天香得以示会稽某公。总裁初以江宁蔡琳卷抡元，嫌诗不点出处易之。天香卷未出房，伊竟以次场墨污被贴。科名真有幸有不幸哉!”此段故实见平步青笔记，诸家并罕及之。

四九　活字版

昔时文人墨客殚精于文玩之制作者代不乏人，故能法乳日孳，愈唱愈高。吾辈今日讲求笔墨、笺纸、文具、装潢、抚拓等技，每觉前人法度实有确然不可及者。当日不知几许名工慧匠千锤百炼而后有此成就！所惜此种名工与其试验研求之经过，尚无人为之搜集而汇列之，以征近代艺术之进化也。即以印刷一事而论，沈存中《梦溪笔谈》载布衣毕昇刻泥字作活版搏（抟）土爇炉按韵分部闲（间）以铁范支以松胶。然泥版之书未见载籍。乾隆中泾县诸生有翟金生字西园者，竭三十年之力，从事研求，造字十万有奇，工竣乃先取其所著诗文付印。其所著有《泥板试印初编》。见陈君协之《颙园诗话》中。

五〇　星期

今星期之名，在西洋各国皆有专名，非如我国之称星期一星期二也。日本用日曜等名，我国人每每觉不习惯。其实日本所用之名乃最有学术上之根据。我国俗称星期一二，虽似简便易记，却不免数典忘祖也。

唐僧不空译《宿曜经》，列七曜之名，下注胡语，其次第为日月火水木金土，正即今星期之次第。而日曜日胡语为密日，在古代日历中亦有用之者。此为今星期制源出西域，流入中国之证，初不因基督教始输入也。

《郡斋读书志》云：秤星经以日、月、五星、罗喉（睺）、计都、紫炁、月孛十一曜，演十二宿度，以推人之贵贱、寿夭、休咎，不知其术之所自起，或云天竺梵学。《宿曜经》本名为《西域吉凶时日善恶宿曜经》，清康熙中《劫修协纪》办方书引之。凡星象休咎之术，本皆来自西方，所谓七曜日者，即日、月及火、水、木、金、土五星各值一日，七日一周，周而复始。基督教之用七曜以为一周祈祷行事之标准。自系沿古代诸国之旧俗，于今遂遍行于全球矣。

《书》云："在璇机（玑）玉衡以齐七政。"以日、月与五星相配，固我国最古之说。汉以来治七曜历者，亦不一其人也。

五一　修谱法

李兆洛《养一斋集 · 夹山熙河王氏谱序》有云："定为三十年一修，贡三实主其事，析全谱为前、后编。前编一成不易，而以后编为异日续修之地，计费约而竣事速。”此议极通，近人有主张省、县志宜分为总纪与年鉴二部者，实与暗合，古书多有写本而无刻本，故不妨屡修屡易，今日一书印成，分藏甚易，叠床架屋，反觉糜费，修志修谱，皆当有取斯言。

五二　哥老会

同治以后，有所谓哥老会者，始形奏牍。相传湘军解散以后，结为昆弟，故曰哥老，其实非也，其来久矣。即青、红之称，亦不自近始，此吾国秘密结社之历有岁年者。《切问斋文钞》载邱襄周论蜀国鲁状（原文“国”“鲁”二字各加“口”旁）云：“查国鲁种类最夥，大约始乎赌博，卒乎窃劫，中间酗酒打降，勒索酒食，奸拐幼童，甚而杀人放火，或同伙自杀，皆谓‘红钱’，自称亦曰‘红钱弟兄’。以上各类皆不为盗，下此掏摸掏包剪绺，已刺面则红钱不入，别为黑钱。”又云：“国鲁一种半系革捕，此县犯案投充彼县，类与各捕声息相通，因缘为奸。”哥老即“国鲁”之传讹也。襄周名仰文，山东滋阳人，雍正癸丑进士，官南充知县，有《硕松堂集》，其集似罕流传。

五三　木牛流马

木牛流马事据《北堂书钞》引《蒲元别传》：“元与

诸葛亮牒云：‘元等辄率雅意作一木牛，廉仰双辕，人行六尺，牛行四步，人载一岁之粮’云云，则元秉武侯意为之耳。又名为牛马，初非象牛马之形耳。”《古今事物考》云：“诸葛亮作木牛流马，木牛即今小车，前有辕者，流马即今独推者，民间谓之江州车子。”《独醒杂志》云：“江乡有一等车只轮两臂，以一人推之，随所欲运。别以竹为篰，载两旁，束之以绳，几能胜三人之力，登高度险，亦觉稳捷，虽羊肠之路可行。”《梦溪笔谈》：“信安、沧景之间，行人以独轮小车马鞍蒙之以乘，谓之木马。”《九朝野记》：“永乐中曾有造木牛流马，行数步而止。”《枣林杂俎》：“成化二十一年户部左侍郎隆庆李衡总督陕西边备兼理荒政，发廪赈饥作木牛，可水耕、可山耕、可陆耕，一日可耕三四亩，作木牛图布之。”据此木牛流马即是小车，至李衡所作木牛乃秧马之类耳。

五四　老爷太太

《在园杂志》云：“老爷奶奶乃仕宦家儿女之呼其父母也。汤临川《还魂记》内《游园》一出，杜丽娘云：‘这般景致，俺老爷奶奶再不题起。’近俗称诸神道亦曰老爷奶奶，玄天上帝曰真武老爷，关夫子曰关老爷，岳武穆王曰岳老爷，黄河金龙四大王之神称神曰大王老爷，称河曰老爷河，泰山碧霞元君则曰顶上奶奶，清口之惠济祠曰奶奶庙，他处凡元君行宫皆以奶奶庙称之，在乡人妇女之意盖尊之如显宦、亲之如父母也。近日士大夫称知县曰父母，称知府曰公祖，百姓称知县为大爷，知府为太爷，是县为父而府为祖也。等而上之无可加矣，则为大老爷、太老爷。至于妇人之奶奶，亦是通称，今且一概加称太太矣。等而上之，则为老太太、祖太太。明时巡按止称老爹，府县止称相公，命妇称安人、夫人，至老相公、老夫人而尽之矣。近总不闻此称，惟老爷、太太竟成宦途通套，无分官品之大小上下矣。明时巡抚称都爷、总兵称总爷，今一概大老爷，在督抚提镇国家大臣受之允当，以下盐学监督之司道等官亦居之不疑，宁不汗颜乎。"

五五　走马卖解

《在园杂志》云："走解本军营演习便捷之法，晋曰猨骑，明曰走骠骑，皆于马上呈艺，上下左右，超腾跷捷。近则男子较少，咸以妇女习之为射利之场，奸污之技矣。须演马极熟，马疾如飞，妇女乃于鞍上逞弄解数，有名秦王大撇马、小撇马、单鞭势、左右插花、蹬里藏身、童子拜观音、秦王大立碑之类，或马首或马尾，坐卧偃仰，变态百出。抑且倒竖蹋星，名朝天一炷香，疾驰不稍欹侧。两马对面相交，能于马上互换相坐，统曰走马卖解，俗所谓卦子也。又有戏幻之术，器物可以隐藏，饮食可取致，见者无不讶异。若《西京赋》所云易貌分形，吞刀吐火，云雾杳冥，画地成川，是幻法也，久已不传。近今所见不过手法快便眩乱人目而已。诚若《帝京景物略》云，捷耳非幻也，有弄猴为戏者，教习极熟，登场跳舞，皆合拍。或更挈一犬，猴乘犬背若人驰马，近惟丐者为之。更有妇女走索者，梁名高絙伎，以两木架大绳，相去数丈，一女行其上，或二女各从一头上，对舞而前，手持一竿，缚米囊于两头，以权轻重之平，前却疾徐如履平地，相逢比肩而不倾。又有妇女仰卧，以两足承巨缸，颠播上下，无不如意，或立一幼女于足底，且拜且舞。更复向空立一小梯，幼女层递窜上复下，故作倾跌状，观者惊骇，卒安然无恙。至于三抛打鼓、手转三刀、以头承丸，又其余事矣。……余观察西江时，有走索者以男装女，自幼弓足留发穿耳，无赖挟之往来，甚为叵测。余访拿重处，递解回籍。康熙五十一年部覆陕西提督潘育龙因陈四等一案题奉谕旨：'将走马卖解踩索之人尽行查拿安插。'并定文武失察处分之例甚严。"

五六　汴京遗迹

崇祯十五年李自成围汴，决河灌城，城中数十万人尽为鱼鳖，自宋以来旧京遗迹无复存者。阙名氏《如梦录》一书，盖即追记城毁以前旧事者，其中所述周藩建置制度，为他处所不载，虽多俚语，谅亦不能无所据也。录其数则如左：

紫禁城高五丈，南曰端礼门，北曰承智门，东曰礼仁门，西曰尊义门，殿曰存信殿。殿前旧有银安殿，因周藩王气太盛，敕下贬诸蒙化。既复取回，将银安殿拆毁，并将唱更楼及尊义门楼拆去，东华门禁不许开。四角石上俱用钉定，并令于门前堆土作台。此台乃取郑州之土，经火炼熟，寸草不生，形家者言毁银安殿所以去龙心，拆唱更楼所以去龙眼，定四角石所以制龙爪，堆土作台所以克水使龙不能飞。东华门不许开谓之文官闭口，拆尊义门楼谓之武将去头。存信殿内安宝座，座上两边有长枕二个，名曰威权，后有圆绣靠背三元，名曰倚势。

宫后有煤山，畜积煤炭，以备有警府内供爨。

宫外俱是老幼宫眷居住，挨门比户有二三百家，亦有街道，与市井相同。宫门外东边朝南有家庙一座。

五七　康乾南巡实况

康熙、乾隆两朝南巡之文献，今惟存官样文章，至实状实鲜记载，恐得虚荣者为官绅士子，而被实祸者则闾巷细民而已。余尝有句云："江山台殿冠林霏，双燕依然下翠微。御爱树空樟叶散，圣因寺老柳绵飞。一家满汉承恩并，七郡苏杭望幸稀。惟有道旁献赋者，上方赐帛最光辉。"偶阅无锡黄卬所撰《酌泉录》，中有南巡纪略数条，似皆实录，摘记如下：

圣祖六幸江浙，驻跸惠山。闻初南巡时，汤文正公斌为巡抚，务俭省，无纷华。御舟入邑境，县令犹坐堂断事。后渐加增饰，至丁亥、乙酉号称极盛，故老犹及见之，亦惟结彩为楼，悬灯映水，点染山色湖光而已。今天子于乾隆十六年复修旧典，巡幸江南，銮舆所至，万姓聚观，锡予便蕃，亘古未有。然自十四年之冬，至十六年之春，官民竭蹶将事，工作繁兴，百事俱废，下邑犹然，况于省会乎？今记所见闻，尚多遗漏，后有征邑中故实者，可以资考焉。

乾隆十四年秋，两江总督黄廷桂首疏请南巡，巡抚盐政以下继之，又命各知府取乡绅耆老呈词，详院奏请，以明同心望幸之意。时邑绅皆列名，其亲至府具呈者，盖四人而已。（《酌泉录》卷二《语乘》。下同。）

圣祖南巡时，未有营盘之设。今皇上每出巡，必具营帐，故按站为之。邑有二：一在石塘湾之北，曰北营盘；一在望亭，为南营盘。合两处约费民田六百余亩，高约三尺，挑筑俱用民夫。四围用大木桩无数，约入地五尺，俱用大铁条钩连以固之。桩内用木板障之，土用山泥黄沙。每填土一层，用巨石系索，筑令坚实。其面用细土合油灰筑之，光润可鉴。至十六年正月大雨雪奇寒，及冻解，地皆泞泥，复雨不止。为期既迫，上官切责，县令几不欲生。后少霁，役民无算，晓夜填筑，始幸无事。

营盘对河为照墙，长几二里，木边竹心，加芦席数重，绘龙凤杂彩。民田之当营盘役者，每亩费至一两有余，县官上报费止五百。

邑自五牧至望亭，运河官塘为正路，石塘之圮者修之，土塘之坏者筑之，圣祖南巡时仅此耳。今于修筑外，更辟而广之。又于官塘对岸亦筑为塘，遇河港即架木为桥。有材村庄竹木者，俱斩伐毁之以通纤，自五牧至望亭皆然。南北塘近城滨河，有屋者沿河钉木桩，架板为复道，朱木为栏，曲折可观，皆纤路也。副路北自转水河后，折过白荡圩口，上接阳湖县。南自带钩桥经谈渡孤渎桥，南行接长洲县。旧本无路，俱即民田填土筑之，阔与塘岸等，占田当以千计，遇水即为浮桥，此护从兵马所经行也。役夫皆出自轮年总甲，其费与营盘等。

运河下塘，相去十五六里，设竹篱茅舍。一屋三楹，覆以棕，或以茅，或间以松柏叶，编竹为篱环之。右设水车盘，左为亭，缀以朱栏，移竹植其旁，不匝月尽皆枯死。御舟所经，点缀村庄佳景，凡五处。

自北塘入城，过大市桥，直出南城门。至清宁桥以下，皆御驾所经。旧街俱小黄石，督令尽去之，易以新砖。居民店肆门垣，以墨油涂泽如新。沿河无屋处，筑墙掩之，施黝垩焉。砌街照门面，每间费银四五钱，查核公费，俱开官办云。

御驾将至，遍地皆灯彩。黄埠墩、放生池、宝善桥、岩壑夔龙坊四处，则宜兴、荆溪、江阴、靖江四县令分任之。漪澜堂、锡山及两营盘，则本邑两令所办，旧皇亭则诸邑绅办。惠山寺、天王殿前则派两贞节祠后裔，香花桥、金莲桥，派惠山各祠后裔，秦园则秦氏为之。由秦园至惠山寺街，又至庙巷口，直至锡山麓，各照门面。自天王殿右观泉坊，经华孝子祠，至尊贤祠前，则华氏通办。凡彩灯一处，多者费至千金。木料布匹彩绸皆用买之，非可赁借也。凡驾所经行处，遇牌坊皆结彩以掩之。有子孙则子孙承办，一无着落者，始官任焉。自北塘入城，至南塘，每户悬一紫灯，巨室则二，书颂圣对联。各设香案，桌围更以黄布画团龙。

诸工作营办，集于武庙，榜曰“大差局”。自十五年春，百工俱集，至十六年三月回銮始罢。所见满洲桌火、盆架、灯檠、马槽、竹篓，每项以千计。若厨房应用之物，无不毕备。工匠之应役者，自木工以至雕工，皆无闲暇。他如淘沙者，令至惠山滨去瓦砾，满罗筛者，去糊沙（纱）灯，其无幸免可知。各行铺则木行最多赔累，次则绸店、麻皮行、芦席行、窑户。钉铁颜料，应用物件，发价扣克，得半为幸矣。鸡鸭猪羊诸物，先一年发价，令诸铺养之，临时取用。

纤夫之供御舟用者，俱系淮安河兵。其随驾诸舟，则派于民。每图派四十余名，船五只，以听用。又有扛抬夫，一图派二十余人。县无牌票，但以口督办，盖以明禁加派故也。每天发工食银贰钱，民间雇工须要贰两，回銮则派夫加倍。自十五年春，已有捉船之令，乡舟入城，县役拘住，索贿得免。向导官将至，则民船不敢往来。黄船、尖头船押令赴淮听候，小船则编发轮流值日。

五八　边戍杂事

《轮台杂记》者，山阴史善长春林所撰。善长于嘉庆中任江西余干知县，以事被议，遣戍乌鲁木齐，此即其戍所所记。其中除风俗制度而外，兼记佚事。特录其三则，皆可作小说观，亦足见当时文法之密也：

予在折房时，略记三案，有西安客民某为弟身死不明两请开检一案。缘某西安人，弟某单身出口，在土鲁番业负贩有年矣，人多识者。一日肩搭连骑驴出，人驴皆死回庄外沟中。经回报前任景同知，验系坠沟身死，无他故，饬殓招属领埋。其兄自西安来，闻弟死于沟，往相沟宽广仅数尺，水不深可逾越，人驴皆坠死，疑有异，访不得耗。时景同知没矣，赴都统衙门控请开棺验，驳饬不休。批委新任德同知复验。原刑仵护前非，仍以无伤报。不服，往诉伊犁将军。准咨添委昌吉瑞令会同复验。瑞令时将俸满，畏为己累，详请行文西安关提尸子到案，令具结乃验，展转宕延。某愈不服，进口赴陕甘总督控，委镇迪道督观州牧、宜禾杨令凤海二章京提棺至城。检出咽喉伤一处，血淤不化，乃生前被搭身死，主名未得。适观州牧奉差他出，凤章京代理，购线访闻有老货郎知迹兆，唤至许以重赏。言始本不知，旧岁卖货经吐鲁番回庄外，过见回童数人相扑戏，一曰："你莫凶，我像搭北京人搭死你。"回呼汉人皆北京人。今闻检某伤乃搭死，与此语合，且回庄原近所死沟旁，心故疑之。因拘该庄回至。兄弟二人，兄佣工，弟种瓜。隔别研讯，坚不承。密提其家儿至，令货郎暗指认谁说搭北京人者。乃其兄子，十二岁矣，颇刁狡，别置一室。凤自能回语，啖以珍珠。问美乎，曰美。示以饼金，问欲乎，曰欲。复提别重犯抶见血，问怕乎，曰怕。因谕之曰："汝家如何搭死北京人？实告我。啖尔食，与尔金。不言将如犯抶尔。"俯首泣良久曰："不敢言。"问何故，曰："吾父戒勿言，言则死。"知其说有因，愈穷诘之。且曰："尔叔于已供汝父如何搭死北京人，尔何讳为？"遽跃起曰："叔为之，诬我父耶？先年父出佣工，傍晚有北京人背搭连骑驴过食我家种瓜。叔嗔其偷食，相争殴，叔揿于地搭之死。牵其驴驮，扶以手，至沟连驴推堕之。次早见驴未死，复捶毙。乃唤父归，商量报官。叔为之，诬我父耶？"愤欲出与质。得其情，讯二人仍不服。证以儿语，兄乃泫然曰："果此儿杀吾弟。"顾其弟曰："汝性暴，我平时如何戒汝，勿与人斗，不听。有今日，尚何言？即认，毋徒苦。固知认必死，汝死子犹吾子，勿念。”相持大哭。凤慰谕，释其兄，挈子侄归。并戒归毋苦儿，天遣儿言，儿何罪。案始定。

原任广东河源县巡司王君，河南叶县人，年五十余，齿发早衰，不识予。一遇于高三明府寓，通姓名而已。朔望会公署，后数月不见，怪询之，知病请假。访其寓，展转始得之于吉祥小店。时冬月，入其室，炉无火，登其坑(炕)，坐无毡，颓然僵卧。问所苦，痰嗽咯血，腹胀如匏。曰：“一寒至此，何不告同人？”汪然泪曰：“同患难各治不暇，谁复顾谁者？有死而已，胡热面向人？”予心动，唤居停速觅童市汤药，为市煤米，取质物，留数金与调理，嘱用尽告，并托同店金乡友护视之。未几，竟不起，金告以将危，趁有知为之制新衣备棺槥。令及见之，询其家世，则一子，计年甫髫龀。来时尚有母，无盘费，不得归，寄居江西峡山县捕署旁，出口后杳无信，不知存亡，一叹痛绝。备礼敛葬于红山嘴地藏庵旁，故广西陈明府墓右。同人助以赀，予经纪之。归时只鸡告其墓。并捐金付地藏庵主僧普崇，岁时修祀，勒石于庙，纪本末，俾其后子孙得访焉。归过峡山，停舟访其家，无知者。意复漂流他所欤？或绝灭而无存者欤？伤矣！

圬者刘姓，广东肇庆人，隶营籍。用兵川陕时从征落后，以逃报。追赶上大营，照自首例免死配边。家有母有妻，不知也。久不归，疑已死兵，妻嫁，母双瞽。戍十二年遇赦，先在边娶妻生子矣。会乡人有东归者，托访母耗，母乃知刘不死。书唤归，未死冀一见。刘业操墁，衣食外无余积。接母书，日夜泣。携妻子归，既无力；弃妻子归，良不忍。无两全计，决唯质妻鬻子只身归。已议价，未即付，适在予寓修地炕。仆有知其事者以告，急召问：“闻汝质妻鬻子，然乎？”曰：“然。”“汝忍乎？”“不忍。”“不忍，何以行？”咽良久落泪曰：“思见母，无计两全。”问：“成交乎？”曰：“未。”止之而力任其事。未匝月，予奉赐环之命，刘来贺。令速请照挈妻子随予归。到家，母故无恙。无以为生，资其本，令负贩以供。

五九　女教

《广东新语》云：“《阃教》者，宋南海人梁观国所撰，凡十五卷，授其女弟为师，使训闾巷童女，以守礼法。真德秀、胡寅常称其书。明归善叶时又尝著《阳礼》以教子，《阴礼》书以教女若妇。诸女归，书《醮辞》于箧，令习之。祭祀夫妇洒扫涤器，菹醢必亲。朔望先生率男，孺人率女妇谒祠。退，登堂相拜，乃据坐，儿女上谒受教。及儿女长，两人春秋高矣，日揖让如宾。诞迭宾主再拜上寿，然后儿女更上寿，尽欢而罢。故叶春及（极）称之云：‘惠江之学，造于夫妇，盖以身行其阃教者。’又香山黄佐有《姆训》一书，以内则、曲礼、诗传为主。而《列女传》《女戒》《家范》皆采入焉。”按：粤女柔顺俭勤之德，至今冠绝方州，倘亦梁黄之遗教乎？然自陈文恭《教女遗规》而外，竟无一书阐明女学妇职者。斟酌古今撰为典范，以教小学中之女生，是亦当务之急也。

昔人女教苦不尽传，湘潭张九钺《陶园文集》有偃师任天笃《九世同居传》，记其训妇女之法云："新妇三日庙见后，家长召至中堂，以美恶利害反复引申其说。俟彼心领神会无间言，乃使随众妇后视饎佐饔，不率者再教之。弗悛，暂令返母家，给以日供，使彼母氏开导，俟愧悟立迎归。新妇入门许用簪珥纻罗，庙见次日即分贮中堂公厨扃识之，俟归宁领用。给布衣椎髻操作，予棉花纺织，随时变易，备嫁奁赀。"余按：其易衣操作则是，中堂召训得无仅托空言乎？

六〇　靖康北狩中生活

《靖康稗史》七种，宋咸淳丁卯自署耐庵者编。一《宣和奉使录》，二《瓮中人语》，三《开封府状》，四《南征录汇》，五《青宫译语》，六《呻吟语》，七《宋俘记》。光绪初由朝鲜、日本展转入钱塘丁氏善本书室。后归江南图书馆。前岁由吴县王氏、昆山赵氏重加校刊。其中最重要者《开封府状》，是当时官文书，必为可信。以之参校《宋俘记》所列宫人小名，恰相符合。《青宫译语》为金人传译者所亲见之事，亦当可信。总之苦辱甚矣。然《呻吟语》乃宋人所撰，宜为宋主内讳，而大书建炎二年正月十七日少帝生女郑夫人出，二月十九日太上生女邵才人出，二十七日太上生子阎婉容出，三月十六日太上生子狄才人出。蒙尘乃靖康二年春间事，未一年即生子女。固见徽宗于蒙垢忍耻之中尚复宴安惑溺，亦征金人之遇二帝后妃，亦不至如相传之甚也。《宋俘记》称昏德公入国后，又生六子八女，重昏侯入国后亦生二子。是则七年五国城，亦居然乐不思蜀矣。凡古事当于无文字处得其真相，且当从反面钩稽之使无遁形，想当然之词亦不足信也。至韦后、邢后没为宫婢诸语，事涉妇人名节，无论虚实，存而不论，以崇敦厚可也。

六一　杨家将

海州武克顺《余园墨沈》云："宋代将门世以武功显者，稗史多称杨家将，顾《宋史》，业之子唯延昭于太平兴国中从父业攻应翔为先锋，后为莫州团练使，护塞北二十余年，是殆即小说所谓六郎者。（北人当时称杨六郎，延昭一名延朗。明《逌旃琐语》："插箭岭有晒甲石为六郎迹。"又《宋书》："业之子有名延玉，从业战死。"又："业死，朝廷官其五子。"是业有六子也。小说谓业有七子，不知何据。）又《台怀随笔》："五台〈完〉县有五郎村，村以延昭名。"是五郎、六郎又若为一人也。至小说所谓杨文广征南者，按：《播州志》："唐末南诏陷播州，太原人杨端应募复之，遂有其地。四传至昭，无子。时宋益州刺史杨延昭之子克使广西，与昭通谱，以其子贵迁。后从狄青南征，文广即延昭之孙。"又《寰宇记》："石耶上官司先自宋杨昌安窃据其地。昌安太原杨业之裔，宣和中征伐有功，遂世袭土知府。”所谓“征伐有功”者，殆即谓文广从武襄南征事。但志曰杨端，据《播州记》曰杨昌安，名稍不符，或者以字行也。至元明时，土职有杨金龙、杨抵、杨刚、杨相，或云皆其后。（近见《左恪靖奏稿》有调洮州土司杨元，云：“自□□肇衅，即从征调，战绩卓然，元宋名将杨业之后，可见无敌家风至今犹未堕也。”《粤述》：“柳州府大堂内有地穴，俗传杨文广被围穿此而出，反攻贼之背。”并云文广尝知宜、邕二州，与苏忠勇缄相后先。又黔有杨老令婆庙，入全州有赤兰亭，相传赤兰为六郎夫人手植。此又小说传闻之语，其真伪不足辨也。）杨氏事迹遍传南北，盖由于此。

六二　洪氏故宫

归安吴绍箕撰《游梦倦谈》有“纪南京洪氏王宫”一则。略云：“伪宫已毁，存者十不及一，顾黄墙一带犹兀然高峙。墙外东西两亭盖琉璃瓦，四柱盘五色龙。由亭折而北为正门，门已毁。历甬道数十步，中树木牌坊，上大书曰‘忠义门’，朱地金字。旁雕云龙狮象之属，彩色辉煌。坊之上下皆贫民攀附而居，用刀刮金屑，每人一日可得数百钱云。过坊又走数十步为伪殿，殿又毁。四壁画禽鸟花草，设色极工。柱础且朱漆绘龙。后殿左右两池，池中俱置石船。逾池而西，有旁屋十余间，每间置大缸十余只，缸与缸接，无一线之隙，不知何用。旁屋以东皆焦土颓垣，上犹悬一木牌。云此系奏机密之地，不得擅入，违者立决，盖贼之枢密房也。由此又踏瓦砾数重，为伪花园，有台，有亭，有桥，有池，皆散漫无结构。过桥为假山，山中结小屋，横铺木板六七层，进者须蛇行，不能坐立，莫解其故。”

六三　史料

吾国人于字画则知珍重，于史料则不甚顾惜，其毁于无知者之手盖不知若干矣。《两般秋雨庵随笔》记一事云：“萧山蔡荆山茂才出示册叶一本，其中所潢裱者，乃成化时某县呈状一纸，万历时某科题名录一纸，崇祯时某家房契一纸，隆庆时某年春牛图一纸，宣德时某典当票一纸，弘治时某姓借券一纸，天启时某地弓口图帐一纸，景泰时某岁黄历太岁方法图一纸。”

六四　雍正访求毒药

世俗所传雍正杀人用血滴子之说，未见所据。然访求毒药及解毒之方，则见于朱批谕旨。雍正三年密谕广西巡抚李绂：“近闻贵州诸苗之中，狆苗之弩最毒。药有二种，一种草药，一种蛇药。草药虽毒，熬出两月之后，即出气不灵。蛇药熬成，数年可用，单用蛇汁，其毒止能溃烂，仍有治蛇之药可医。更有一种蛮药，其名曰撒，以此配入蛇汁熬煎，其毒遍处周流，始不可治。闻此撒药系毒树之汁，滴在石上，凝结而成，其色微红，产于广西泗城土府。其树颇少，得之亦难，彼处蛮人暗暗卖入苗地，其价如金，苗人以为至宝。尔等可着人密行访问此树，必令认明形状，尽行砍挖，无留遗迹。既有此药，亦应有解治之法，更加密密遍处访询。如有解毒之方，即便写明乘驿奏闻。”绂旋奏：“臣即于本日密檄行令思恩府知府、泗城同知及泗城土府三处严饬即刻查明毒树，速令砍挖，仍饬速觅解毒之方。又于次日差标员恭赍上谕送交提臣韩良辅恭阅，以便协同料理访问施行。兹据泗城同知林兆惠禀称：访闻狆苗弩箭用药各别。苗用百草尖所熬，狆用药母配入蛇汁。查药母即系毒树汁洒成，凡树之汁土人皆名撒，撒为汁之土音，故有汁之树名撒。在狆家名制弩之药曰矿，汉人名之为药母。今此药已得，其色带紫。但此药虽有泗属土人贩买，卖入苗地，其树实出于左江地方，业经差人经往太平等处寻访。今于隆安地方觅得其皮叶枝干矣，至解药之方，遍处细访，已得有解治之方，并敷治之法。但其药味尚未全得，且系草药，其名皆土音，其形状不能辨识。已觅能解熬药之人，往山中采取，俟药味齐备卑职即偕之赴省，面禀一切。所有访得解救之方先行列单呈电等语。臣伏思解毒之方，虽已觅得，而药物非他处所有，亦非他处人能识，应俟该同知采齐药物，并带制药之人至省，臣再加面试，然后奏闻。但臣钦奉上谕，令臣将解毒之乘驿方奏闻，必有所用。今既须兼采药物，并须制药之人，自应先将解方奏闻，恭请皇上指示，将人药发往何处使用，以便人药到时遵照施行。至毒药撒树已于左江所属南宁府隆安县桥建村觅得三株，俱高八丈，围一丈四五尺，皆已伐倒。其余自当遍行搜砍。但左江地方千里，深山密林多人迹不到之处，恐难尽去其种。然军中制有解药，即有毒树，亦可无所患矣。”

六五　一事复述

（一）僭傲

明沈瓒《近事丛残》云：“吴江王坦庵，一日谒刘令君，出坐宾馆中。有客自外来，年韶貌清，而素服角带。时方兑粮之月，王见之，意其为运粮军官也。径于上手揖之曰：‘贵卫何处？’答曰嘉兴。犹不悟，而仍坐于上首。少顷，馆人进曰：‘刘爷今日不出来，知黄爷来，想必能出来。’王即误自任曰：‘可知道刘爷闻我在此，自然出来也。’久之详问姓字，始知为嘉兴黄与参，时任山东参政，丁忧初起服，故素服角带耳。王乃惭愧降等谢罪曰：‘王忠该死。’夫即使真是卫官，以王视之亦客也，不可上首揖坐，况漫不查问，而径自处于僭傲，能无后悔乎？”

《庄谐选录》云：“有欧阳某者，以道员入都引见，一日某贵人招饮，欧阳至，主人迎客，甫一揖，仆白内有事，主人送茶即去。时盛暑免褂，旁一客金顶纱袍，欧阳因与揖坐，良久良久，欧阳忽问曰：'观汝相法，读书应可得志。'客谨对曰：'向亦曾读书。'又问曰：'已入泮否？'客曰：'曾蒙某大宗师取入学矣。'曰：'然则乡试如何？'客曰：'已于戊子科侥幸。'又亟问会试几次，曰：'庚寅幸成进士。'欧阳至是甚觳悚，犹问曰：'朝考后点用何职？'曰翰林院庶吉士。欧阳复问留馆否，曾得差否，客曰：'前年蒙派充湖南乡试副主考。'欧阳大愧失词，不复有语。俄而客转询公以道员在外，当是由翰林截取，欧阳惶悚言非是。曰然则应是部曹改捐，言亦未尝得进士。宾又请问乡试何科，或彼此应有年谊，欧阳复悚言未曾中举。曰：'如此应是由廪贡报捐。'欧阳惭言少时未尝应童试，即报捐今职。客正色曰：'吾闻捐一道员不过万金，而外省当佳差往往岁得数万，牟利之道洵为最工。'欧阳大惭。"

（二）鹰异

《鹤林玉露》载婺州州治古木上有鹰巢，一卒探取其子。郡守王梦龙方据案视事，鹰忽飞下攫一卒之巾去。已而知非入探巢之卒也，衔而还之，复径攫探巢者之巾以去。

《海盐县志》载嘉靖中军人陈霖以金银首饰数事用帖裹之，令婢持往银工修整，有一鹰于中途攫其帕出城去。婢归告霖，霖亟登城望之，见鹰衔此直往东北下海塘去，以为必失矣。无何复衔之盘旋而上，入城置霖屋上而去，取而视之，一无所失。盖鹰初以为可食之物，故攫去，既而知其误，遂复还之。按：此二事虽似不同，而究疑同出一源，一宋一明，而同属浙江之事，又同属军人之事也。

（三）淫妻杀夫案

《艺文类聚》引《益部耆旧传》："严遵为扬州刺史，行部闻道旁女子哭声不哀，问之，云夫遭烧死。遵敕吏舆尸到，令人守尸，曰当有物自往，吏白有蝇聚头所。遵令披视，得铁椎贯顶，考问，以淫杀夫。"

《辍耕录》载元姚忠肃公天福勘县令妻顶腮钉迹事与此正同。

（四）巧对得官

《寄园寄所寄》引《笑史》云："天顺间征士吴兴弼到京，英宗御文华殿召对。吴默然尤应，惟曰：'容臣上疏。'众方骇异。上不悦，驾起。吴出至左顺门，除帽视之，有蝎在顶，螫皮肉红肿。方知其适不能答，以螫故也。宋淳熙间，史寺丞轮对，适言高宗某事，史忽泪下。上问故，对曰：'因念先帝旧恩耳。'孝宗亦下泪。明旦御批史为侍郎，不知当时乃为蜈蚣啮也。"前一事为《儒林外史》所本，后一事复述者尤众。

六六　兰州绒

海宁陈奕禧《皋兰载笔》云："兰州所产，惟绒毼最佳。择毛毳之细软者纺线斜纹织之为绒，毛之粗者亦以线织之为毼也。自昔兰多比丘尼，静修余暇，采择轻柔制成佳绩，裁服同皮裘之用，御于霜雪之辰，温厚光匀，洵为名产矣。故其尤细者旧驰姑绒之称焉。在明盛时，公卿贵人每当寒月风严，闲居谈宴，簪裙相映，莫不以此雅素相尚。自下贱者之流不敢僭被于体也。逮后趋利附货，众咸窃效，作之既多，功乃罔及，鬻供时需，名犹袭沿，服无等威，售其虽夥，而值斯下矣。今之百尺价止七千，短者递减之，大红独贵，以其梳活羊绒为之而茜以红花，故二十尺须四千。松花、桃红、石青、油绿杂色较素者稍加染工，有提作方胜者谓之铁里锦，左右斜纹者谓之麦穗子，价亦相等。稍杂毼者谓之小绒，减售视货之精粗以为高下。毼之最佳者二十五尺值减千之三，绒帨长三尺许百钱，毼帨四十钱。更有呀呀毼，色稍青，杂绒所造，宽长与大绒等，百尺者三千，撒剌绒幅狭不及尺，一袍一千五百，二者皆蕃称也。雨衣之佳莫犏牛绒若也，织成狭幅，尺有余寸，真者六七千，其色深赭，稍黑而带紫为上，以水沃之，经时不渗，虽遇大雨无沾濡之患，兰虽产此，求之非易也。羯衫贱者四五百钱，谓之苏织，苏织河州西地名，产此羯，故遂名之也。又氆氇五十尺佳者二千，所谓米心者上多细绒如米颗，不及蜀市所卖，蜀中值五千也。毛毼毼似羊毳，鹰爪环脚蒙茸若裘，殆不可辨，五十尺贱者七八百。”

孙兆淮《花笺录》云：“毡货有称为伍少西家者。明陕西人伍姓，开店南京，发卖毡绒货甚佳。永乐中承办大内铺陈称旨，上喜，御笔亲题曰：‘伍少西家，令永为世业。’今江宁、扬州一带此字号甚多，皆其分店。”

六七　酒

嘉道以来始尚绍酒。梁绍壬为酒人巨擘，其《两般秋雨庵随笔》“品酒”一则可作酒史读也：

> 嘉庆癸酉余偶憩云林寺，次日独游弢光，遇一老僧名致虚，善气迎人，与之谈颇相得，亦略知文墨。坐久余欲下山，老僧曰：“蔬酌可乎？”余方谦谢，僧已指挥徒众，立具伊蒲，泥瓮渐开，清香满室，盖时业知余之好饮也。一杯入口，甘芳俊冽，凡酒之病无不蠲而酒之美无弗备。询之，曰：“此本山泉所酿也，陈五年矣。”老僧盖少知酿法，而又喜谈米汁禅，此盖自奉之外藏以待客者。于是觥斝（斝）对酌，薄暮始散。又乞得一壶，携至山下，晚间小酌。次日僧又赠一瓻，归而饮于家，靡不赞叹欲绝，廿年神往，何止九日口香。此生平第一次所尝之好酒，此外不得不推

山西之汾酒、潞酒，然禀性刚烈，弱者恧焉，故南人勿尚也。于是乎不得不推绍兴之女儿酒。女儿酒者乡人于女子初生之年便造此酒，迫出嫁时始开用之，此各家秘藏，并不售人，其花坛大酒悉是雁（赝）本，且近日人家萧条，酿此者亦复寥寥，能得其真，东浦水作骨而三四年陈者已是无等等咒矣。道光甲申，余归自京师，汪小米表弟拉饮庚申酒。庚申酒者，小米令叔眷西先生家所藏者也。眷西尊人旧贮二十坛，殁后其家亦胥忘之，眷西又汴游十余载，遂无人问鼎，而藏酒之室又极邃密，终日扃牡，更无人知而窥之者，以故二十年来丸泥如故。眷西归始发之，所存止及坛之半，简斋先生所谓"坛高三尺酒一尺，去尽酒魂存酒魄"是也。色香俱美，味则淡如，因以好新酒四分搀之，则芳香透脑，胶饧残底，其浓厚有过于弢光酒而微若不冽，自其小病。此生平所尝第二次好酒也。仆逢曲流涎，到处不肯轻过。闻之人语云："不吃奔牛酒，枉在江湖走。"余过其地沽而试焉。……论其品格亦止如苏州之福贞、惠泉之三白、宜兴之红友、扬州之木瓜、镇江之苦露、邵宝之百花、苕溪之下若，而其甜其腻则又过之，此真醉乡之魔道也。而其中矫矫独出者，则有松江之三白，色微黄，极清，香沁肌骨，惟稍烈耳。又记某年余游萧山梧里，主人周姓名镇祁，情极款洽，作平原十日之留。一日出一种酒曰梨花春，俗名酒做酒曰梨花，盖三套矣。余饮一杯后，主人即将杯夺去。主人巨量，止饮二小杯。是日余竟沉醉一天。因思古人所论千日九醖其亦即此类，特其一年三年之醉则未免神奇其说耳。余居广东始兴一年有余，彼处有所谓冬酒者，味虽薄而喜不甚甜，故尚可入口。中秋以后方有，来年二三月便不可得，询之土人，曰此煮酒也，今日入瓮，第三日即可饮。

北酒以沧酒为上，德州与之邻亦称胜，而世殊少知者。《茶余客话》云："德州罗酒亦北酒之佳者，渔洋诗云：'玉井莲花作酒材，露珠盈斛泼新醅。清冷（泠）错著康王水，风韵还宜叔夜杯。'山姜亦称吾州酒，色白清味洁鲜，东坡所谓错著水也，屡入篇咏，官京师仿为之。德州又有露酒，色如黛漆，味比醍醐，俗呼墨露，见查悔余诗注，问之德州人不知也。沧州酒止吴氏、刘氏、戴氏诸家，余不尽佳，盖藏之十年者味始清冽，市中安可得邪。按：罗侍御钦瞻，崇祯丁丑进士，官御史巡按河南，刚直有声，嗜饮传酿法，色味双绝，至今犹呼罗酒。沧州城外酒楼背城面河，列屋而居，明末有三老人至楼上剧饮不与值，次日复来饮，酒家不问也。三老复醉，临行以余酒沥阑干于外河中，水色变，以之酿酒，味芳冽，仅数武地耳，过此南北水皆不佳，刘紫亭凤翔为余言之甚确。予在京师，紫亭岁致沧酒，非市中物也。渔洋答谢方山诗：'白家乌帽重屏里，初试红泥小火炉。恰是陵州酒船到，不愁风雨阻前沽。酒车冒雪远冲泥，尺素殷勤谢传题。一树山楂红破蕊，花前催进玉东西。’此渔洋晚岁之笔，颇得酒中三昧，风致可想。”刘廷玑《在园杂志》云：“京师馈遗必开南酒为贵重，如惠泉、芜湖、四美、瓶头、绍兴、金华诸品言方物也，然惠泉甜而绍兴酸，金华浊醶，均非佳酝，唯四美、瓶头与涞酒兑半相和，则美甚矣。但其价过昂，杖头每苦不足，若煮涞清雪相和，名曰兑酒，京师所常用者，味亦不多变也。虽有易水、沧州、竹叶青、梨花春等类，总不如涞水苦冽。予在淮南，每岁于粮艘回空，附寄十余坛而来，止供冬雪春花之用，不能过夏，盖南酒不畏北方之寒，而北酒则畏南方之热也。淮安有腊黄、苦蒿，镇江有百花，德州有罗酒，俱可用。近来浙西粮艘北上多带浔酒，陈者果佳，宿迁之砂仁豆酒、薏苡陈者亦佳。若扬州古称‘十千一斗金茎露’，而扬州不闻产酒，想谓属邑高邮之五加皮、木瓜、稀莶，泰州之秋露白，宝应之乔家白耳。至于邳徐一带俱是稀熬，较烧酒漓而薄。饮者谓淡而无味曰稀，无可奈何曰熬。相传起自希夷，第恐华山处士必非如此造法也。太原之桑落酒峻易醉人，小瓶潞酒亦曰人参酒，在西边亦平常无奇，至南方则醇美，所云‘燕脂红滴潞州鲜’，人多艳称之，岂真物离乡贵邪？近日玻璃瓶盛红毛酒多入中国，然其中有香料茴椒，止宜于冬月及病寒者，若弱脆之体未可轻饮。在各地方土人俱能制造，如刀酒、洛酒、汾酒、羊羔酒之类，止宜本处，不著名于四方者甚多，大约因水取名大半即是，即用黄河水亦曰昆仑觞，倘能多加曲米，陈窖数年，未有不佳者。若本质太薄太新，如东坡所云‘甜如蜜汁酸如齑浆’者，则无可奈何矣。陕西有以坛盛酿酒干料，留小穴，旋加滚水灌入即成酒者，渭以北名曰罐子，渭以南名坛子，又曰花坛，京师名曰噌妈。”《白下琐言》云：“李白诗：‘瓮中百斛金陵春。’酒至唐时已脍炙名人之口。……今所沽烧酒出孝陵卫，皆米酿成，有堆花之目。其地有酒行，清晨驮载入城，岁无虚日。劣者为大麦冲，性较烈。又村舍人家冬日以糯米作封缸酒，甘如饴，名曰蜜酿，味醇力足，饮者易醉，呼为迎风倒。又有一种锅粑酒，系用炊饭后锅粑酿成，色微黑，极醇美，能健脾理胃，不可多得，予家藏有一瓮，乃祖遗三十余年物也，温翰初先生极赏之。若绍兴百花高粮诸品则非土产矣。”

莫子偲友芝有《芦酒诗》三首，附以说云：

> 杜子美《送从弟亚赴河西判官》句云：“芦酒多还醉。”宋庄倬《鸡肋编》：“关右塞上人造噌酒，以笛管吸于瓶中。”杜诗芦酒盖谓此。蔡梦弼《草堂诗笺》：“大观三年郭随出使虏，举芦酒问外使时立爱。立爱曰：‘芦酒黍谷酝成，可酘醅，取不榨也，但力微，饮多则醉。’”子美之言信验。自是言杜诗者并谓芦酒即今咂酒，良然。唯咂当依季裕作噌。并子答切，即师正字，咂又师之俗也。此酒凡十名，又曰炉酒、曰筒酒、曰杂麻、曰钓藤、曰钓竿、曰竿儿、曰师麻、曰琐力麻，而炉、芦为最古。遵义当秋冬之

交，以高粱或杂稻、小米、麦稗酿可，陈久益美，他时酿者不能久也。酿法：煮杂谷极熟，摊竹席上候冷，置大拷栳，和曲覆二三日，酒泉溢出，分贮大小瓮，筑实，半月后可饮也。不即饮者，固封之，将饮乃去封，满注汤火瓮底，一炊许，以通中细竹插瓮中，次第嚼饮，人以益一杯汤为节。酿汁常在下，不淡不止。待庆吊皆用此品，或十许瓮置一卓（桌），或置一船，罗列数行，足支千客，揖让序饮，礼意犹存。或注汤微火之，俟味具以竿激出，盛他罂壶温酌，故谓钓竿酒。又以杂谷合酿，故谓杂麻酒。炉酒见《齐民要术》，其作粟米炉酒法云："五六七月中夜炊粟米饭，摊令冷，夜得露气，鸡鸣乃和之。大率米一石杀曲米一斗，春酒糟米一斗，和法挼令相杂，填满瓮为限，以纸盖口搏押。上勿泥之，恐太伤热。五六日后以手内瓮中看，令无热气便熟矣。酒停亦得二十许日，以冷气浇筒饮之，䤇出者泄而不美。"按：此摊饭、填瓮、筒饮诸法，即与今嚼酒无异，然则此酒自元魏已有之，犹不始自唐也。䤇，《说文》曰䤈也，古弦切；《玉篇》，以孔下酒也，与《广韵》并古悬切。䤈音义同沥，䤈于孔下，即今钓竿之谓。钓竿别斟味必减于就嚼，即泄而不美之谓。其云冷水浇酒，犹今之灌汤。其名炉即浇后当以火成，浇下当夺一二字，抑岂供暑日但冷饮欤？或以炉为芦声之误，恐未必然。思勰西北人，所记当即其风土，故河陇之间，唐宋沿而不失，于杜诗益有征矣。钓藤名始称于宋，竿儿闻于近世，刘延世《孙公谈圃》：“辰豁（溪）有钓藤酒。”朱黼（辅）《溪蛮丛笑》：“钓藤酒以火成，不醉不刍，两缶东西以藤吸取。”杨慎《外集》引之，谓即今咂酒。方以智《通雅》亦谓咂杂麻酒，洞蛮告为钓藤。又陆次云《峒溪纤志》：“咂酒一名钓藤，以米杂草子为之，以火酿成，不刍不醉，以藤吸取，多有以鼻饮者，谓由鼻入喉更有异趣。”据五家说，并以钓藤为溪峒咂酒别名。按：其法即今钓竿，特以藤以竹之异。近许缵曾《滇行纪程》载芦管渍酒饮谓之竿儿酒者，亦即钓竿之类，唯《纤志》鼻饮为新闻耳。筒酒、咂麻、琐力诸名，明人始及之，李时珍《本草纲目》：“秦蜀有杂麻酒，用稻麦黍秫药曲小罂封酿而成，以筒吸饮。”李实《蜀语》：“筒酒，亦曰咂麻酒。”引《华阳国志》郫筒事，谓仿佛其遗意。方以智《通雅》：“芦酒，咂嘛酒也。”谓植芦管于中而群饮也。今陕西家家以此款客。何元子曰：“谓之琐力麻酒是也。”近蒋士铨《忠雅堂集》有《咂酒为周海山作古诗》，咏烧饮酿，罕譬颇详。古今言咂酒可述其大略具于此矣。唐刘恂《岭表录异》谓南中酝既熟，贮以瓦瓮，用粪扫火烧之。《太平广记》引《投荒杂录》：“新州多美酒，南方饮既烧即实酒满瓮，以火烧方熟，不然不中饮，沽者以细筒插就，吮以尝酒味，谓之滴淋。”据二家所述，皆于今噜酒为近。是此法自唐已传岭表，宜宋以来遂沿溪峒。然而高阳著术本肇秦中，明之陕西犹然(按：李虹舟《西征赋》作于雍乾时，此俗固尚在也)，家家款客则千岁以上之祖风也。蜀近于秦，故此风不异。杨慎《咂酒诗》云："宾酬百拜劳。"即言款客礼饮。黔北诸郡旧皆蜀徼，风物相沿，有自来矣。昧不考者，反谓漫承溪峒，岂不值哉。芦之说昔人皆指芦管、藤竿为类，愚谓此酒之高粱即古之稷。元吴瑞曰："稷苗似芦粒亦大，南人呼芦穄。"李时珍数粱异名又有芦粟，疑芦或以谷言也。咂嘛之嘛字书所无，相承音麻，疑穈糜等字误麻因咂加口耳。糜芑为赤白粱粟，即今小米，穈穄也。盖黍之不黏者，皆此酒所恒用，故举以名欤。或曰咂麻即杂麻，麻当为糜，谓杂谷为此酒也，亦通。琐力麻当是方语，不可解。或曰琐小也，言酒力不劲也，或曰噜之缓言也，殆亦谓宿酿已熟欤。

以上皆莫氏原文，考核极博矣。然杂麻、琐力麻皆"噜"字长言之音，固一名也。

六八　扇

《在园杂志》云："昔人所持惟纨扇最古，……若今人所用多金白纸扇矣。其扇本名折叠，亦谓之撒扇，取收则折叠展则撒舒之义。明永乐中朝鲜国入贡，成祖喜其卷舒之便，命工如式为之，自内传出，遂遍天下。其始不过竹骨茧纸薄面而已，迨后定制，每年多造重金者进御，一面命待诏书写端楷，一面命画苑绘画工致，预定五月一日进呈，以备午日颁赐嫔妃宫女。其钉铰眼钱皆用精金，每扇价值五金。至本朝三百余年日盛一日。其扇骨有用象牙者、玳瑁者、檀香者、沉香者、棕竹者、各种木者，罗甸者、雕漆者、漆上洒金退光洋漆者，有镂空边骨内藏极小牙牌三十二者，有镂空通身填以异香者，且有空圆钉铰中藏极小骰子者，刻各种花样，备极奇巧，甚有仿拟燕尾，更有藏钉铰于内而外无痕迹者。其便面有白纸三矾者，有五色缤纷者，有糊香涂面者，有捶金者，有洒金者，命名不一。其骨多而轻，细者名曰春扇、秋扇，以香涂面者曰香扇，可藏于靴中以事行旅者曰靴扇。更有以各色漏地沙（纱）为面可以隔扇窥人者曰瞧郎扇，且有左右可开制为三面暗藏其中画横陈像者曰三面扇，有制样各别因地因人得名者曰黄扇、川扇、曹扇、潘扇、青阳扇。而相传最久远者无如杭州之芳风馆，其家世以售扇为业，遂致素封，城内构一别墅，花木竹石颇极精幽，予兼摄杭州府篆时曾过其园。……座间询及主人制扇之法，乃出一扇曰百骨扇，传已几世矣，数之果有百骨。初不以骨多而厚大，其色古润苍细，洵旧物也。据云今亦不能仿造，即强造亦不佳矣。……扇有折叠，因而有坠伴，阮兄曰扇器以蜜结迦南为第一，其次则宋做旧玉之小者，即虎斑金丝各色玉之新做者亦佳，若琥珀蜜蜡之类品斯下矣。”

《白下琐言》云：“吾乡造作折纸扇骨素有盛名，多聚居通济门外，其面用杭连纸者谓之本面，用京元纸者谓之苏面，较本面良。三山街绸缎廊一带不下数十家，张氏庆云馆为最。揩磨光熟，纸料洁厚，远方来购，其价较高，惟时样短小，求旧时之老棕竹、樱桃红、湘妃竹，骨长而脚方者不可得矣。且雕刻字画有取红楼女名者，殊失雅驯，姚惜抱先生最厌之。”

按：《香祖笔记》：“成弘间留都扇骨以李昭制者为最，见《顾东江（清）集》。往徐健庵宫保为宫坊时，赠余金陵仰氏扇，予谢以诗，有‘旧京扇贵李昭’之句。翌日相遇朝班，问李昭出处，予但据《东江集》答之。后阅《金陵琐事》，乃详李昭、李赟、蒋诚三人制扇骨最精，徐守素、蒋彻、李信修补古铜器如神，盖南京为产扇之地，名工所萃也。”

六九　火药

余考证火药出处，详所著《中国社会史料丛钞甲集》。兹又得《寄园寄所寄》引《物理小识》云：“火药自外国来，宋开宝二年岳义方上火箭张和仲记虞允文采石舟中发霹雳炮，乃纸为之，实以石灰硫黄，坠水而火自水跳出。永乐立神机营，西洋以尺测量精矣。唐有火树银花，想已用之邪。硝入于炭则直发，硫则横爆，加黄矾则研烈，箬瓢灰则稍声，碾西匡石粉则发时不先光，试之堆相间丈而点一及诸堆者万杵者也，掌上燃之毫无所伤，以其疾也，入铁蛾樟脑则成花，今名烟火。”

七〇 马吊

今世麻雀牌当是马将之讹，而马将又原于马吊，明以来叶子戏皆以《水浒传》中人物为对象，其后不见人物之状，得存筒索，万乃悬赏之数，筒者金饼，索者钱贯，万者十千也。凡成牌曰湖，湖者指梁山泊也。

戴名世《忧庵集》云：“叶子之戏始于万历之末，复变而为马吊，盖取小说中所载宋时山东群盗姓名，分为四十纸，一曰纸牌，人各八纸，盖明末盗贼群起之象。其曰马吊者，马士英、马吉翔弄权丧邦之谶也。有曰百子者，画一人提一头，而署曰阮小二，为大铖杀人之谶。大铖书室有白子楼。其曰顺风旗者，顺治统八旗入关之谶也。其曰闯百者，李闯王之谶也。其曰献百者，张献忠之谶也。其他如翻青、翻孔等无不皆验。其法四人相斗，而以三家逼一家，为关外及张李三家分裂明土之象。二十年前分为京斗、南斗两法，近日则又变为游湖之法，始于京师之舆人，浸寻及于士大夫及妇女，皆好之。其法又有曰飞湖、曰追湖、曰砍湖，其不胜无用者曰臭湖，其法大同小异，大抵以先成者为胜。”

张岱《陶庵梦忆》云：“骨牌始于宣和二年，高宗时诏颁行天下。后世易之以纸，层出不穷，必奉水上军为鼻祖，岂不忘所自欤？”水上军即指梁山泊也。

赵吉士《寄园寄所寄》云：“万历末年民间好叶子戏，图宋寇姓名而斗之，至崇祯时大盛，其法以百贯灭活为胜负，有曰闯、有曰献、曰大顺，名曰马吊。马吊二字殊不可解，今验之明季遇马即吊，闯与士英皆马也。”

七一　裘类

平步青《霞外捃屑》云：“《夜谭随录》：‘貂夏毨而冬毴，其操似松。’又杂记狐之类不一，有草狐、沙狐、玄狐、白狐、灰狐、云狐之别。”

庸按：《茶余客话》则云：“毛黄而长曰草狐，短曰黇（音天，《集韵》：“黄白色。”）、曰沙狐（二种产蒙古），毴黑而毫白曰玄狐，身黅（音炗，《集韵》：“黄色。”）而膁青曰火狐，身黇（音湍，《说文》：“黄黑色。”）而膁黑曰猸刀（与白狐、灰狐五种产俄罗斯），余不言。今俗有‘千年玄狐，八百猸刀’之说，又有‘白狐年久而黄，黄久而玄’之说，皆无稽也。”

《在园杂志》：“白狐腋俗名天马皮，又集项下细毛深温黑白成文者，俗名乌云豹。其腿衷一块黄黑杂色者集以成裘，俗名麻叶子。更有舍利孙一种轻暖华美，貂裘之外无出其右，所谓胭脂雪者即此耶。侍卫制为朝衣，诸王制为坐褥，定例亦四品以上始服，近亦僭越矣。灰鼠毛之白者名银鼠，康熙初年尚少，羊皮毛软而长者俗名麦穗子。”《十六史商榷·五代史附录》：“契丹耶律德光脱白貂裘以衣晋高祖。白貂俗呼银鼠。”西庄之说与《在园》异，俟考，姑妄听之。物之轻重各以其时之好尚，无定准也。灰鼠旧贵白，今贵黑；貂旧贵长毳，故曰丰貂，今贵短毳；银鼠旧比灰鼠略贵，远不及天马，今则贵几如貂。

《榆巢杂识》云：“千羊之皮不如一狐之腋，古所谓狐白裘即集狐之白腋，今名天马皮。又集项下细毛深温黑白成文与今名乌云豹。其股里黄黑杂色者集以成裘，今名麻叶子。全白狐皮粗冗不为俗所重。至玄狐一种止准官一二品以上者制为帽或制为端罩，非蒙上赐不敢服。羊皮贵羔而贱老，独口外另一种名麦穗子，皮软毛长，形如麦穗，价值最贵。公卿出差口外必彼此一袭，由口外风高非此不足以御之也。”以上考证裘之种类，其三十年前为习见者，今人恐渐不能道其名矣。

《阅微草堂笔记》云：“灰鼠旧贵白，今贵黑。貂旧贵长毳曰丰貂，今贵短毳。银鼠旧比灰鼠价略贵，远不及天马，今则贵几如貂。”

《在园杂志》尚有论其他裘类者，摘录于下：“《郑风》云：‘羔裘豹饰。’大夫燕居之服，近日不独不以豹饰，而大夫多不羔裘矣。间或服之，惟领与袖或饰貂，或饰狐，或饰银鼠之类。而晏子一狐裘三十年，疑用全狐，今服全狐者少。千羊之皮不如一狐之腋，近之狐腋尽人而裘矣。当年孟尝君之狐白裘，即集狐之白腋也，俗名天马皮。又集项下细毛深温黑白成文者，俗呼乌云豹，甚暖，其腿里一块黄黑杂色者，集以成裘，俗名麻叶子，亦暖。至于全白狐皮则粗冗不堪。又有玄狐一种，定例止准官一二品以上者制为帽，上赐居多，若口外严寒，出差者亦准为帽，虽名玄狐，其实苍白色者居多也。……更有舍利孙一种，轻暖华美，貂裘之外无出其右，所谓燕脂雪者想即此邪。……又灰鼠一种，最宜于秋末冬初及南方不甚苦寒之地，迩来颇多。至于毛之白者名银鼠，康熙初年尚少，其价尚昂，近不独多而且贱矣。又以獭皮为深衣，可御雪，可当衾裯，粗而重，贱者之服，亦亵裘类也。缁衣羔裘，黄衣狐裘，取其表里如一。羔裘玄冠不以吊，言衣冠俱黑色，古之吉服也，是古之羔皆用黑者，而今则纯白矣，何古之黑者多而今之黑者少也。或曰，当日之黑羔安知非如今日之染狐皮染银鼠邪，为之一笑。羊皮贵羔而贱老，人皆知之，独口外则不然。有皮软而毛长者俗名麦穗子，言其毛长如麦穗也。口外风高，非此不足以御之。虽公卿贵官至彼，貂裘之上亦必覆此一件，取其毛大压风也。内地此种不如口外者佳。”

七二　胡食

《旧唐书》称：“贵人御馔，尽供胡食。”所谓胡食之种类，可于慧琳《一切经音义》见之。其第三十七卷《陀罗尼集》第十二释“䭔䭓”云：“此油饼本是胡食，中国效之，微有改变，所以近代亦有此名，诸儒随意制字，元无正体，未知孰是。胡食者即饆饠、烧饼、胡饼、搭纳等是。”考汉魏以来胡食即已行于中国，至唐最盛。安史之乱，玄宗西幸至咸阳集贤宫，无可果腹，亦以胡饼充饥。《通鉴·玄宗纪》云：“日向中上犹未食，杨国忠自市胡饼以献。”胡注曰：“胡饼，今之蒸饼。”高似孔（孙）曰，胡饼言以胡麻著之也。崔鸿《前赵录》曰：“石虎讳胡，改胡饼曰麻饼。”《湘素杂记》曰：“有鬻胡饼者，不晓名之所谓，易其名曰炉饼，以为胡人所啖，故曰胡饼也。”是胡饼可名麻饼，亦曰炉饼。《清异录》云：“汤悦逢士人于驿舍，士人揖食，其中一物是炉饼，各五事，细味之，馅味互不同，以问士人，叹曰，此五福饼也。”是胡饼亦著馅。唐代长安盛行此饼。日本僧圆仁《求法巡礼行记》曰：“开成六年正月六日立春，命赐胡饼寺粥。时行胡饼，俗家皆然。”《齐民要术》有作烧饼法云：“面一斗，羊肉二斤，葱白一合，豉汁及盐，熬令熟，炙之，面当令起。”唐代之烧饼作法当与贾氏所云不甚相远。慧琳所释之“䭔䬪”，据日本《古典全集》和《名类聚钞》作“䭔飳”，音“高斗”，谓为油煎饼。而《齐民要术》亦有馆⻞俞作法云：“盘水中浸剂，个（于）漆盘背上，水作者省脂，亦得十日软，然久停则坚。干剂于腕上手挽作，勿着勃入，脂浮出即急翻，以杖周正之。但任其起，勿刺令穿，熟乃出之。一面白一面赤。轮缘亦赤软而可爱，久停亦不坚。若待熟始翻，杖刺作孔者，泄其润气，坚硬不好。法须瓮盛，湿布盖口，则常有润泽甚佳，任意所便，滑而且美。”《资暇录》述饆饠之得名云：“毕罗者蕃中毕氏罗氏，好食此味。今字从食，非也。”《唐语林》亦载之。近日人桑原骘藏考隋唐来华之西人，谓安国西百余里有毕国，其人常至中土贸易，疑所谓饆饠者因其自番国等地，因以为名，慧琳所谓随意制字了无正体者也。杨慎云：“《集韵》：饆饠，修食也。按：小说唐宰相有樱笋厨，食之精者有樱桃饆饠，今北人呼为波波，南人讹为磨磨。”《青箱杂记》亦谓饼一名饆饠，北方有所谓波波者，今俗书作饽饽，即此。唐代长安有专售饆饠之毕罗店，一在东市，一在长兴里，俱见《续酉阳杂俎》。唐代卖毕罗亦以斤计，唯中置蒜，以较今北方之饽饽以甜者为多似不同。以上皆为《一切经音义》所言胡食之分别考证。于此所当辨者，胡饼之名实非唐代始自西域输入。《三辅决录》：“赵岐避难至北海，于市中贩胡饼。”是汉已有之。即谓《决录》出后人手，而《晋书》称王羲之独坦腹东床啮胡饼，神色自若，是晋已有之。故胡饼由西来臆测当在汉班超通西域时，惜缺左证。余更以为今日市上油煎之饼饵大半源皆西来，至我族旧有之饼则以汤煮或蒸者为多。《释名》：“饼，并也。溲麦面，使合并也。”崔寔《四民月令》：“立秋日食煮饼及水溲饼。”《汉书·百官表》：“少府属有汤官主饼饵。”是皆煮汤作饼者。若《晋书》载何曾尊豪累世，蒸饼上不作十字不食，及《柳氏旧闻》载唐玄宗食俎有羊臂臑，夫子割，余污漫刃，以饼洁之，上熟视不怿，肃宗徐举饼啖之。皆是蒸饼，故能以之拭刃，盖甚软也（据《花随人圣庵摭忆》）。按：《御览》八六〇引《续汉书》："灵帝好胡饼。"此胡饼之最早见者，上文漏引。

七三　宜兴壶

宜兴壶始于供春，光大于时大彬，益昌于陈曼生，而供春其法又实传自金沙寺僧。考许次纾《茶疏》、张岱《陶庵梦忆》、陈贞慧《秋园杂佩》诸书，皆言而未详，即徐喈凤《宜兴县志》、于琨《重修常州府志》亦未精博。言之较全者当以《桃溪客语》为最。《客语》云："阳羡瓷壶自明季始盛，上者至与金玉等价。百余年来，名辈既尽，时工所制率粗俗不雅，或涂以丹黄，无一可入清玩者。夷考古来名手，其姓氏尚可指数。如金沙寺僧（不知其名）、供春董翰（号后溪）、赵良（亦作梁）、元畅（或作袁锡）、时朋（亦作鹏）及子大彬（号少山）、李养心（字茂林）及子仲芳、徐士衡（字友泉）、欧正春、邵文金、文银、蒋时英（字伯荂）、陈田卿、信卿、闵贤（字鲁生）、陈光甫、陈仲美、沈士良（字君用）、邵盖、周后谿、陈俊卿、周季山、陈挺生、承云从、沈君盛、陈辰（字共之）、徐令香、项真（字不损，嘉兴人，诸生）、沈宇澈，并胜国名手。至其品类则有若龙蛋、印方、云雷螭哔、汉瓶、僧帽提梁、卣、苦节君扇面、方芦席、方诰、宝圆珠、美人肩、西子乳、束腰、菱花、平肩莲子、合菊花、芝兰、竹节、橄榄、六方冬瓜，段分蕉、蝉翼柄、云索耳、番象鼻、鲨鱼皮、天鸡篆珥、海棠香合、鹦鹉螺杯、葵花、茶洗、仿古花尊、棋花炉、十锦杯等等。大都炫奇争胜，各有擅场，姑举其十一耳。”又周树《台阳百咏注》：“金沙寺僧久而逸其名矣。闻之陶家云，僧闲静有致，习与陶缸瓮者处，抟其细土加以澄练，捏筑为胎，规而圆之，刳使中空，踵傅口，柄盖的，附陶穴烧成，人遂传用。”又云：“供春，学宪吴颐山家僮也。颐山读书金沙寺中，春给使之暇，窃仿老僧心匠，亦淘细土抟坯茶匙穴中，指掠内外。指螺纹隐起可按，胎必累按，故腹部尚视节腠，视以辨真。今传世者栗色暗暗如古金铁，敦庞周正，允称神明垂则矣。世以其龚姓，亦书为龚春。”又考《五石瓠》云：“宜兴沙壶创于吴氏之仆曰供春，乃久而有名，人称龚春，其弟子所制更工，声闻益广，京口谈长益为之作传。”今按：周树《台阳百咏注》云：“台湾人茗皆自煮，必先以手嗅其香，最重供春小壶。供春者，吴颐山家婢名，制宜兴茶壶者。或作龚春者误。一具用之数十年，则值金一笏。周高起曰，供春人皆证为龚春，予于吴冏卿家见大彬所仿则刻‘供春’二字，足折聚讼云。吴骞云，颐山名仕，字克学，宜兴人，正德甲戌进士，以提学副使擢四川参政，供春实颐山家僮，而周系曰青衣，或以为婢，并误。今不从之。”荟以上诸说，知供春之本源。至时大彬号少山，或陶土或杂砂，诸款具足，诸土色亦具足，不务妍媚，而朴雅坚栗，妙不可思。初自仿供春得手，喜作大壶，后游娄东，闻陈眉公与琅邪、太原诸公品茶试茶之论，乃作小壶，几案有一具，生人间远之思，前后诸名家并不能及。遂于陶人标大雅之遗，擅空群之目。今考张燕昌《阳羡陶说》云："先府君性嗜茶，所购茶具皆极精。尝得时大彬小壶如菱花八角，侧有款字。府君云，壶制之妙，即一盖可验，试随手合上，举之能吸起全壶。所见黄元吉、沈鹭雍锡壶亦如是，陈鸣远便不能到此。既以赠一方外，事在小子未生以前，迄今五十余年，犹珍藏无恙也。予以先人手泽所存，每欲绘图勒石纪其事，未果也。"又考陈鳣《松砚斋随笔》云："客耕武原，见茗壶一于倪氏六十四砚斋，底有铭曰：'一杯清茗可沁诗脾，大彬。'凡十字。其制朴而雅，砂质温润，色如猪肝，其盖虽不能翕起全壶，然以手拨之则不能动，始知名下无虚士也。既手摹其图，复系以诗。"至陈曼生《壶源流》，则考《前尘梦影录》云："陈曼生司马鸿寿在嘉庆年间官荆溪宰，适有良工杨彭年善制砂壶，判为捏嘴，不用模子，虽随意制成，亦有天然之致，一门眷属并工此技。曼生为之题其居曰阿曼陀室，并画十八壶式与之。其壶铭皆幕中友如江听香、高爽泉、郭频伽、查梅史所作，亦有曼生自为之者。铭字须乘泥半干时以竹刀刻就，然后上火，双款则倩幕中精于奏刀者加意镌成。若寻常贻人之壶，每器只二百四十文，加工者值须三倍。越卅年，上海瞿子冶（应绍）欲烧砂壶，倩邓符生至阳羡监造。子冶善兰竹，有诗书画三绝之称，符生则善篆隶，所制虽不逮曼壶，留传不多，市中亦以之居奇。”又考《耕研田斋笔记》云：“宜兴素产砂壶，制作精巧，储大柄后传人特少。曼生作宰是邑，公余之暇，辨别砂质，创制新样，并自制铭镌句，人称为曼生壶云云。”储大柄显系时大彬之误（据《花随人圣庵摭忆》）。

七四 钟表

沈初《西清笔记》云：“内府一自鸣钟下一格，有铜人长四五寸许，屈一足跪，前承以沙盘，钟鸣时铜人手执管于盘中划沙，作‘天下太平’四字，钟响寂则书竟矣。昔在闽见一钟，上一格两扉常阖，至交初正时，内有铜人两手启扉，转身于架上取槌击钟，如数毕，置槌于架，两手阖扉。又有铜人高数尺，如十三四丫头，面粉衣缯，前置洋琴，启铜人钥，则两手起执棰击琴，左右高下，其声抑扬顿挫合节，头容目光皆能运转助其姿致。鼓毕则置棰于琴，两手下垂矣。又制飞雀，呼嗓逼真。”此钟尚在古物陈列所中，先不知用法，继得一老钟表匠，居然能修理复鸣。按诸沈氏所说，丝毫不谬。由此类推，昔人笔记，诚多可信之史料也。

《西清笔记》又云：“交泰殿大钟，宫中咸以为准。殿三间，东间设刻漏一座几满，须日运水贮斛，今久不用。西间钟一座，高大如之。蹑梯而上，启钥上弦，一月后再启之，积数十年无少差，声远直达乾清门外。”此钟亦尚在交泰殿中，以其庞大不能移，故竟无恙。

张问安《亥白集》云：“洋行有一钟，坐上铜人能画千手观音像，又能自画乌丝阑，作楷字，上有二铜雀，飞鸣如生。”

《庄谐选录》云：“运使图毕赫言前任惠潮道时，见夷商以洋器二种来售，每种索价五万两。一种为莲花一朵，每易一时则变一色，其变色也则戛然一声，数十瓣皆变，略不参差。其一种为二童子，每童子前置一小案，案有纸一方，一人蘸笔插其手中，一则能作楷书，一则能画山水花卉。”盖嘉道间洋货初兴，外商百计揣摩华人心理而为之。即以时表而论，今尚见旧表上刻十二辰字样者。《庄谐选录》云：“扬州有华人自制钟表者，其初虽为奇器，继则亦成日用必需之物，不觉其为外国输入者矣。”

明冯时可《蓬窗续录》云：“外国道人利马窦有自鸣钟，仅如小香盒，精金为之，一日十二时，凡十二次鸣。”

《池北偶谈》云：“香山墺天主寺有定时台，巨钟覆其下，立飞仙台隅为击撞形，亦以机转之，按时发响，起子末一声至午初十二声，复起午末一声至子初十二声，前揭圆槩，书十二辰，俟某时钟动，则蟾蜍移筹指某位。”

周亮工《闽小记》云：“闽中绝技五，其一为龙溪孙孺理一寸许之自鸣钟。”

松江许仲元《三异笔谈》有一则，虽非钟表之制，亦与之有关者。云：“高宗七十万寿，……粤督昭信伯李备进自行洋人一奁，广仅盈尺，高稍过之。启其钥，有黄发婢辟门而出，逡巡复入，携出一椅一几，几上置多盛盘，文房悉具。安置甫毕，奁中一碧眼夷官闯然来就坐。婢为磨墨展纸，碧眼握管作‘万寿无疆’四字，婢献茶一杯，夷官饮之乃起入奁，婢检点既尽，亦敛身入，而门自铿然闭矣。后昭信以进御，需用国书尤为得体，呼承办两道科改之。两人以羽纱裹首，缚之数匝，携手步层楼，竟夜，跃然曰，得之矣。乃增小轮一规，并拨易发条数处，夷官所写已成清汉合璧。谓智出于脑，须缚之急乃能构思，何其神也。又见芸台中丞作马脑草虫百种，藏一柜中，如今药笼百眼箱式，大如蟾蜍，小如蟋蟀，无不须眉毕具，灵动如生。先以氍毹铺卓（桌），柜背走线一拽，百种皆跳跃而出，缤纷满架，尚作蠕蠕欲动状。复振其机，则仍尽入柜，门亦自阖矣。”

七五　日晷

日晷之制，在钟表未盛行以前尽用之，然其实非古也。《茶余客话》云：“朝庙衙署庭设石表以觇时刻，不识造自何时。”按：宋曾南仲通天文，宣和进士，授南昌尉，尝谓古人揆景之法载经传者不一，止较景之短长，未与刻漏相应，乃为揆景图，以木为规，四分其广而杀，其状如缺月，画辰刻于其旁，为基以荐之，缺上而圜下，南高而北低。当规之中，植针以为表，表之两端一指北极一指南极。春分以后视北表（极）之表，秋分以后视南极之表。所得揆景与刻漏相应，二分之日南北二表皆无景。独其侧有景，以其侧应赤道，春分后日入赤道内，秋分后日出赤道外，二分日行赤道，故南北皆无景也。

方濬师《蕉轩随录》云："定时罗一名日晷，纹理工致，本质端好。通志所载惟程宏宇、汪永年二家制者，四方未有比伦。又罗盘称歙县为最，亦以汪、程二姓所造为精。近则日晷罗盘均以方秀水家著名，并汪、程之名亦不知之矣。"

七六　泰山唐玉简

民国二十二年三月十日北平《晨报》载开元封禅玉简之发现。其略云，泰山之下津浦路泰安车站以北，有一小山曰蒿里山，山上有阎王庙，庙前有一塔，年代无可稽考，但据故老传说，知其为唐代物而已。十七年革命军北伐之役，山上之庙及塔均为军火所摧毁。旋某军驻防泰安，乃在塔之原址别筑一纪念碑，先事扫除残砖，于塔底发现五色土坛，四周赤白青黑，中为黄色，向下发掘乃在各色土内得玉器无数，又在中央黄土内得方五尺之石匮，雕镂极工细。启视则一金匣中藏白玉版十五，平排于内，长约一尺，宽二寸，每板均刻隶字，读之即唐玄宗封禅文也。

七八　火腿

火腿盛行于近百年，几无远弗届，然见于记载者绝鲜。吴慈鹤《凤巢山樵集》有诗题云："金衢花猪甲天下。"盖土人以白饭饲之，绝不食秽，故香洁独胜。兰溪舟妇悉豢此，几与同卧起，若猫犬然。冬月宰之，以盐渍其蹄，风戾以致远，可数年不腐，味尤隽永。吴庖能和蜜煮之，甘腴无比。此指金华火腿而言，云南之宣威腿尚无入吟咏者。

七九　柠檬

岭以南有黄色而酢质之果，俗呼柠檬。近年制为汽水，或切以瀹茗，人皆视为西洋食品，未有知为中国所固有者。按：元吴莱《渊颖集》有《岭南柠檬子解渴水歌》，正即今之柠檬水。而杭世骏《道古堂集》有《黎朦诗》云："粤人呼宜母，亦或讹宜濛。粤稽桂海志，是物为黎朦。"是黎朦出桂海《虞衡志》。其名尤古，且近于正。

八〇　洋画

《馒䲵亭集·宾甫少司空招饮观丰稔图序》云："屋

五楹，南北窗，以西二楹为图。薄板上下各五层，上接承尘，画以云气，下安地平，杂写村落、屋宇、人物、稻田。每层相距一二尺，或三四尺，前后高下准以线法。最后西墙悬画一大幅，山水平远，楼阁参差，帖水小舟，横空雁阵，咫尺中有数十里之势。不用洋镜摄取幻影，自然深远，洵奇观也。制者大兴姜学诗，题曰《丰稔图》。”按：《雷塘庵弟子记》记阮文达督粤时，省城市政司街酒馆用木板画夷馆式。文达曰此被发祭野也，立谕府县拆毁之。此皆当时风行洋画之证。姜君殆尤得风气之先欤？

八一　大餐

考汉人有貊炙之法，大概即外国饮食方式。据《释名》云：“貊炙全体炙之，各自以刀割，出于胡貊之为。”揣其情状，极似今日西洋风俗。盖中国之食用杯箸，西方之食用刀匕，其不同在此。至于现在之所谓大餐，其名由广东之洋行而起。嘉庆中张问安《亥白集》中有诗云：“饱啖大餐齐脱帽，烟波回首十三行。”而昆明赵文恪光在其年谱中记道光四年游粤情形云：“是时粤省殷富甲天下，洋盐巨商及茶贾丝商，资本丰厚。外国通商十余处，洋行十三家，夷楼海舶，云集城外，由清波门至十八铺，街市繁华，十倍苏杭。……终日宴集往来，加以吟咏赠答，古刹名园，游览几遍。商云昆仲又偕予登夷馆楼阁，设席大餐，酒地花天，洵南海一大都会也。”据此则一百一十余年前，广州已有租界气象，官场应酬已以大餐为时尚矣。

又按：《郎潜纪闻初笔》云："道光二年壬辰秋九月乙丑夜二鼓，粤东省垣西关大火，火作而风，始于第七铺饼肆。夜中逾打铜街。庚寅晨，及十三行。日晡及杉木栏。是日风甚，夜愈甚。翌日辛卯食时风息火熸。凡毁街七十余，巷十之，房舍万余间，广一里，纵七之，死者数十人，蹂而死于达观桥者二十七人，郁攸之灾百岁翁叹为未有。按：粤东是时番船渐通，洋商初盛，珠贝瓌货，族于西关。酒海肉林，褕衣珍食。起家屠侩，淫侈亡等，天殆怒其妖邪，使海市蜃楼尽付于祝回之一炬，垂戒不可谓不严。无如醉梦中人顽不知惕，以致逆氛妖教，渐染东南，阅数十年而未能湔涤，可哀也已。"陈氏此言至为沉痛，见被发于伊川，知百年而为戒矣。

八二　包家灯

《梵天庐丛录》卷十二有沈机《包灯行》云："君不见隋家剪彩亡天下，如何包主事，不爱山真爱山假。移取江山入图画，作画为灯供我耍。到今遗法广流传，百巧争先供纨绔。寄语看灯人，此制创自明文臣。明文臣，八股生。官工部，职在组与紃，一座江山绣大明。"注：按包壮行扬州人，崇祯癸未进士，官工部主事。喜叠石为山，能剪彩作人物宫殿车马为灯。夜燃烛望之，俨然大痴云林墨妙也。世传其法，名其灯曰包家灯。此诗殊陋，然赖此传一哲匠，亦见明人喜留心于小技艺也。

八三　银槎

《两般秋雨庵随笔》云：“考王阮亭、朱竹垞皆有《碧山银槎歌》，诗序注中言之甚详，系元至正壬寅年所造，朱以锻银出名，所造固不止一槎也。”《茶余客话》云：“见一槎杯首有‘岳寿无疆’四字，左‘朱碧山造’右‘至正乙酉年’，底镌‘槎杯’二字。杯尾诗云：‘欲造明河隔上阑，时人浪说贯银湾。如何不觅天孙锦，只带支机片石还。’图书‘碧山’二字。此槎本孙北海所藏，后归宋玉叔。施愚山、曹实庵各赋长歌。玉叔殁，流落至京，高江村复于市上得之，亦赋长歌纪事。所谓‘二十年中有聚散，宋孙墓木拱可悲’。此杯后归陆费丹叔墀，是又一银槎也。”

八四　肩舆

周寿昌《思益堂日札》有述清代京官肩舆之制一则，谓向例京官三品以上，在京乘四人肩舆。用藤棍双引喝道。四品自佥都御史以下止乘二人肩舆，单行不喝道。见王渔洋《香祖笔记》。时正阳门专许舆入，车不准行，京官无一乘车者。渔洋《戏赠南海程周量》七绝云：“趋朝夜永未渠央，听鼓应官有底忙。行到前门门未启，轿中端坐吃槟榔。”时程官兵部主事也。近时惟尚书以上乘四人肩舆，侍郎坐绿呢围车，三品坐蓝呢围车。至紫禁城内二人肩舆之制，乾隆御制诗注有云：“今年又念嵇璜虽经赏马，仍恐难于乘骑。嗣后着已经赏马而艰于步履之大臣，加恩准令乘坐小椅，旁缚短杆，用二人舁行入直，以示体恤。”余按《乾隆实录》及《郎潜纪闻》：“乾隆五十五年谕，内外文武大臣特恩赏在紫禁城骑马，用资代步。但年老足疾之人，上马亦觉困难，嗣后仍加恩准令坐椅轿，旁缚短木，用两人舁行入直。”是则其制始于乾隆末年。至嘉庆朝犹屡申此谕，谓汉大臣不谙乘骑，仅令人牵马随行，蹒跚风雪中，殊非恤下之旨，故汉大臣赐朝马者，皆得乘檐（椅?）子以代之，至咸丰时犹仍为故事。《赵文恪公年谱》咸丰四年十月十四日：“奉旨赏在紫禁城内骑马。次日具折谢恩，蒙召见，碰头讫，上问能骑马否，奏对云：‘臣向不曾骑马，今日进内勉强乘骑，未能轻便，须使人扶掖，乃得上马。’上笑问云：‘汝骑马上觉何如?’奏对云：‘揽辔前行，栗栗危惧，似时防倾跌状。’上复笑云：‘向来汉大臣多未能骑马，或改坐二人肩舆亦可。’奏对云：‘蒙天恩优渥，复蒙格外体恤，臣乘骑数日，如不能勉强，当即改坐小轿。’越数日，奏事蒙召见。上问云：‘汝今日仍乘马否?’奏对云：‘臣体孱衰钝，未能乘马，今日进内，已改肩舆矣。’上云：‘甚好。不惯乘骑，如马有前失，或至倾跌，极可虑也。’是日赏马者八人：张诗舲祥河、翁遂庵心存、李梦韶钧、杜继园翰，暨予汉大臣共五人，满大臣二（三）人。诗舲作《纪恩诗》七律二首，予用其韵纪恩，彼此互和，都门求书诗者一时甚众。予诗前首末韵云：‘朝来策骑趋金阙，扶上雕鞍愧体孱。’殊可笑也。圣恩高厚，谕令改坐肩舆，至今风晨雪夜安稳前行，犹念先帝鸿慈，愧乏报称云云。”当日上下交孚之情，于此可见。然观《翁文恭日记》则仍策骑入直，意者文恭生长京邸，习于鞍马，不肯自逸也。庚子以后，枢臣入禁城，皆乘椅轿，今故宫内犹存甚多。又彭文勤于西华门内骤患痰疾，朱文正呼己舆舁之以出，竟被严议，盖仁宗不欲有人自禁中舆疾以出耳。

乾隆五十五年谕：“内外文武大臣特恩赏在紫禁城内骑马，用资代步，但年老足疾之人，上马亦觉艰难，嗣后仍加恩准令乘坐椅轿，旁缚短木，用两人舁行入直。”《郎潜纪闻》记之如此。余按《嘉庆实录》屡申此谕，谓汉大臣不谙乘骑，仅令人牵马随行，蹣跚风雪中，殊非恤下之旨。故汉臣赐朝马者，皆得乘檐（椅）子以代之。（编者按：此段文字与前文重复，原著如此，姑存之。）

八五　古器

郑叔问文焯有《唐宫脂盝考》云：“余家藏一器，表里均缥瓷精造。昔在秦中，有估客得之骊山唐故宫，器形圆类合，作浅青色，无花纹，盖周径五寸余，底足微射其外，中有三小盏，隅列而黏合，缭以花枝，蝉联袅娜，制作奇丽，油色莹晶，洵宫闺严器中之美制也。谛审小盏中的的朗润，似有粉黛余渍，古香泽手，殆为美人之遗。考《唐书·李德裕传》：‘敬宗诏浙西脂盝妆具。’《太平御览》：‘多罗夜器名本名脂盝。’按《南史·海南诸国传》：‘毗骞王遗扶南王食器形如圆槃，又如瓦坘，名为多罗。’足知脂盝之名义盖取诸梵语。”

《阅微草堂笔记》亦载“朱盏”一则云：“卖花者顾媪持一旧瓷器求售，似笔洗而略浅，四周内外及底皆有泑，色似哥窑而无冰纹，中平如砚，独露瓷骨，边线界画甚明，不出入豪发，殊非剥落，不知何器，以无用还之。后见《广异志》载‘嵇胡见石室道士案头朱笔及杯’语，《乾膜子》载‘何元让所见天狐有朱盏笔砚’语，又《逸史》载叶法善有持朱钵画符者，乃悟唐以前无朱砚，点勘文籍则研朱于杯盏，大笔濡染则贮朱于钵，杯盏略小而口哆，以便操笔，钵稍大而口敛以便多注浓沈也。顾媪所持盖即朱盏，向来赏鉴家未及见耳。急呼之来，问此盏何往，曰本以三十钱买得，云出自井中，因公斥为无用，以二十钱卖诸杂物摊上，今将及一年，不复能问所在矣。”

宋张世南《游宦纪闻》云：“己丑秋孟访一亲旧，出示古物数种，皆所未见。一刀长可七八寸，微弯，背之中有细齿如锯，末有环。余退而考诸传记，乃知其为削。《考工记》：‘筑氏为削，长尺博寸，合六而成规。’此所以微弯也。郑氏谓之书刀，以灭青削椠，如仲尼作春秋笔削是也。萧曹皆秦刀笔吏，师古曰：‘刀所以削书也，古用简牒皆以刀笔自随。’郑氏又谓三分其金而锡居一，谓之大刀，五分其金而锡居二，谓之削，如此是刀与削分为二物也。郑氏曰：‘刃刀剑之属，削今之书刀。’孔安国曰：‘赤刀赤刃削。’少仪曰：‘刀却授拊。’郑氏曰：‘颖环也，拊把也。’《释名》曰：‘刀，到也。其末曰锋，若锋刺之利也。其本曰环，形似环也。’然则直而本环者刀也，曲而本不环者削也。予所谓有齿如锯者，《释名》所谓若锋刺之利者，但其本有环又不可名之以削。古人制作精微，必有所本，更俟请教于博洽君子。”

刘廷玑《在园杂志》云：“故中丞张公之侄见贻铜器一具，赠以十二金，欣然而去，置案上为镇纸用。偶来一经纪，把玩不释。询其何以，曰此压绣也。宫中用以压线刺绣耳。予昔以此物货某中丞得重价，此得毋是邪。”

八六　焚香与吸烟

汉人诗中有博山炉，则自汉以来有烧香之法也。其后有龙脑香、苏合香诸名，甚且附会为返魂香，皆云来自西域，盖中亚诸国以产香料著琛赆东来遂为珍品。

古人所焚之香，形色种种不同，《博物志》言汉武帝时弱水贡香与枣相似。《墨庄漫录》言宣和宫中有广南笃耨、龙涎、亚悉、金颜、雪香、褐香、软香之类，笃耨有黑、白二种，黑者每贡数十斤，白者止三斤，以瓠壶盛香，性薰渍破之可烧，号瓠香。白者每两价八十千，黑者三十千。据此则有燥湿软硬之不同也。《梦溪笔谈》云："今之苏合香如坚木，又有苏合油如糯胶，今多用此为苏合香。"按刘梦得《传信方言》："苏合香如薄叶子如金色，按之即小，放之即起，良久不定如虫动。"据此则即苏合香一种亦有形制之不同也。

宋以来之香，大抵为饼为丸。《清异录》云："长安大兴善寺徐理男楚琳平生留意神香，事在严饼子供佛之品也，峭儿延宾之用也，旖旎丸自奉之等也。"《香笺》记嘉靖中京师之香云："万春香内府者，佳龙挂香（此乃线香）有黄、黑二品，黑者价高，惟内府者佳，刘鹤所制亦可，美蓉香京师刘鹤制。妙甜香惟宣德年所制清远味幽可爱，燕市中货者，坛底黑如漆，白底上有烧造年月，每坛二三斤，有锡罩盖罐子一斤一坛者方真，兰香以鱼子兰蒸低速香牙香块者佳，近以木香滚以潉蒸者恶甚，白胶香有如明条者佳。"

制香之法，盖揉杂各种香料而成。《墨庄漫录》云："余在扬州石塔寺，有高僧出异香曰韩魏公喜焚此香，香韵不凡，乃传其法，用角沉半两、郁金香一钱一字、麸炒丁香一分、上腊茶一分，碾细分作两处，麝香当门子一字，右先点一半茶，澄清取汁，研麝渍之，次屑三物入之，以余茶和半盏许，令众香蒸过，入瓷器有油者地窖窨一月。"

明季始有线香之制。《本草纲目》云："今人合香之法甚多，惟线香可入疮科用。其料加减不等，大抵多用白芷、芎䓖、独活、甘松、三奈、丁香、藿香、藁本、高良、姜角、茴香、连翘、大黄、贵芩、柏木、兜娄、香末之类为末，以榆皮面作糊和剂，以唧筒笮成线香，成条如线也。亦或盘成物象字形，用铜铁丝悬爇者，名龙挂香。”

据王䜣《青烟录》所载，尚有蒸香法，云：“余性好香，每有所适，辄以沉檀自随，间有不及制合，则以沉檀等香剉如豆大，先以花露浸透，或用苹果汁、梨汁等浸透之，入炉小爇，亦自清润可喜。”又有香球法，云：“以酸枣仁一升，水和研汁成膏，和香料为丸。每烧一丸，青烟直上三尺许，结成球子于空中，移时不散。”

古香炉以金银铜制之，作数层以蓄香气。《西京杂记》“丁缓作九层博山香炉”是也。或作狻猊、麒麟、凫鸭之状，香自口出，喷烟吐雾以为玩好。宋以后始有用磁者，至明宣德而专以精铜熔铸，遂为近代宝玩。炉之形制尤诡异者曰香球。《留青日札》云：“今镀金香球如浑天仪然，其中三层关捩轻重适均，圆转不已，置被中而不虑火覆灭，其外花卉玲珑，篆烟四出。李易安词所谓‘香暖金猊，被翻红浪’者，殆即咏此。又有鹊尾香炉，东坡诗云：‘夹道青烟鹊尾炉’，即长柄香炉。”

蓄炉之法，晨起盥漱后便可取炉上火，火既得，覆以薄灰，俟其火力熟透，不复再灭，殆加隔火其上，香煤煤之而后焚香，一炉熟火可四五饼，停久再烧，竟日不绝。至晚临卧时必须出灰，以生布缓拭之，使终日煨出之物悉上布，其色黝然。乃煮乌梅水洗后浸过一夜，次早取出，再以生布猛拭，使终夜浸出之物悉上布，其色黝然，后入灰上火烧如前法。

焚香之法须用隔火，隔火用银钱、云母片、玉片、砂片俱可，以火浣布如钱大者银镶周围作隔火尤难得。凡盖隔火则炭易灭，须于炉四围用筋直捌数十根以通火气，周转方妙。炉中不可断火，即不焚香，使其长温，且灰燥易燃，谓之灵灰。其香尽余块用磁盆或古铜盒收起，可投入火盆中薰焙衣被。

凡焚香须借炭力。制炭堑之法，鸡骨炭碾为末，入葵叶或葵花少加糯米粥汤和之，以大小铁槊捶击成饼，以坚为贵，烧之可久。凡用烧透炭堑入炉，以炉灰拨开，仅埋其半，不可便以灰拥炭火。以生香焚之，谓之发香，欲其炭堑因香热不灭故耳。香焚成火，方以筋埋炭堑四面攒拥，上盖以灰五分，以火之大小消息，灰上加片，片上加煤，煤上加香，则香味隐而发。

所谓香煤者，用茄子秸罗拣极净，以洁燥之器收贮听用。凡烧香候炭熟入炉，以灰覆之，灰炭融洽，上加隔火。隔火既熟，然后以香煤薄摊隔火上如一钱香安于上，自然香来匀缓。

古人之于香也，有佩香之法。《左传》云："兰为国香，人服媚之如是。"此佩香也。至今犹有香料为囊之俗，多以五月五日佩之。古人以九月九日佩茱萸囊，所谓"九日茱萸作佩囊"也。有含香之法，汉尚书郎奏事含鸡舌香是也。外乎此则有薰衣之香，泽发之香，傅面之香，又有香粉与香脂。而香水出自西方，亦早入中国，且能自制。《香谱》云："蔷薇水，大食国花露也。"今则采茉莉取其液以代焉。

凡香药多出西域、海南及岭南各地，以岭南为总汇之区，故自汉以来岭南香药为中国所羡也。

诸香之中，惟焚香一法为正宗，盖其用具之精，与夫凝烟霏雾之足供玩味，与雅人韵士尤宜也。晚近焚香之俗稍微，而吸烟之俗转盛，二者实同源而异流者也。故有《烟录》，附以《食烟考》一篇曰：

> 食烟始于明末，相传自吕宋入中国。国初时食者犹少，近百年以来皆食烟，遂为日常用品。按烟……制法，取叶日干，和以茶油，切细丝入碗中，火食之，氤氲馥郁，能避寒湿恶气，出福建浦城龙岩州者其最著也。江西则广信、宁都所产亦佳，湖广叶味平美腴韧，辎重水陆四达，为天下利。山东则有所烟，所者地名，在兖州城内。又有济宁烟，以芳烈胜。直隶则蓟州、易州、山海关诸处皆产烟，雄劲有力，号北地之良。又广东有潮烟者，土人以连根竹凿小孔吸食之，每吸不过一二口，亦有力也。大都天下通行者曰社塘锭子，曰浦城，曰兰花，曰奇品，曰金建，曰白鹤，曰玉兰，曰佳作伸怀，曰胜酉醇醪。都门造者曰油丝，曰干丝，其余以名著者不可胜记。凡豪贵宾

朋雅集，仆从必以其器随之，锦其囊，文竹美木为筒，银铜为碗，或玉其衔，含吐揖让，与茗为节，并称瑞草。烟既行百余年而水烟出矣。水烟者，起于甘肃之兰州。兰州五泉山下产烟草，既制必隔水吸之，入腹而后吐，醉人尤易。其器曰壶，其烟必磁锡器盛者，盖湿食也。初时人畏其力猛，食者绝少，渐自秦，而晋，而豫，而齐、鲁、燕、宋，大江以南，今且遍天下无不至矣。然五泉一区不能资天下用，他处仿造者尤多，皆不及五泉产者。

《青烟录》刊于嘉庆十年，已载吸鸦片法。其言曰：

近时乃有鸦片烟，与诸烟用法迥不类，亦自西洋来，岭南人多食之。其器用竹长如横吹而粗，两头以铜饰之，其中近上处凿一孔，烟碗直插其上。碗用泥，大如指顶，而其中仅容米粒许。筒中用棕榈毛胆之，以防烟烬之突出。烟如膏，置小银器中，食时用灯宜洁净，或洋颇黎或广锡为之，燃以清油，开灯于中，两旁各设枕席。食必二人，人据一枕，就灯上卧食之。食其量之半，易位再食，不然烟力偏精神或有不到处也。又有小刃若刀锥者二三事，以为挑拨取烟之用。食毕进以果品，不用茶，盖此物急涩猛悍，能陡发人精气，效能顷刻。以其袪小病，故淫荡无识之辈信而宝之，不知服既久真气亏耗，欲摆脱之不可，名曰上淫。

以上皆檃括涂阳王䜣所著《青烟录》。䜣字啸岩，其仕履未详。

舒位《瓶水斋集》中有《兰州水烟篇》一首云：

> 兰州水烟天下无，五泉所产尤绝殊。
> 居民业此利三倍，耕烟绝胜耕田夫。
> 有时官禁不能止，贾舶捆载行江湖。
> 盐酒胡□各有税，此独无吏来催租。
> 南人食烟别其品，风味乃出淡巴菰。
> 迩来兼得供宾客，千钱争买青铜壶。
> 贮以清水及扶寸，有声隐隐相吸呼。
> 不知嗜者作何味，酸咸之外云模糊。
> 吁嗟世人溺所好，宁食无肉此不疏。
> 青霞一口吐深夜，那知屋底炊烟孤。
> 且勿呼龙种瑶草，转缘南亩勤春锄。

舒诗亦作于嘉庆中，盖水烟已早盛行矣。

又按娄县叶梦珠《阅世编》云："烟叶初出闽中，予幼闻诸先大父云，福建有烟，吸之可以醉人，号曰干酒，然而此地绝无也。崇祯之季，邑城有彭姓者，不知从何所得种，种之于本地，采其叶阴干之，遂有工其事者，细切为丝，为远客贩去，土人犹未敢尝也。后奉上台颁示严禁，谓流寇食之用辟寒湿，民间不许种植，商贾不得贩卖，违者与通番等罪。彭遂为首告，几致不测，种烟遂绝。顺治初军中莫不用烟，一时贩者辐辏，种者复广，获利亦倍，初价每斤一两二三钱，其后已渐减，今价每斤不过一钱二三分，或仅钱许，此地种者鲜矣。”梦珠，明末清初人也。

烟草之盛行中国盖直明季，其中曾经一次禁令。据杨士聪《玉堂荟记》云：“吃烟自天启年中始。二十年来，北土亦多种之。怀宗以烟为燕而恶之，乃传谕禁吸。后为洪督所请而开其禁。”

又据赵之谦《勇庐闲诘》云：“金丝熏香，烟名也。见姚旅《露书》。姚为明末人。烟草辟山岚瘴气，海滨人常吸之。崇祯朝禁设烟草。老友何竹香司马士祁最博雅，藏善本书，浰绍籍而发解于中州者。尝示余粗竹烟管一枝，铜嘴铜斗甚巨，一斗可容淡巴菰一两有余。上刻直款曰‘崇祯四年春□□堂置’。想其时坐而吸之以防头晕云。”后见黄唐堂之《隽集杂记》，典试粤东时在途曾吸淡巴菰云云，可见乾隆初年吸烟者尚少。

《莲坡诗话》：“韩慕庐宗伯掌翰林院事时，曾命门人赋《淡巴菰诗》，多不传。惟慈溪郑太守梁为庶常时所作，存《玉堂集》中。海宁陈文贞公亦有五律四首。”

八七　鼻烟

论鼻烟及烟壶之书，以赵之谦《勇庐闲诘》为集大成，郑文焯有手批本。录其数节以存故实。

其一云："西洋新制以旧烟酿成油入新烟，便作酸味，但入鼻则燥，别有异气臭，实损鼻功德也。一薰一莸，知味盖寡。"

其二云："凡藏烟佳质经久微含燥气，当即密置近体单衣一袋内，三日必回原味，此经验者。昔人善藏者，谓遇烟干则以新发绿豆芽一二茎插入即润，此不宜南方卑湿之地，鼻选家当慎之。又凡置药物皆宜近人，日以佩带里衣，夜以密藏卧榻，盖怀袖枕席间时得人气。即烟壶瓷玉之属，亦借以涵泳精华，酝酿膏泽，万物人为贵，惟精气感物至神耳。"

其三云："辛、勒、袁皆制壶人姓，未详其名字里贯。近二十年又有扬州新料，色式与前工无小异。亦有精镂叠采，间能乱真，但其雕纹不整，且乏宝光，识者自能辨之。旧制玻璃料壶，腹宽而皮薄，壶口与足皆精致合度，所镂花纹隐起处能以手爪甲掏之使不堕，以壶置盂水中轻能自浮，此其微妙非后作所得混也。"

其四云："京城东四牌楼铁狮子胡同是当时袁家造烟壶之所，同治初有居人掘得宝料甚多。"

其五云："蜜蜡近有关东人能伪造，器中亦具物象，如昆虫之属甚多，质柔而疏，多以扣脂合成。拈一虫豸和入，埋地经年，铸以秘药。成器后视之，虫蠕蠕然宛在其中，惟易剥蚀耳。”

其六云：“海盐陈氏姬藕如藏有石涛和尚烟壶一具，乃贝多树子制成者，色苍黝微紫，体圆径寸许，腹本空空。背刻石涛小像，并铭云：‘贝子西藏栽，西方僧带来。纹银二十两，石涛和尚买。’款勒‘弟子程鸣’，背刻‘松门题并刻’。松门旧属王阮亭诗弟子，丹青超逸，与石溪、石涛辈交契最笃。道济为胜国楚藩，后以书画逃禅，名迹自足千古。当康熙初始闻鼻功德，即有济胜具亦足多矣。余从陈氏易得，极啬秘之，且赋《天香》一曲纪事。”

其七云：“烧料及瓷瓶底有古月香篆文，固足名贵。余见瓶内底足有浅刻朱文。乾隆年制或古月轩篆，则尤奇绝，不知如何游刃于其中，刻棘镂尘不是过也。”

至论烟壶者，如《勇庐闲诘》引沈豫《秋阴杂记》云：“鼻烟壶起于本朝，其始止行八旗并士大夫，近日贩夫牧竖无不握此。壶则水精、羊脂、马脑、翡翠、茄瓢、瓷石等质，而盖则珊瑚、珍珠、猫眼，无不镂奇错采。最行者烧料套红，以藕粉地为上。而加以按语曰：‘补堂久寓淮上，习见达官巨商竞以羊脂、翡翠为尚，而不知制壶之始仅有玻璃，余皆后起也。’”

《香祖笔记》云：“鼻烟以玻璃为瓶贮之。瓶之形像种种不一，颜色亦具红、紫、黄、白、绿、黑诸色，以象齿为匙，就鼻嗅之，还纳于瓶。皆内府制造，民间亦或仿而为之，终不及。”

洪亮吉《七招》云：“乃有吕宋所产，一世瑞草。含茹则火光四支，呼吸则烟腾百窍。蒸淫不歇，熏炙子鼻。五官拉杂，黑塞窍穴。珠胎既凌刳，玉孕复剖裂。”注云：“烟草一种百年来盛行，近复尚鼻烟，皆刳玉为瓶，精者至穴大珠为之。”观此数则，则清初至于烟壶尚玻璃，中叶则尚珠尚玉，而晚秋则尚瓷尚料矣。

锡缜《退复轩随笔》云：

己酉之冬，陕西朱丹木廉访以汉玉鼻烟壶赠固始蒋子潇孝廉湘南。孝廉谢以诗云：

山元纹老焦斑腻[①]，顽仙缩入小天地。
先生比德贮冰心，贱子扬仁蔼兰气。
兰气细缊芝采明，琼报先教鼻观清。
提醒冬烘腐头脑，此物无乃龙所耕。
耕烟龙起吕宋岛，玻璃瓶挈红夷好[②]。
海腥山瘴不能侵，从此华人歌得宝[③]。
京师薰烟细如尘，花农（浓）风淡调停匀[④]。
不如粤匠压船底，偷将海气成酸辛[⑤]。
重洋万国梯航送[⑥]，粤关例有烟壶贡[⑦]。
颁赏应关掌故史[⑧]，风会所趋天下动。
粤海珠胎思手刓，昆都片片空琅玕。
玻璃砖出烧料贵，不惜击碎珊瑚冠[⑨]。

江西陶工辗然笑，天欢地喜画能肖[10]。
琥珀宜寒石宜暑，奢风到处各相效。
贱子客游三十年，未能免俗聊复然。
领略西人治脑法，借资拥鼻披吟笺。
酒浇太猛豆芽润[11]，盐池一夕回潮信[12]。
纨袴重壶不重烟，譬如瓷古肴则吝。
先生惠我妙香闻，班马浓薰惭不文。
匹夫怀有大夫器，方平十二何足云[13]。
感深一日摩几度，熙朝盛事宜传布。
恰逢好事虬髯公，水玉捧来凑典故。

自注：①汉玉即财货源流之所谓山元文，又名焦玉，本生成者，明人始误称为汉代之玉。汉字重读作平声，故又误作含玉，其焦文之重者即元玉也，而古董家附会为水银蛊。

②《职方外记》洋（详）载各国土产，而无鼻烟之名，是国初尚无此物也。乾隆中《钦定职贡图》惟荷兰、英吉利男女各持一瓶。注云："以玻璃瓶贮鼻烟时时闻之。"是鼻烟乃二国所造。

③《广东通志》："鼻烟初至一小瓶价二百圆。"

④薰烟法以兰花、茉莉等封固于烟匣中，一夜全染花气，次日摊于晴廊，以风淡之，则花气不浓而可闻。

⑤洋人自闻之烟绿色，与贸于华人者不同。其法秘而不传，入粤东者以酸为上，辛者次之。杨桂山布政使云，洋货惟鼻烟铺于船底为海气所蒸，故有酸辛异味。此说恐未然，

当是有他物搀之也，粤人造鼻烟先压船底荡于中流出之以充洋货，然终不似。

⑥理藩院档案："雍正十一年各国贡鼻烟。"

⑦内府烟壶皆粤海关所贡。

⑧纯庙始以烟壶赐内外大臣。

⑨嘉庆中盛行烧料烟壶，京师故家多以珊瑚宝石椎碎杂烧之者。

⑩近年始行瓷烟壶，以画二鹊一犬者为最贵，谓之天欢地喜。

⑪烟干时以酒注之，少须即回潮；或以豆芽一枝投壶中，一夕而润。按鼻烟有豆味者，其性最平，或是豆芽汁所拌者。

⑫实盐于盆，将金瓶植立盐中，则烟不干。三法皆亲试之，各验。

⑬王方平有十二玉壶。

八八　椰子珠

赵棻女士《滤月轩文集》有云："椰子出岭南，工取其蒂以为数珠，物易得而价廉，体又轻便，冬不冰手，夏不畏汗渍，于服用最宜。色纯黑，若稍涉筋膜，则杂以微黄，每一百八颗中求其纯黑光润无瑕窥者殆难得一二颗。先司农公少时尝就骨董铺取数十百串，择其美者集为一串，以数十年之功始纯粹以精，不啻千狐之腋也。公方在部曹，时大学士和珅势正煊赫，公为其属，每与同僚谒见，必目公数珠，或手摩挲之，叹美不置，有欣得之色，公辄佯为不知者而退。或谓公曰，彼视金玉如糠秕，而独爱君数珠，此微物耳，若以献之，美迁可得也。公笑而不答。归遂扃鐍之不复御。”赵女士者上海人，光禄少卿文哲之孙女，户部右侍郎秉冲之女，而乌程汪延泽之室也。文中所称司农公即秉冲，事迹曾入国史。女士诗文并茂，至咸丰中始没。

八九　盆景

盆景盛于苏州，为朱勔之遗。《吴风录》云：“宋朱勔创以花石进媚。至今吴中富豪竞以湖石筑峙，奇峰阴洞，凿峭嵌空，为妙绝，下户亦饰小小盆岛为玩。”《五石瓠》云：“今人以盆盎间树石为玩，长者屈而短之，大者削而约之，或肤寸而结果实，或咫尺而蓄虫鱼，概称盆景，元人谓之些子景。”《姑苏志》云：“虎丘人善于盆中植奇花异卉盘松古梅，置之几案，清雅可爱，谓之盆景。”顾诒禄《虎丘志》纪盘松云：“绳约其枝，盘结作虬龙状，久之遂若天成，高有五六尺，低二三尺，凡剔牙罗松皆然。”又《虎丘志·盘桧》云：“盘桧亦以人工盘结如松，每一本上其枝屈曲作五六层者胜。”

九〇　唐笺

唐人尚蜀笺，而蜀笺最尚杂色。李济翁《资暇录》所记薛涛笺由于松花笺更为小样，非止松花一色，是也。《延漏录》载益州十样鸾笺曰深红、浅红、杏红、明黄、深青、绿、浅绿、铜绿、浅云，又有彩霞金粉，言其品色甚详。《天中记》："唐中国纸未备，故唐人诗多用蛮笺字。高丽岁贵蛮笺书卷多用为衬。"此言唐时制纸未备。至蛮笺当指西蜀出品，而高丽所贡自是蚕茧纸，盖茧纸入中国甚早。《世说》所言王右军书《兰亭序》者，意即是高丽纸，而杂色笺导源六朝。《南史》陈后主作宫人擘彩笺，唐始粲然大备。段成式自制云蓝笺以赠温飞卿，韦陟以五采笺为书记使侍妾主之。李峤《咏纸》诗："云飞锦绮落，花发缥红披。"杨巨源《酬崔驸马惠笺诗》："浮碧空从天上得，殷红应自日边来。"皆其证。写书则用黄纸，《潜确类书》："硬黄纸，唐人以黄柏染之，取其辟蠹，其质如浆，光泽莹滑，用以书经。秘阁所藏二王书皆唐人临仿，纸皆硬黄，今观敦煌所出唐人写经多黄纸是也。南唐李后主始造澄心堂纸，史称细薄光润，盖白纸也。陶穀家纸名鄱阳白，长三丈至五丈，而东坡喜书麦光纸、布头笺，皆白色。梅尧臣咏澄心堂纸'焙干坚滑如铺玉'，韩维诗'蜀江玉屑谁复怜'，是江南白纸夺蜀笺之席矣。蜀笺外唐以越笺为重。"李肇《国史补》云："越之剡藤苔

笺，蜀之麻面、屑末、滑石、金花、长麻、鱼子。”十色笺是也。（据《花随人圣庵摭忆》）

元微之《和浙西李大夫诗》注：“书诏皆用麦纹纸。”东坡所书盖仍唐法。

九一 大小忽雷

《羯鼓录》称唐文宗宫女郑中丞死而复苏，嫁梁厚。中丞自言善琵琶，其琵琶在南赵家修理，号大忽雷、小忽雷，是为双忽雷见记载之始。清初小者归曲阜孔尚任。其自记云：“胡琴本北方马上乐，亦谓之二弦琵琶，盖琵琶所托始也。《南部新书》载唐韩晋公滉入蜀伐奇树，坚致如紫石，匠曰：‘为胡琴槽他木不能并。’遂为二胡琴，大曰大忽雷，小曰小忽雷，后献德皇。《乐府杂录》云：‘文宗朝两忽雷犹在内库，内侍郑中丞特善之，训注之乱，始落民间。’康熙辛未余得自燕市，乃其小者，质理之精可方良玉，雕镂之巧疑出鬼工，今八百年矣，频经丧乱，此器徒存，而竟无习之之人，俗艺且然，伤哉后之欲闻韶乐者。”至乾隆间陈文述有《小忽雷记》曰：“大小忽雷皆唐乐器。韩滉官江淮转运日所进。大忽雷元代尚存，杨铁崖《谢吕敬夫红牙管歌序》所云‘泰娘善倚歌以和余大忽雷’是也。小忽雷是唐宫女郑中丞物，准汉建初尺，一尺九寸四分，龙首凤臆，蒙腹以皮，柱二双弦，吞入龙口，一珠中含，颔下有篆书‘小忽雷’三字。次有‘臣滉手制恭献建中辛酉春’正书十一字。两牙轴下面各有字，首咏云：‘古塞春风远，空营夜月高。将军多少恨，须是问檀槽。’次咏云：‘中丞唐女部，手底旧双弦。内府歌延罢，凄凉九百年。’皆款署东塘，东塘尝为《小忽雷》院本，以中丞为郑注妹，因及甘露之变，并裴晋公平淮蔡事，以中丞为唐宫女官名，以盈盈为中丞字，以《白香山集》中琵琶商妇楚润娘为中丞教师，词曲之妙不减《桃花扇》。”其后诸城刘燕庭有《自记小忽雷》一文云：“唐小忽雷逊罗檀槽，龙蟒皮面，广七分，下篆文‘小忽雷’三字，牙轸二，面广四寸，背正书‘臣滉手制恭献建中辛酉春’。国朝康熙辛未岸堂得诸燕市，镌五字绝句于牙轸，别系以传，其题词则竟庵所作也。梦鹤居士谱为《小忽雷》传奇四阕，又二阕曰《大忽雷》传奇，后归长白继莲龛方伯，携至秣陵，余访之，未获睹也。时方伯辄许相赠，旋又移节桂林，盖三年于兹矣。今夏函致赠余，媵以《岸堂传奇》一册。余属南叔拓其形，装池为帧。并补书原序一通于帧端，且以诗志之，属同好和焉，时嘉庆庚辰七月中元日也，东武刘喜海燕庭父书于都门嘉荫簃。”此物归贵池刘聚卿世珩后，聚卿作《枕雷图》，自记之曰：“年来搜集元以来传奇三十种，汇刻行世，去年缪艺风丈自江宁寄孔东塘、顾天石合谱《小忽雷》传奇钞本，阅卷首桂未谷著《小忽雷记》，乃知东塘得原器而作。今年春晤太仓陆应庵，谈云，华阳卓氏寓京师者，藏有《小忽雷》并有谱两本，亟属其踪迹，得见之。龙首凤臆，中含一珠，木理坚致，雕刻精绝，项间镌‘小忽雷’三篆书，下刻云云，与桂氏所记悉合。所谓谱者，乃刘燕庭味经书屋校钞《小忽雷》传奇也。后有《大忽雷》传奇，二折以后残阙不完，缪寄本缺字得以互校，不禁狂喜。卷尾附国朝嘉庆时名人为燕庭题小忽雷诸诗词，知此器曾为嘉荫簃藏弆，即购获之。渂阳陶斋尚书有叶东卿手拓《忽雷》墨本，知器已归余，遂以持赠，古物精灵，翕然会合，洵非偶然。此器所以归华阳卓氏，盖燕庭嫁女卓氏取此媵籯，乃为卓氏所有。海帆相国曾以小忽雷名其斋。其未入刘氏以前，据《朱椒堂诗注》旧藏伊小尹处，继莲龛由粤西赠燕庭，然亦未详言也。吴中怿年丈云，潍县陈簠斋太史藏山谷《伏波神祠诗》墨迹，卷后刘文清跋云：‘成邸以此卷并小忽雷易其一铜琴，则此器又曾藏成邸……’椒堂诗注、燕庭自记，皆未道及，殊不可解。冬十一月访大兴张瑞山琴师，与之纵谈古乐，曾言三十年前于京师市上得一古乐器，为大忽雷，似琵琶而止二弦，凿龙其首，螳螂其腹，制极古雅，与小忽雷同，牙柱龋齕左右相同，背施朱漆，上有采绘，有金缕红纹，蹙成双凤。瑞山能弹之，其声清越而哀，与小忽雷亦类。大忽雷元时犹存，见铁崖《逸编》《谢吕敬夫红牙管歌序》中。又有‘大雷怒裂龙门石，双丝同心结龙首’等句，形制更可想见。二器并陈，望而能识，且断纹隐隐，与余藏唐雷威雷霄斫琴髹漆绝似，其为唐物益信。瑞山以小忽雷在余所，乐为归之。因倩畏庐老人为作《枕雷图》，名余阁曰双忽雷。小忽雷以东塘传奇始著于时，东塘得器制传奇，余刻传奇而得器，且复于无意中更得大忽雷，亦云奇矣。宣统二年贵池刘世珩葱石。”

九二　陶

郑叔问文焯《石芝西堪札记》有《说陶》一文云：“许书训瓷为瓦器，《类篇》以为陶器坚致者，古瓷色初尚青，潘岳赋所谓‘倾漂（缥）瓷以酌醽’。《释名》：‘缥，浅青色。’此‘瓷’字入文辞之始。《隋书·何稠列传》：‘稠博览古图，多识旧物，时中国久绝琉璃之作，匠人无敢厝意，稠以绿瓷为之。’其流传于今见之著录者，《池北偶谈》记莱阳宋荔裳藏汉瓷盏二中有鱼藻文，云在州时耕夫得之隗嚣故宫中。曹贞吉珂《雪词》咏隗嚣宫瓷杯云‘色映琉璃声随袁，玉浅碧嫩黄交射’数语，专赋杯色，是汉瓷之尚青可证。唐陆天随咏秘色越器有‘九秋风露越窑开，秀夺千峰翠色来’之句。又明昆山叶九来《金石录补集异》云：‘唐靳英希志石于崇祯末出滁县定子村。碑下有瓦杯三，其色如秋山着雨，作纯碧色，光浮潋滟，杯中各有红点如桃华。’此唐窑之重青器又一证也。若杜老诗所称‘大邑白碗特印（邛）州’之一种耳。非时尚者，至五代柴世宗则以‘雨过天青云破处’者般颜色做将来明示厂官。迄今柴窑之名品虽不可复得，其物色犹可想见也。《宛委余编》载宋初以定州白瓷有芒不堪用，遂命汝州造青窑器，唐邓耀州悉有之，而汝为冠。政和间京师自置窑烧造曰官窑，文色亚于汝。今汴梁犹有汝窑青瓷，殆其遗制。至南宋时有邵成章提举号邵局于修内司造青器，名曰内窑，模范极精，釉色莹澈，为世所珍，是又宋官窑尚青之证。他如山谷所咏'建安茶碗鹧鸪斑'及底有三七九等数记者为绝品，近则为海客以重值搜求殆尽焉。元瓷大率因宋以受名，博古家鲜所考见。俗估每见一器质苍朴而断纹多者辄称为元窑，惟《宣德鼎彝谱》中有仿元朝枢府伯款式铸连珠法盏炉。又世所名泰定窑者，其器率乏精采，第以底无元号等诸不足无征云尔。明初始有花文画瓷器口或底以蔚蓝正书国号纪元，其式出自宫样，美妙绝伦。陈其年《满庭芳》词赋宣德窑'青花粉粉箱'，殆龙德殿故宫严具也。莱阳张学在所珍阏者。至正统三年乃以青花白地瓷器为禁品，诏云：'敢仿造宫样及货卖馈遗官家者处以死刑，全家戍边。'十二年，又禁约两京及各行省沿途驿镇军民客商人等，不许私将白地青花瓷器卖与外夷使臣。是知当时此品独贵，求之者众，民间徇利冒死，私造擅市，肆行靡惮，虽严网莫能弭之。迨嘉靖、万历时复令饶州窑场以五采绘施瓶罍盘洗诸器，所作花鸟人物工好寡双，粲溢千古，而青瓷乃为减色。国朝仁庙初服犹仿明制，多置宣德、成化之款，其后乃创造美人、霁红、脱胎、粉采及苹果绿、豇豆红、蒲桃紫、金星、蜡茶诸色，因物象形，辟灌精采，珠光宝色，万国咸珍，而黑质采章之品最为西人所重，不惜巨万购置一器。据所征述当官窑烧造之初，敷色雕文，极难合制，经进样瓶，仅有此数。自后巧工不能继美，故稀如星凤，非他器所得拟伦。洎夫雍、乾两朝，名陶佳制，刻意作新。有程国治者，以雕名家，曩见所造一方寸合而烟云楼阁动植庶物维妙维肖，信可谓别具匠心巧艺善化者已。凡斯蒙拾，粗涉原流，虽不贤之识小，亦释器之骈枝，治陶之于别墨欤。”

九三　澄心堂纸

会稽金谊（埴）著《巾箱说》云：“余家有世传李后主澄心堂纸一番，内有经纬，乃曾王父太常府君所珍，世父子弢讳炯公藏之数十年，从不以示人，余未一见也。弟墨香（堂）携之至长安，诸名公卿索观者日日履满，陈太守奕禧（香泉）不惜百日之功，手书册子十帧与予弟易之去。”此可证乾隆时尚有澄心堂纸。

李后主制纸本名玉屑笺，求匠于蜀于江南，选水惟六合最宜，即其地制之，藏于澄心堂，故名。澄心堂即今内桥中兵马司遗址，见《稗史类编》及《五代诗话》。

九四　钨錥

《御览》七五七引《广雅》：“‘钨錥谓之铿鏾。’《说文》：‘铿鏾鍑也。’《纂文》：‘秦人以钴鉾为铿鏾。’《魏略》：‘徐晃性严，驱使将士不得闲息。于时军中为语曰不得饷属徐晃。晃闻此语笑曰，我槌破汝鸲鍸耶。’杜预奏事曰：‘药杵臼、澡槃、熨斗、釜甑、铫槃、鸲鍸，亦皆民间之急用也。’江逌表：‘昔康皇帝玄宫内金鸲鍸（此条《御览》五五二引作“宝奁乌粥”）。’”《魏书·蠕蠕传》：“铜乌鍸四枚，柔铁乌鍸二枚。”鸲鍸乃炊器也。

九五　乾隆名士写真

洪稚存《怀人诗》二十四首，于同时诸名士性情好尚，描摹备至。其中有足资谈助，为人所未尽知者。如法式善好左手作字，故云“左手书应成绝技”。汪中蜂目而好服药，故云“人言蜂目同荆尹”，又云“惯餐劣药冀修龄”。孙星衍好歌童，故云“郑樱桃室作安居”。王芑孙貌矮小，故云“人言风貌太酸寒”，又云“吴下早闻呼短李”。章学诚鼻塞而重听，故云“鼻窒居然耳复聋”。

洪先生本人则嗜酒，曾与张船山问陶同应吴縠人锡麒澄怀园之招。酒半移酌池上，与船山同失足堕水，有诗。《船山诗草》中又有诗题云：“十二月十三日与朱习之、石琢堂、钱质夫饮酒。夜半忽有作道士装者入门，视之则洪稚存也。”又有诗云：“车声一夜绕如环，处处敲门不肯还。欲向金吾求锁钥，大家乘月入西山。”其狂态可想，故洪之获罪奉有“不许饮酒”之谕。酒人际遇如此，亦足无恨矣。

武虚谷身长九尺，腰腹甚伟。见《更生斋集》。黄小松尝得汉石画像似之，因拓寄焉。事见《船山诗草》。

虚谷欲学不动心法，因时诣菜市口观杀人，冬月大决亦必早诣焉。观者数百人，亦有蹙额陨涕者，虚谷独色不变。亦见《更生斋集》。

周荇农《思益堂日札》云："王兰泉司寇官浙时，修《湖海诗文传》《续词综》诸书。延礼臧在东、顾千里、彭甘亭、郭频迦、吴同人诸名流，馆之万松书院。中秋日馈诸君肴馔外，致绍兴酒数瓻、火腿四只，诸君议剖分之。臧不能饮，将酒转贳诸市，得钱瓜分，惟火腿四而人五，剖之不能均，遂用勾股法畸零开方析为五数，虽零膏剩骨无少低昂焉。"又彭甘亭谓人曰："臧在东学问只在衣箱子里。'盖在东先人故老学，所著述未刊行，臧出辄载其先世稿于行箧中，人或有所质，臧必闭户发箧详阅而后能对也。"以上皆周先生闻之于陶凫芗者。陶时亦在兰泉幕中。

武虚谷任县令时，尝至济南谒大府，大府无心诘之曰："闻君兄弟行居二。"虚谷疑以《水浒传》中事谑之，拂衣起曰："知县已无兄。"欲径出，大府亟婉辞谢之。翁覃溪与虚谷亦有渊源，而虚谷独不喜。殿试日翁奉派收卷，至殿中语之云："汝为我小门生，汝知之乎？"虚谷大怒，抵几起曰："此岂认老师太老师处邪！"奋拳欲殴之。事亦见《更生斋集》。

《庄谐选录》载，汪容甫一日尝与其夫人戏，突从后抱其颈，夫人惊问为谁，容甫怒曰："岂有他人而敢如此乎？”遂致失欢。此事不知所本，观容甫自叙有“沟水东西”等语，岂即以是邪？

翁覃溪《复初斋诗集》“桂未谷思误书图”注云：“卢抱经学士精于考索，予辈小集谈艺，抱经仰而沉思，以手频摩其面，同人戏语此省皂脂钱耳。”

九六　机师

海禁未甚开以前，有以科学方法制机器者，如《广阳杂记》载：“吉坦然，江宁人，创通天塔，形如西域浮屠，凡三层，置架上，下以银块填之。塔之下层，中藏铜轮。互相带动，外不得见。中层前开一门，有时盘正圆如桶，分为十二项，篆书十二时牌。为下轮之所拨动，与天偕运。日一周于天，而盘亦反其故处矣。每至一时，则其时牌正向于外，人得见之。中藏一木童子，持报刻牌，自内涌出于中层之上，鸣钟一声而下。其上层悬铜钟一口，机发则鸣，每刻鸣一钟，交一时则连鸣八声。钟之前有韦驮天尊象，合掌向外，左右巡视，更上则结顶矣。此式未之前见，宜供佛前，以代莲花漏。予恳坦然拆而示之，大小轮多至二十余，皆以黄铜为之，而制造粗糙，聊具其形耳，小用即坏矣。坦然未经师授，曾于唵答公处，见西洋人为之，遂得其窥窍，然于几何之学，全未之讲。自鸣钟之外，他无所知矣。”余按吉既为江宁人，疑为明初自天方迁来之人，故习于西方之制造耳。

又云："张硕忱有自制自行时盘暨两小铳，皆精妙不让西人。"

《阅微草堂笔记》："戴遂堂先生讳亨，姚安公癸巳同年也。罢齐河令归，尝馆余家。言其先德本浙江人，心思巧密，好与浙江人争胜，在钦天监与南怀仁忤，遂徙铁岭，故先生为铁岭人。言少时见先人造一鸟铳，形若琵琶，凡火药铅丸皆贮于铳脊，以机轮开闭，其机有二，相衔如牝牡，扳一机则火药铅丸自落筒中，第二机随之并动，石激火出而铳发矣，计二十八发，火药铅丸乃尽云云。"

吴陈琰《旷园杂志》云："黄履庄精西洋轮捩之学，尝制木狗置门侧，卷卧如常，遇客至触机而起吠不止，一时莫辨其真伪。宣城梅定九与柴陛升言。"又《见闻录》云："张某杭州人，善西洋诸奇器。其所作自鸣钟、千里镜之类精巧出群。又刻木作犬，蒙以狗皮，嗥吠跳跃与真无异。皆以铁为关捩，止其机则不动。"此与《广阳杂记》所载皆足征清初受西洋机械学之影响者不乏其人，而惜乎其名不著也。

《湘绮楼集》："殷家俊字竹伍，本姓音氏，盖元之旧族也。明初以军功世屯官，居于营田，故饶于赀。至竹伍生有巧思，览《九章》《周髀》之书，能求捷术。尤喜制器，凡徐光启所传其师法辄召匠试为之，日夜工作不休，成不可用，即又更作，作成复弃不用，以此蠹其家。当是时，海禁犹张，儒者耻言泰西，亦不视算草，唯予友丁取忠颇奇竹伍之术，名稍稍闻诸生中。……川督丁尚书谋西防，患大器不精，奏开局成都，大作炉厂，营建费巨万，广求奇艺异能，手书致竹伍，厚其聘币。竹伍喜谓可竟其所学，开农田水利织作之利。……及竹伍至而御史已言成都制器不可用，故随作随毁，诏使案之当罢，竹伍复失职遣归。”

曾广钧《环天室诗集》有《赠女机匠袁秀贞诗序》云：“溯涓水抵花石，投逆旅，观主人女所制搓爆竹机。女年十八九，慧甚，上年为堰水车献之土豪，灌田良便。豪欲娶为子妇，女不可，受所值酬直为此机。其法先用二板，中横铁丝十余枚，取滑藤及糯粥煮纸为糜，以油傅铁丝上，取如糜者乘热倾二板间，急搓之，凡十数次，搓纸卷铁丝上如软竹，置石灰中养之，一炊许，坚如铁石矣。复有二板，上板密排多刀，下孔密排多槽，槽与刃相受相距皆以寸，取所搓者数百枚，拔去铁丝，置此切之，皆寸断为短筒。又有二板，下板有多孔，深八九分，圆径与短筒等，孔底铺黄泥如粉细者一层，厚二分许，取短筒一一植孔中。上板有多针，与孔数相应，长八分许，较搓时铁丝略粗，剡下方上。短筒既植立，取针板压之，针遵铁丝旧痕而入，但使稍大能容火药。筒底黄泥受压，皆入洞二分许，挤紧矣。取去针板，倾火药其上寸许厚，另取平板压之，至二三次，震动铜板亦二三次，药尽入筒。取铁锤遍锤筒顶，取胶水涂之，欲其弥缝无隙也。俟干，复取针板刺之，尽其剡不尽其方，取药线插所刺孔中，而爆竹成矣。问为机费几何，曰钱三千枚，日成爆竹二万，售钱千，为之一年，有赢息矣。问他人不仿制耶？曰凡孔凡针皆余亲执锤凿为之，一针不应则龃龉矣，他人乌能仿？问愿闻智女之名氏，且更欲制何机？曰袁秀贞，将至郴州学整钟表。盖其兄某为寓郴之粤商，经售爆竹也。袁族本余姻家，余嘉其慧，解所佩钢表赠之，且为制长句。”

丁龙泓子传字希曾，尝言西洋吉贝花肉厚子少，移栽中土则衣被之利广。乾隆辛亥镇海楼灾，希曾谓他时重建制大自鸣钟于其上，使城中十万家皆知晷刻早晏之节。见《雪桥诗话》卷九。此则崇拜西洋学艺之甚者也。

九七　沈万三

沈万三事迹为明代传说之最广者，汇记于左：

《明史·高后传》：吴兴富民沈秀者助筑都城三之一，又请犒军，太祖怒欲诛之。后谏曰：“民富敌国，民自不祥，天将灰（灾）之，何诛焉？”乃释秀。

《明小记》：“沈仲荣名富，吴县人，以行三故呼为沈万三，一名万三秀。张三丰授以炉火术，其富敌国，盆即鼎器也。太祖定都金陵，欲广外城，而府库空乏，万三愿各半以筑，先三日成。太祖忌之。会万三于苏州用茅山石砌街逾制，遂逮而戮之，而没其赀。”（按：此言万三被诛，与《明史》不合，下数节同。）

《梦兰琐笔》：“吴江富土镇有沈万三之婿顾学文通某序班之妻，序班之兄讦为胡蓝党，遂灭沈、顾二族，并尽洗富土之民而夷其室庐。至成弘间迁居者日盛，以富土之名贾祸也，离合其文，改为同里。”

《梅圃余谈》：“吴县沈万三以货殖起家，苏州府属田亩三之二属于沈氏。张士诚称王，勒万三资犒军，又取万三女为妃。太祖定鼎金陵，万三又党于胡蓝。太祖大怒。胡蓝诛，遂逮万三，戮诸水西门外。没其资，得二十万万。”

《蓬轩吴记》：“沈富，字仲荣，行三，故吴人呼沈万三，元末江南第一富家。富卒，二子茂、旺。明太祖定鼎金陵，召廷见，令其岁献白金千锭，黄金百斤，甲马钱谷多取资于茂。茂为广积库提举，孙玠为户部员外郎。后茂罪当辟，以有营建工绪未讫，但黥颡，为蓝党，犹得乘马出入。既而发辽阳从戎籍。其田数千顷，每亩定赋九斗三升，吴下粮额之重坐此。沈之从戎辽阳，又穴地得金牛马，亦累千云。”

《客坐新闻》：“嘉定新亭万二，元之遗民也，富甲一郡，有人至京师回，二问何所见闻。曰皇帝有诗云：‘百僚未起朕先起，百僚已睡朕未睡。何如江南富足翁，日高丈五犹拥被。’二叹曰：‘兆已见矣，不去难将及。’以其资付干仆，买舟载妻子泛湖湘而去。不一年江南大族以资籍没，独万二令终。”

《天禄识余》：“沈富，字仲荣，行三，人因以万三秀呼之，元末富甲江南。其弟贵，以诗讽之云：‘锦衣玉食非为福，檀板金尊可罢休。何事子孙长久计，瓦盆盛酒木棉裘。’万三不听。贵遂隐于终南，不知所终。”（原注：“洪武初每县分人为哥畸郎官秀五等，家给户田一纸，哥最下，秀最上，每等中又各有等，巨富者谓之万户，三秀，如沈万三秀乃秀之三者。”）

《张三丰全集》：“沈万三者，秦淮大渔户也。心慈好施，其初仅温饱。至正十九年，忽遇一羽士，神采清高，龟形鹤骨，大耳圆目，身长七尺余，修髯如戟，时戴偃月冠，手持刀尺，一笠一衲，寒暑皆然，不饰边幅，日行千余里，所啖升斗辄尽，或辟谷数月而貌转丰。万三心异之，常烹鲜暖酒，邀饮芦洲，苟有所需，极力供奉。偶于月下对酌，羽士谓曰：‘子欲闻吾出处乎？’万山启请，乃掀髯而笑曰：‘吾张三丰也。’遂将生世出世修真成真之由叙述一篇，言讫呵呵大笑。万三闻言，五体投地，称祖师者再，并乞指教曰：‘尘愚愿以救济，富寿非敢望也。’祖师曰：‘虽不敢妄泄真传，亦不欲缄默闭道。予已深知子之肺肠，当为作之。’于是置办药材择日烧炼，七七启视，铅汞各遁，祖师嗟咄不已。万三自谓机缘未至，复尽所蓄并售船网以补数。下工及半，忽汞走如焚，茅盖皆毁。万三深叹福薄，祖师亦劝其勿为，夫妇毫无怨意，苦留再炼，赀财已匮，议鬻幼女。祖师若如不知，窃喜其志坚，一任所为。令备朱里之汞，招其夫妇至前，出药少许，指甲挑微芒，乘汞热投下，立凝为土，复以死汞点铜铁，悉成黄白，相接长生。祖师遂略收丹头，临行嘱曰：‘东南王气太盛，当晤子于西南也。’遂入巴中。万三以之起立家业，安炉大炼，不一载，富甲天下。凡遇贫乏患难广为周给，商贾贷其赀以贸易者，直遍海内。世谓其得聚宝盆，故财源特沛。斯时世乱兵荒，万三惧有祸，乃毁丹炉器皿，自号三山道士。至今南京城西南街即其迁处，会同馆即其故居，后湖中地即其花园旧址也。"又云："……侨寓金陵，遇沈万三，传以丹道，事在至正十九年。临别先生预知万三有徙边之祸，嘱曰：'东南王气正盛，当晤子于西南也。'仍还秦，居宝鸡金台观。……元纪忽终，明运又启，先生乃结庵于太和。……洪武十七年甲子，太祖以华夷宾服，诏求先生，不赴。十八年，又强沈万三敦诣，亦不赴。……二十五年乃遁入云南，适太祖徙万三于海上，缘此践约来会同炼天元服食大药。明年成，始之贵州平越福泉山。"

《挑灯集遗》云："沈万三贫时梦青衣百余人祈命。及旦，见渔翁持青蛙百余，将命刲割。万三感悟，以镪买之，纵于池中。嗣后喧鸣达旦，聒耳不能寐。晨往驱之，见俱环踞一瓦盆，异之。持盆归以为盥手具，初不知为宝也。万三妻濯手于盆，遗一银记于其中，已而见盆中银记盈满不可数计，以金银试之，亦然，由是财雄天下。迨明太祖定鼎，抄没万三家资，得其盆，以示识古者，曰此聚宝盆也。后筑金陵城不就，埋其盆于城下，因名其门曰聚宝门。"而《柳亭诗话》则谓金陵水西门有猪龙为患，太祖以沈仲荣聚宝盆镇之乃止。易聚宝门为水西门，而万三之名为仲荣矣。

《蕉馆纪谈》:“沈万三名山，苏州吴县人也，家贫无产，以渔为生。一日饭毕，就水洗碗，碗忽坠水中，因撩之，不知碗所在，但觉前后左右累累如石弹，乃尽取之。有识者曰:‘此乌鸦石也，一枚得钱数万。’山因以富。或曰，夏日仰卧渔船上，见北斗翻身，遂以布襴盛之，得一杓。及天明，有一老者引七人挑罗担七条而至，谓山曰:‘汝为我守之。’言讫不见，启视皆马蹄金也，以此致富。二说不同。山既富，筑垣周回七百二十步，垣上起三层，外层高六尺，中层高三尺，内层再高三尺，阔并六尺，垣上植四时艳冶之花，望之如锦，号曰绣垣。垣十步一亭，以美石香木为之，垣外以竹为屏幛，垣内起看墙高出里垣之上，以粉涂之，绘珍禽奇兽之状，杂隐于花间。墙之里四面垒石为山，内为池，山莳花卉，池养金鱼。池内起四通八达之楼，削石成桥，飞青染绿，俨若仙区。楼之内又一楼居中，号曰宝海，诸珍异皆在焉。楼下为温室，中置一床，制度不与凡等。前为秉烛轩，轩之外皆宝石阑干，中设销金九朵云帐，后置百谐桌，义取百年谐老也。前可容歌姬舞女十数，轩后两落有桥，东曰日升，西有金明，所以通洞房者。桥之中为青箱，乃置衣之处，夹两桥而长，与前后齐者为翼寝，妾婢之所居也。后正寝为春宵涧，取‘春宵一刻值千金’之义，以貂鼠为褥，蜀锦为衾，极一时之奢侈。时有一夫一妇流移道路，妇怀孕十月已足，适至山之门，以手扳门环生一女子，因名环。是夜山得一梦，梦一老人谓之曰:‘汝金银尽是扳环者，今当还之。’山觉不晓所谓，及明乃有此应，遂收为子妇，并其父母养焉。女来后，家益殷富。既长，聪明过人。山尝与斗造一桥，新妇先成，又规度精致，号曰赛公桥，今在秀水县平望北境。山有妻十三，尤爱者曰丽娘，山尝与至后园至探香亭，旁有一古梅，白萼鲜美，娘因脱所着金翡衫加于树上，曰香则香矣，但少兹艳色耳。未几娘亡。后人见月夜梅底一美人，着金翠衫，时皆谓丽娘精魄也。山思之甚，每夜宿梅下，或日祷梅间，又作恩锁台于冢上，置离思碑于中，会稽杨铁崖所制也。太祖既定金陵，欲为建都之地，广其外城，府库虚乏，难以成事。山愿与对半而筑，同时举工，先完三日。太祖谓其有谋不轨心，收杀之，血出尽白。家财入官，新妇先卒。其林施周普寺为观音林。又金留殿十三只床乃山之妻所用者，皆极精巧。苏州九里石塘山所筑铜桥山所造。”

《悬笥琐谈》（明刘昌撰）：“沈万三家在周庄，破屋犹存，亦不甚宏壮，殆中人家制耳，惟大松犹存焉。被没者非万三家，盖万四之在黄墩者。”

褚人获《坚瓠集》云：“吴中沈万三藏古今书画无算，有玛瑙壶通明类水晶。面有葡萄一枝，如墨点，名月下葡萄。万三死，转入数巨家，莫知所归。天顺间嘉兴李铭为童子师，一日舟行见河滨有光，因觅得之，壶也。有知府刘侃语之曰：‘此异宝。’以献镇淮贵珰张公谋佥嘉兴盐钞，果得所愿，因分其利。铭领钞过江，舟覆，钞皆湿。嘉兴守杨公继宗追补前钞。铭死狱中，侃亦破产与偿。”

叶梦珠《阅世编》云：“朱泾镇东市向闻有洪武中富人沈万三之卧床，今为佛座。予时往观，座高六七级。上周以雕阑，内施以窗槅，质皆雕镂，顶如佛殿体制。斗栱架叠，盘旋以上，渐结而锐，世所谓螺顶也。闻昔年漆色最古，今则丹艧（臒）焕然，不复辨其为古器矣。然看来或本是佛座乃沈所施耳，未必是卧床也。”

《锦衣志》（《说郛》本）：“吴人故大豪沈万三子文度，万三生尝伏法，高皇帝籍没其家，所漏赀尚富，而文度颇为人把持其短，患之，因纲舍人匍匐进见，白进黄金百两、白金千两、龙纹被一床、奇宝十具、异缯绮四十匹，愿得从簪御列为外府外厩，岁致粲六百石、钞二十万贯、酝百石，布帛以时进，食饵羞果以月进，纲许之。仍语文度，吾后庭未充，若为我吴中徽好者不为数。文度因是挟纲十五而分民间室，无谁何者。”

郎瑛《七修类稿》：“国初南都沈万二秀者甚富。今会同馆是其故宅，后湖中地是其花园，京城自洪武门至水西门乃其所筑。太祖欲杀之，后苦谏乃得流云南。其婿余十舍亦流潮州。今闻二家子孙尚富，乃点化之术也。详《近峰闻略》。”

明蒋一葵《长安客话》云：“工部有铜匮四。一在节慎库，高可过人，云是国初籍没沈万三家物。又光禄寺有识力木酒榨，每榨或用米二十石，得汁百瓮，亦云是万三家没入者。”

《寄园寄所寄》："女学士沈琼莲，乌程人，世传富民沈万三之后，有廷礼父子皆仕于朝。沈以父兄之素得通籍掖庭，其弟溥则官通判。"

九八　张天师

平步青《安越堂外集》有《天师考》一篇，极淹博。云：

> 刘忠端《辟左道以正人心以扶志运疏》云："今天下皆知有盗贼之祸，而不知盗贼之祸盗贼之教为之也。何谓盗贼之教？则张道陵遗孽所称天师者是。至今袭职者为张应京。近者无为、白莲之教蔓衍不止，皆道陵故智。祈将应京立斥还籍，罢其赐第。"盖崇祯壬午闰十一月十五日作而未上。王夫之《噩梦》："名爵为人主所必惜，固也。乃惜之于文臣，而以正二品之世爵施之汉贼张鲁之苗裔，使与阙里并崇。因宋元之陋而流及于今，亦可长太息者也。"《池北偶谈》卷二："隆庆中江西守臣言，张氏职名赐印，不载典制，宜永裁革。诏革去真人之号以为上清宫提点。万历初复之，相沿至今，无厘正者。使与衍圣公并列，何哉？"朱彝尊《上史馆第一书》云："张道陵之后，觍颜受世禄奉朝请，于义何居？"李祖陶《迈堂文略》卷四《梅毂成事录》云："元代最为尊

重。张留孙吴全节，爵比公侯，吴草庐、虞伯生皆与周旋。或碑或传，备极褒扬。”按张氏赐号始于北宋，止称先生。明及国朝，并称真人。流俗称为天师者，葛洪《枕中书》云：“张道陵为三天法师。”因之有“天师”之称。颜鲁公集《魏夫人仙坛碑铭》亦云“三天法师张道陵”等。明太祖谓群臣曰：“至尊惟天，岂有师乎？”二语最为破的。《老学庵笔记》卷五：“信州龙虎山汉天师张道陵后，世袭虚静先生号。”（《宋史》作澄素先生。王宗沐《续通鉴》从之。李焘《长编》作虚靖先生。毕沅《续通鉴》从之。陆作虚静。静、靖古通。《尧典》：“静言庸远。”《汉书·王遵传》作“靖言庸违”。《晋书·安帝纪》：“河南太守辛恭静。”本传作“恭靖”。《郭璞传》：“倚清靖以镇俗。”《王凝之传》：“方入靖室请祷。”即静室也。）蠲赋役自二十五世孙乾曜始，时天圣八年也。（《宋史·仁宗本纪》：“在五月甲寅。”《长编》同。）今黄冠辈谓始于三十二代，非也。又独谓三十二代为张虚静，亦非也。《历代通鉴纲目辑览》于大中祥符八年，《续通考》作九年。书赐信州道士张正随号真静先生。分注：“初汉张鲁子自汉中徙居信州龙虎山，世以鬼道惑众，正随其后也。至是召赴阙赐号。王钦若为奏立授箓院及上清观，蠲其田租。”按钦若新喻人，以天书提倡符箓，故庇其乡人而为之奏乞。然大中祥符八年乙卯，下距天圣八年庚午凡十六年。《宋史·真宗本纪》不书，当以放翁《笔记》为正。《夷坚志》戊集下“同州白蛇条”云：“白于徽宗诏虚静张天师往治。”又云：“虚静为汉天师三十代孙，平生不娶。京师将乱，潜出城，还乡尸解。复隐于峨眉山，蜀人时或见之。天师嫡派遂绝。今以族人绍厥后云。”《续资治通鉴》（卷八十九）：“崇宁四年（赵作二年）五月壬子赐信州龙虎山道士张继元（赵作先）号虚靖（赵作静）先生，汉道陵三十代孙也。张氏自是相袭为山主。”容斋所云即继元也。继元为乾曜六代孙，洪作虚静不作虚靖，则放翁记是，而《宋史》与《长编》互异，何耶？国朝《梅瑴成列传》：“乾隆六年迁鸿胪寺卿。七年奏言：‘正一真人张遇隆遣人到寺报职名，欲随班恭祝万寿。臣未知真人应否随班，应列何品行。查礼部据称应列左都御史下侍郎前。臣思道家滥厕班联，不合典礼，似宜厘正。查正一真人袭自明初，秩视二品，隆庆初，臣工多言张氏所为不法，世袭宜革。遂改为上清官（宫）提点，秩五品。厥后夤缘复故号。迨至本朝，相沿已久，祈禳驱邪，时有小验，仍而不革可也，假以礼貌可也，而乃竟入班行，俨然与九卿并列，殊于观瞻有碍。我皇上圣作明述，修礼正乐，因太常寺乐员沿明旧例用道士承充，特颁谕旨，谓二氏异乐，不宜用之朝廷。今骏奔之选已遵旨改业，则舞蹈之班何可仍厕乎其间。或谓张氏世袭冠带，非同常道，殊不知张氏之袭乃假以冠带，约束黄冠，亦如僧人之僧录僧纲，虽有品级，安得与臣工伍。臣请敕部定议，嗣后正一真人不必令入班行。’上是其言，下部议行。十二年迁左都御史。十一月疏言：‘前经礼部议覆臣所奏道流滥厕班联一疏，据《江西通志》内称真人张继宗于康熙十九年授光禄大夫，署真人张昭麟，又于乾隆二年题请承袭。彼时臣因封典非鸿胪寺职掌，未敢渎陈。今当重修《会典》，何敢缄默。查道教本属异端，而符箓更道教旁门。正一真人秩视二品，原系前朝弊政，仍而不改，已非所宜。况又加至光禄大夫，宦阶之极品，封及三代，锡类之旷典。若系特邀异数，必降明旨，何以不存于档册，不见于《会典》。我国朝于世袭之典尤极慎重，其袭替之高卑久暂，皆视其功绩大小，不容丝毫假借。张继宗即果蒙封典，亦必无准其世世承袭之理。且以孔子之圣，后裔乃袭公爵。颜曾思孟，所袭不过博士，儒林已不胜其荣。今张氏所袭，远过大贤，几与圣裔无别。可否照提点演法之类，给与品级，出自圣恩。’疏下部议：正一真人不许援例请封，授秩正五品。”按《东华录》卷八：“康熙二十二年七月二十六日乙未，吏部奏正一真人张继宗奏请恩诏诰命及父母祭葬。查正一真人从无赐恤致祭之例，应不准行。其恩诏诰命应如所请。得旨：‘张继宗见署真人，即着照所袭衔名给与诰命。一切僧道原不可过于优崇，若一时优崇，日久渐加恣肆，或别致妄为，尔等识之。'”据此则二十二年请诰尚止准照所署衔名给与，衔名者正一真人也，安有十九年授光禄大夫之异数。《通志》殆采之真人府开送诡说书之，惜文穆忘引旨以驳之，尚有即果蒙封典误也。予谓符箓斋醮乃道家最下乘，其所以传之天壤而不废者，正文穆疏所谓祈禳驱邪，时有小验，世人相沿崇奉耳。惟天师之名宜永禁之。近日真人斥卖符箓，与法官互讦控诉，屡鞫未止，有如文穆者，按其不法严劾之，疏除世袭，亦不为过也。

郭麐《江行日记》云：“天师之名于古无有，惟唐人小说中有所谓申天师者，它不见也。夷考家世，范书所谓五斗米术，晋时王献之奉其道，自后无闻。不知何因遂来此间。据一山得世禄，至其所述居官成道，及它灵迹，皆自其徒纪之，孰为而孰传，疑不能道也。人世鬼神道术各有兴废，古之社稷，秦汉之五畤陈宝皂神社主八通之鬼，六朝之蒋帝，皆于今无闻，而今所奉者又古所不见。神仙方伎代有其人，洪厓、赤松、蓟子训、左慈、于吉之类后亦无言及之者，张氏乃崇鬼道而得世其家，又理之不可晓者也。”按《养新录》（卷十九）“天师条”云，天师之称始见于《庄子》（《徐无鬼》“黄帝再拜稽首，称天师而退”），特一时尊敬之辞，非以为号也。后汉张（道）陵始以五斗（米）道诳惑汉沔间。其孙鲁据有汉中，魏武授以侯爵。后来习其教者妄称陵为天师。《水经注·沔水篇》："涢水又南径张鲁治东，水西山上有张天师堂，于今民事之。"又《江水篇》："平都县有天师治，皆谓张（道）陵也。晋南渡后士大夫多有奉五斗米道者，或谓之天师道。"《晋书》（卷七十七）《何充传》："时郗愔及弟昙奉天师道。"（按卷六十七《郄超传》："己云愔事天师道，而超奉佛。"）《殷仲堪传》："少奉天师道。"《王恭传》："淮陵内史虞珧子妻裴氏有服食之术，常衣黄衣状如天师，由是妖妄之称始登于正史。"（按《癸巳存稿》卷十三"张天师旧事"条又引《南史·沈僧昭传》："少事天师道士。"）《魏书·释老志》载寇谦之遇大神称太上老君，谓自天师张（道）陵去世以来，地上旷诫修善之人，无所师授。故来授汝天师之位云云，益诞谩可笑矣。按《华阳国志·大同志》："犍为民陈瑞自称天师，为刺史擒诛。瑞亦以左道惑民。"正张鲁一流，惜刺史不著其名。《酉阳杂俎》卷上："有天师翟乾祐天师一行和尚。"《续古文苑》（卷十）钱镠《天柱观记》有叶天师法善、吴天师筠、暨天师斋物、司马天师承祯、夏候（侯）天师子云。筠承祯《唐书·方伎》有传，无天师之号，盖皆出黄冠诡托。《晋书》，王氏世事张氏五斗米道，凝之弥笃。频伽谓天师之名于古无有，"申天师"外不它见。又以凝之为献之，皆偶未深考也。

《七修类稿》："天师印自道陵传下者则玉印一枚，其文乃阳平治都功印云篆也。至宏（弘）治朝朝廷恐其随身有失，另碾一颗赐之。近出《曲园杂纂》（卷三十二）

‘议郎’此条云：按《能改斋漫录》，‘南剑尤溪林绩，仁宗时为吉州安福令。时有张嗣忠者，自称汉师君三十三代孙，毁其印。’则天师玉印在北宋时已毁，其子孙又私为之，都公改作都功。而明时又有另碾之印。然则今世所传真人印，其为何印更不可问矣。按《大云山房文稿初集·真人府印说》云：‘印凡大小四，其三皆曰阳平治都功印。其一印，中为交午以达于四际。中与四际各围以朱白围。其方中左右各二，左为文衺置之，右为文平置之，乃鬼道符记也。夫真人府所以惑人者印也，而鄙诞不经如此，其它可知。《丽濅荟录》（卷七）谓林绩事，天师世家叙讳而未述。予谓继元在徽宗时云道陵三十代孙，何以嗣宗当仁宗时已云三十三代孙，亦颠倒不可信。理初谓或就子房计之，或就道陵计之，亦从而为之说。《漫录》明云师君三十三代孙，师君者鲁也，岂子房哉。《三冈识略》（卷九）载五十四代孙继宗书符无验事，谓自虚静后其术渐衰，饮食男女与平民无异，乃历代靡所变革，亦无议及者，则真人之伎俩止此，自康熙甲子年已然。甲子为康熙二十三年，何以前此十九年继宗有光禄大夫之授，文穆疑之是也。若盛百二《文昌阴骘文序》曰：‘今天家之有天师，即古重黎之职，所以绝地天之通。’柚堂通人，乃有此说，蔽矣。”《陔余丛考》（卷三十四）“张真人”条引《太平广记》：“梁武初未知道教，因陶贞白诣张天师道裕，乃为立玄坛三百所。”而《通考》亦载唐天宝六载以后，汉天师子孙嗣真教，册赠天师为太师。既令其子孙嗣真教，当已世袭，但其封号名字，史不经见。《知新录》：“宋时有林太守者，送张天师于狱中，奏云，其祖乃汉贼，不宜使子孙袭封。朱子谓人人尊信之，而林独能名其为贼，其疏必有可观，惜已不传，不知当时如何施行也。”

《毛会侯集》中纪袁枢遇仙始末云：“天师爵秩相承，数千年来自洙泗外鲜与比盛。今以其移覆中丞书观之，则封号亦不为幸致也。”张山来云：“天师有如此法力，其世袭也固宜。庸谓今世天师无此法力，建坛作法有之，练一金甲神来三日有验，则绝无矣。”

近傅藏园有《汉天师世家跋》云：“此书见《续道藏》正一部，著录为四卷，此明万历甲午本，为五十代孙国祥所辑刻。……余尝通观前后，而知其教之行于世，历长久而不衰者，盖非无故也。自道陵造作道书，以召号徒众，其孙鲁继之，雄据巴汉，垂三十年。观编中所纪，道陵得黄帝鼎书，受玄君经箓，及诛蛇、伏虎青城山、破鬼城数事，所侈为灵奇者，固妖妄不足信，然闭井煮盐，蜀人食其利至今。且其为教不外于旌善惩恶，而饰以鬼神报应之说，诱以丹箓升举之灵，耸动愚氓以坚其信念，所谓神道设教，叔季人心迷昧，得此亦足救刑政之穷也。鲁据地自王，以鬼道教民，然其旨主诚信不欺，作义舍以止行人，治道路以除罪过，禁酒禁杀，皆因其俗而施政，为民夷所便乐。其后封完府库，归命魏祖，五子封侯，保土安民，其晚节亦足多矣。历晋宋以迄隋唐，仍世相承，潜修道妙，不与世接。惟十二代孙恒为唐高宗召见，十五代孙高为唐玄宗召见，二十代孙谌为唐武宗召见，咸以人主好道，或访问玄修，或修建坛箓，未尝别示尊崇。至二十一代秉一至南唐时，始有龙虎山建祠宇赐水田之命。顾考其年齿，自五代孙昭成迄于秉一，咸享大年，高者过百龄，次亦八九十岁，是其修生修道，固有世传之秘矣。宋自真宗以来，崇尚玄学，袭教之后，多召赴阙廷，宠锡道号，如二十四代以下正随赐号真静先生，乾曜（二十五代）澄素先生，嗣宗（二十六代）虚白先生，敦复（二十八代）葆光先生，至徽宗晚年崇道灭僧，徐神翁林灵素之徒日进，天师后卫尤蒙宠遇，继先（三十代）以盐池靖妖之功，赐号虚靖先生，频得觐见，礼数优隆。……高、孝两朝时修朝觐。至三十五代孙可大当理宗时，奉敕提举三山符箓兼御前诸宫观教门公事，始隐然为道流之领袖。元世祖平宋以前，时通讯可大预告灵征，至是遣使召宗演（三十六代）至，待以客礼，赐'真人'号，颁二品银印，命主江南道教事，给以度牒，各路道箓司及州道正司、县威仪司皆属之。……自是而后垂为定制。与棣（三十七代）嗣教，其妻始荷仙姑之封。与材（三十八代）嗣教，复赐'正一教主'之号，晋阶一品，加金紫光禄大夫，封留国公，母亦荷元君之封。嗣成（三十九代）嗣教，加知集贤院事。至四十二代正常时值明太祖御极，封号、诰命、禄秩，一如元代，惟增设赞道、掌书等官。其子宇初嗣位，即世所称'岘泉先生'者也。成化时元吉（四十六代）嗣教，给以金印。并御书'大真人府'四字以榜其第。至玄庆（四十七代）聘成国公朱仪女为室，彦頵（四十八代）聘定国公徐延德女为室，累世皆联姻勋戚。又值世宗好玄慕道，赐宴恩礼，越于寻常，簪组衣冠，侪于鼎族，与其祖庭玄修养道之旨相去远矣。……又按正一真人之封沿及清代尚存旧制，仍崇以一品之阶。乾隆十二年以副都御史梅瑴成奏，经部议奏，言正一真人至宋始有封号，元加封天师，秩视一品，明初改正一嗣教真人，秩视二品，本朝仍明之旧，而《会典》不载品级，盖以类于巫史方外不得与诸臣同列，即康雍间曾荷褒封亦用以祈求雨泽，非如前代崇尚其教而必阶以极品也。旋照太医院使例授为正五品，嗣后袭补照道官注，至三十年入京来朝，奉旨加恩升三品秩。谕旨言念其承袭已久，世守道教，旧例一品未免太优，遽降五品又过贬损，且其法官娄近垣现系四品，亦觉未协也。然朝觐筵宴大典未便以道流厕身其间，一概停止，以肃体制。”

九九　刘瑾

明张文麟《端岩公年谱》自记其为刑部主事时亲见刘瑾被逮会审事。略云：该司写一会簿送五府九卿名堂上六科十三道公侯驸马伯书名会问。旧例，午门前只于锦衣卫直房门首，是日拿瑾才定，不知何官传言上御门拿瑾向其前，拿到午门御道东跪。其东边之门半开半掩，不见闻人声影。百官自阁老李西涯费鹅湖而下，分文武班侍列。福建司主事王希孟、贵州司柴义各以声音宏亮推宣旨意。及奏章宣讫，锦衣卫掌卫事指挥刘璋出班跪奏请旨打多少，亦不闻传语。须臾即起，云有旨打四十。当直官校齐声答应讫，有一官大声云，打四十摆著棍，五棍一换打，每一宣言则各官校齐声答应如前，响振殿廷。刘瑾则跣剥反接。二当驾官揪其脑发，一棍插背挺直，复有一阔皮条套其两膝，扣一棍压定，用棍打其前腿，名曰拦马。五棍毕，一官叫换棍，邀喝答应一一如前。打四十后方问。瑾垂头片时不语，少顷则张目四顾云："满朝大小官员都是我起用的。"只蔡驸马开口："朝廷用人如何是你起用的？掌嘴。"掌讫十下。多是蔡驸马发问，瑾如何造甲造穿宫牌造御宝，俱不招伏。有一官诘问："见今朝廷御门奏请出来。"盖瑾拿朝廷即籍其家违禁之物，已收在官，瑾始无词，招说"俱有俱有"，乃疏其缚画字。予与日升揉其手良久，仅能扶笔，略成一十字。一官跪奏"画招了"，叩头而退。

其后奉旨刘瑾凌迟三日，锉尸枭首，仍画影图形，榜示天下。文麟详记其事云："凌迟刀数例该三千三百五十七刀，每十刀一歇一吆喝。头一日例该先剐三百五十七刀，如大指甲片，在胸膛左右起。初动刀则有血流寸许，再动刀则无血矣。人言犯人受惊，血俱入小腹小腿肚，剐毕开膛，则血皆从此出。至晚押瑾顺天府宛平县寄监释缚数刻，瑾尚能食粥两碗，次日则押至东角头。先日瑾就刑，颇言内事，以麻核桃塞口数十刀，气绝时方日升在彼，与同监斩御史具本奏：奉圣旨刘瑾凌迟数足锉尸免枭首，锉尸当胸一大斧，胸去数丈。”

又云：“陕西解刘瑾原籍人到，一一皆田夫。该司不问籍之同异，俱坐以斩罪。予为参奏刘瑾擅权谋反，彼何有一勺波及。后蒙旨俱发广西烟瘴地面为民，后虽不知死活，一时得生亦二三十人矣。”按：刘瑾固不足道，然一阉官何能为，此事特当时士大夫朋党之争耳，正史但据官书，是非殊不足信。观此益知明代刑狱之黑暗、体制之诞鄙，诚野史中富有意味之作也。文麟松江人，弘治十八年进士，历官至建宁知府。此书为其九世孙海鹏刊于《借月山房丛钞》中。

又《庸闲斋笔记》载嘉庆中成得（今故宫原案作陈德）行刺一案云：“其处死时先大父在京，与众往观之，先立一木桩，将德缚于桩上，其面前又植二木桩，乃牵其二子至，一年十六岁，一年十四岁，貌皆韶秀，盖尚在塾中读书也。至则促令向得叩首讫，先就刑。得瞑目不视。已乃割得耳鼻及乳，从左臂鱼鳞碎割，再割右臂以及胸背。初尚刀刀见血，继则血尽，只黄水而已。割上体竣，忽言曰：‘快些！’言甫毕，厂上走下一官谓之曰：‘皇上有旨，令尔多受些罪。’得遂瞑目不言，脔割至尽乃死。”按《养新录》云：“唐律无凌迟之刑，虽反逆大恶止于斩决不待时而已。陆游谓五季多故，以常法为不足，于是始于法外特置凌迟一条。宋初颁行刑统，重罪不过斩绞，亦无凌迟法也。……马端临谓凌迟之法昭陵以前虽凶强杀人之盗亦未尝轻用，自诏狱兴而以口语狂悖者皆丽此刑矣。”

一〇〇　戴敦元

长洲陈奂记开化戴简恪敦元事云：“道光壬午由江西臬升山西藩。来都之一日，奂适过其馆，公短褐出，奂亦不具冠相见，三更乃罢。公叹曰：‘吾自江西来，今晚始得食大米饭。’途次日以面饼六枚作为三餐，不解衣，不下车，五更呼夫驱而行而已。凡上官自臬藩过境，州县设公馆给供应，尽送逆礼，公独行数千里而车子馆人初莫知其为新任藩司者，到京始唤仆使令，客至屏仆户外，烹茶漉酒皆躬为之。”（见《简恪年谱》）

又《无事为福斋随笔》云：“公少嗜酒，不拘小节，落拓里市，过目不忘，家贫不能购书，借读于坊贾。官至刑尚，辄坐驴车入署，数十载一布被，殁后莫不钦公之清德。闻公数理最精，满屋列小泥人，暇则为之推算，云其成毁亦如人生死也。”

潘谘撰《戴司寇别传》（见《碑传集》）云：“言动朴讷，对人无容仪，交人无问讯，共坐无谈论，终日冥默，类穷山方外遗形去识之士，至寒暑饥渴亦似未尝切肤，然不如方外屏绝感际。初履曹职未尝识上官，及任观察，至为藩抚，亦不知其身在群吏上。治官事亦如身事，默默寡可否，遇案牍如读书，一日所见，必尽而后已。每至一官取积牍览一过，他日吏误摘语之，故吏亦无敢欺者。复居京师，同僚非公不得见，部事毕，归坐一室，家人为之设食饮，暮则置烛对书坐，倦而寝，否则坐暗中，倦亦寝，虽饥甚不言也。窥其室，积尘漠漠，坐卧处皆乱书，无完轴者。行巷涂尝无车马。假归武林时，大宪某公宴之，雨，着屐往，终饮，群官拥送，鼓吹门启，呼戴大人轿马。君笑索伞自执之，扬扬出门去。其一生行动自由每如此，然亦非傲兀视旁无人也。目短视，看书以纸磨鼻，一磨则终一纸，面时黟。然晚自言善忘，尝试之犹不遗一字。然寡为诗文，终岁或不举管，晚好天算，亦无所论说。”综观其一生际遇、性情、好尚，真奇人也。

陈其元《庸闲斋笔记》亦记公事云：“道光壬辰应京兆试，公时为刑部尚书，以年家子上谒，公谦抑殊甚，有有若无实若虚之象。余特搜僻典数则叩之，公则曰，年老记忆不真，似在某书某卷第几叶几行内，其前则某语，其后则某语，试翻之则百不爽一，盖公固十行俱下过目不忘者也。余尝问公，天下书应俱读尽矣。公曰，古今书籍浩如烟海，人生岁月几何，安能读得遍，惟天下总此义理，古人今人说来说去不过是此等话头，当世以为独得之奇者，大率俱前世人之唾余耳。公于刑部例案最熟，无一事可以欺之，老胥猾吏见之束手，故终身历官不出刑部。”

一〇一　文人习武

明季中叶以后，科甲出身之人颇有习武事者。《明史》所载不一而足。如光州刘绘好击剑，力挽六石弓，登嘉靖四年进士。宜黄谭纶，嘉靖廿三年进士，积首功二万一千五百，尝战酣刃血渍腕，累沃乃脱。麻城梅之涣，万历三十二年进士，与材官角射，九发九中。嘉定孙元化，天启举人，善西洋炮法。绵竹刘宇亮，万历四十七年进士，善击剑。莱阳沈迅，崇祯四年进士，短小精悍，马上舞百斤铁椎。而熊廷弼、卢象升二人尤以善射多力称。盖彼时科场陋习虽甚，究不致以小楷大卷桎梏其身。且从事学术之人亦究居少数，故得有余闲锻炼膂力也。

清初尚略存此风，如宋荦年十四以大臣子入宿卫。世祖渡桑干，水阔数丈，荦跃马以过，赐雕翎箭。见《碑传集》。戴衢亨在阿济格突围场时，逸出一鹿，即执之以献。又于敏中于木兰行帐中获一鹿。均见乾隆御制诗。又康熙十八年学士孙在丰扈从南苑，授御用弓矢使射麋，获之。见康熙御制诗。盖自嘉道以后，士大夫之高者讲求精微之汉学，卑者汩没于庸滥之场屋文字，风气始日趋柔靡矣。此论世者所不可不知也。

一〇二　王杰

韩城王文端杰正色清修，然实有烟癖。潘世恩《思补斋笔记》乃无意中流露出之云：“王文端公未第时馆于山西某中丞幕府。有王先生者，绍兴人，精于占课，幕中人敬信之，公独未之信也。一日有同事手握一鼠示之曰：‘先生神算，请决其死生。’对曰不死。曰：‘此物死生在我，我手毙之则子算为无灵矣，盍断其何时当走。’曰今夜子初二刻。公携归床下，有烟罐，移烟他处，置鼠其中，上压以石，意谓鼠无从走，明日问之为有词矣。是日主人开宴，与诸同事观剧，上灯后公觉神思困倦，辞归书室，静坐数刻。啖粥毕，呼童取烟，童于床下觅罐，罐方启，有物突出。公急止之，已无及矣。命取洋表视之，则子初二刻也。文恭于文端有文字渊源接武朝端，而文恭之慎悫为世所共知，其言必可信，惟不敢断其所谓烟为何烟也。”

一〇三　石濂

东南各省与欧洲通商自粤始，其奏许通洋舶立十三行，便中外人贸易者，则在康熙中两广总督吴留村兴祚，而吴未督粤前，石濂已私与洋舶通贸易，故粤之通商石濂为之魁。石濂名大汕，本苏人，徐氏子。幼无行，为画师沈朗倩外嬖。沈以画名于时，石濂亦师其技，龚芝麓一见大激赏之，遂弃沈而从龚。后流转入粤，自称浪觉师，居粤西门外长寿院，不薙发，不诵经，室中不置钟磬瓶钵。好大言，专结纳。又尝至安南走交阯以祈雨立验，眩其国人，大书榜揭于市曰“出卖风云雪雨”。于是募资修长寿院，粤人安南人辇金助之，院成，穷极土木，结构壮丽，梁上书“大越国建造”字，以歆安南人，所行益不检，明僮妖娼相征逐。其所以媚事诸贵人者一以多金，一以擅作秘戏图。寖乃与外舶通，遣其徒众运售货物于海外，名闻京师，虽王公贵族亦无不称石濂。尝占飞来寺田七千亩，寺僧咸不敢与之讼。石濂既富，乃思以文字缘饰之。于是谋与诸名士游，窃其所作攘为己有，不得者饵以金。无何，《离六堂集》刻成，为揄扬者谓为唐之贯休、齐己，宋之参寥、蜜殊，复见于今。又自念为僧必富通梵夹禅悦，乃请人著一书，言《五灯会元》之误，一时名士乐为代笔，盖酬金较丰于鬻文。当时屈翁山、梁药亭皆与石濂交，故《离六堂集》多窜入翁山诗。后翁山与石濂相失，致书诘其偷诗，又作《花怪篇》丑诋之。按《花怪篇》旧刻翁山文尚载之，则可见石濂之狂妄。石濂亦取翁山《军中草》，谓其中有违碍，将以出首。翁山怒，始与绝。不数年石濂卒，为名山所劾治，发难者潘稼堂也。初，潘通籍后，久耳石濂名，晚岁游粤，姑往拜之，瞰其虚实。石濂不知潘之名，相见殊落落，不以时答谒，稼堂怫然，以书斥之，石濂崛强不相下。潘遂举石濂少时无行及私通洋舶与一切交通隐秘事，又摘所刻《五灯会元正误》之悖谬语，作《救狂砭语》一卷刻而播之。又两致书盛相折辱，石濂昧昧仍不礼。后纳人言，谓刻书在于索诈。稼堂既去粤，归途遇吴留村之广东按察使任，乃以《救狂砭语》赠吴，面数石濂之过恶。吴纳之，甫莅官即亲诣长寿院逮治。院中钟表象牙以暨鸦片之属堆积如山，优伎列屋内，以禅房为窟穴，一时皆籍没入官。留村将置石濂于重典，而营救者众，卒减轻其罪，递解还吴，下狱终其身。（据《花随人圣庵摭忆》）

又《广阳杂记》亦记其事，似石濂未得罪时所闻也。云诸葛景门于粤中见一异事：长寿庵者，今石濂和尚所居地。本庵有耆旧迁化已十四载矣，封龛于室，尚未入塔。石濂偶有兴造，将荼毗焉，已择日矣。忽见梦云："我龛中肉身坚固不坏，它日当出，不可焚也，请开龛以示四众。"石濂疑信相参，乃祷于龛前曰："若予一人独言，恐涉诞妄。如师有灵，乞见梦于大众。"其日大众果皆有梦，遂遍告诸山耆宿长者居士，四众云集，而启龛焉，颜貌如生，端坐拱手，指爪甚长，惟颈及腮上有小蛀孔二，置高座供养焉，四座惊叹，咸以为得未曾有也。

一〇四　乾嘉考证之争

乾嘉之间考证之学风靡一时，不能为此学者几不得登坛坫，因此各肆诋诃。蒋心余则其人也。翁覃溪于所著

《考订论》中记其事云："铅山蒋士铨《诗集》有《题焦山瘗鹤铭》一诗，其言曰：'注疏流弊事考证，鼷鼠入角成蹊径。'此则大不可者。考证订《瘗鹤铭》特金石中一事耳，与注疏何涉，而以考订之为弊归咎于注疏，是特俗塾三家村中授蒙童者弟知有范翔《四书体注》，语以《十三经注疏》则茫然若未尝开卷者，蒋或即其人耶。闻蒋主讲席于扬州，诸生有汪中者，夙以博辨自诩，起而问曰：'女子之嫁母送之门，是何门？'蒋曰：'姑俟查考。'汪曰：'俟查考则无所庸其掌教矣。'蒋以此深衔之，语学使欲置之劣等。"今以蒋此诗证之，则其答汪生似亦太过抑矣。覃溪专长于金石考订，而心余适触所忌，故不惜揭其短以报之如此，其于容甫亦未有真知也。其书《墨子》一篇云："有生员汪中者，公然为《墨子》撰序，自言能治《墨子》，且敢言孟子之言兼爱无父为诬《墨子》，此则又名教之罪人，又无疑也。昔翰林蒋士铨掌教于扬州，汪中以女子之嫁往送之门是何门为问，蒋不能答，因衔之，言于学校者欲置汪中劣等，吾尝笑蒋之不学也。今见汪中《墨子》之言，则当时褫其生员衣顶固法所宜矣。汪中者昔尝与予论金石，颇赅洽，犹是嗜学士也，其所撰他条亦无大舛戾，或此今以姑准折焉云云。"此文语气亦颇失体，故同一考订家而又各具是非若此。

覃溪与钱萚石同年相善，而萚石亦以专工诗词不长考订与当时学者时相龃龉。覃溪云："吾所识如诸城刘阁老墉之于金石碑板及钱侍郎载之于诗文，皆不善于考订。"

又云："萚石酒酣，以往颇不耐考订之烦，而不敢公然斥考订为非。"又与程鱼门书云："昨萚石与东原议论相诋皆未免于过激。戴东原新入词馆，斥詈前辈，亦萚石有以激成之，皆空言无实据。萚石谓东原破碎大道，萚石盖不知考订之学，此不能折服东原也。诂训名物岂可目为破碎，学者正宜细究考订诂训然后能讲义理也。今者钱、戴二君之争辨虽词皆过激，究必以东原说为正也。"覃溪虽左钱右戴，然又驳东原理说，斥为文理未通，当日学者之好辨如此。东原以修志事与章实斋又起断断之争，一长于经，一长于史，其不能相合更无足怪。

《萚石斋诗集》卷三十四有《草桥修禊诗》，末句云："文章华国须公等，绛蜡分明四座间。"注云："座有纪晓岚、陆耳山两侍读等，皆《四库全书》纂修。"其忿妒之意见于言外。

一〇五　碽妃

明成祖为碽妃所生，史无明文，而明人有此传说，观成祖状貌虬须高颧，诚有似于胡种也。

李清《三垣笔记》云："予阅《南太常志》载懿文皇太子及秦、晋二王均李妃生，成祖则碽妃生，讶之。时钱宗伯谦益有博物称，亦不能决。后以弘光元旦谒孝陵，予语谦益曰：'此事与《实录》正牒左，何征？但本志所载东侧列妃嫔二十余而西侧止碽妃，然否？曷不启寝殿验之。’及入视，果然，乃知李碽之言有以也。”张岱《陶庵梦忆》中有记太祖陵中元祭礼一段，亦及此事，录之如左：

> ……飨殿深穆，暖阁去殿三尺，黄龙幔幔之，列二交椅，褥以黄锦，孔雀翎，织正面龙，甚华重。席地以毡，走其上必去舄轻趾，稍咳，内侍辄叱曰：“莫惊驾。”近阁下一座，稍前为碽妃，是成祖生母。成祖生，孝慈皇后衽为己子，事甚秘。再下东西列四十六席，或坐或否，祭品极简陋，朱红木簋、木壶、木酒樽，甚粗朴，簋中肉止三片，粉一铗，黍数粒，东瓜汤一瓯而已。暖阁上一几，陈铜炉一，小箸瓶二，杯棬二；下一大几，陈太牢一、少牢一而已。他祭或不同，岱所见如是。先祭一日，太常官属开牺牲所中门，导以鼓乐旗帜，牛羊自出，龙袱盖之。至宰割所，以四索缚牛蹄。太常官属至，牛正面立，太常官属朝牲揖，揖未起而牛头已入燖所。燖已，舁至飨殿。次日五鼓，魏国至，主祀，太常官属不随班，侍立飨殿上。祀毕，牛羊已臭腐不堪闻矣。

《广阳杂记》云：“明成祖非马后子也。其母瓮氏，蒙古人，以其为元顺帝之妃，故隐其事。宫中别有庙藏神主，世世祀之，不关宗伯，有司礼太监为彭恭庵言之。余少每闻燕之故老为此说，今始信焉。”

一〇六　张献忠遗事

明季张、李遗事今皆得之传闻，以视洪杨史料，尤为稀少。张、李残暴，宜无人为之纪载，然仅凭官书一面之词，终未能视为信史。合肥余瑞紫，曾著《张献忠陷庐州纪》，向来著录家皆未涉及。民国十八年忽由合肥徐曦印行。玩其语气颇持平，似非依托之作。瑞紫身陷贼中述其闻见，不假文饰，尤可珍也。录其见献忠一段如左：

> ……大虎叫走，予即随行。走至花园中，即八大王张献忠驻处。但见八贼头戴水色小抓毡帽，眉心有箭疤，左颊有刀痕，身穿酱色潞绸箭衣，脚下穿金黄□缎靴，坐虎皮椅上。大虎到旁叫跪，予即跪；叫磕头，予即叩首。张问："你要去家么？我就叫人送你去家。"答曰："小的没家，情愿服侍老爷。"又问："你是那样人？"答曰："读书人。"问："可会作文章么？"答曰："会。"八贼问："我考考你？"叫："取纸笔放他面前。"随有人持全束毫笔、端砚、金墨，俱放在方桌上。予禀出题，张云："'王好战'一句。"予先写破承呈看，初以贼必通文，岂知字亦不识，见送上手本，假作看介，说"好，谁带你来，在谁家养活你"。大虎叫走，予即走。

此下述庐州道蔡汝衡死难事，合两事观之，则献忠虽凶恶，而出言亦非全不近情理者也：

走出大门内，又叫大虎。虎说“站此候”，予立俟。只见张亦出门外，黄伞公案，左右剑戟如林，叫带过蔡道来。蔡道扎包头，身衣蓝绸褶，绫袜朱履，不跪，直两头走，以手摩腹，曰：“可问百姓。”八大王责曰：“我不管你。只是你做个兵备道，全不用心守城，城被我破了，你就该穿着大红朝衣，端坐堂上，怎么引个妓妾避在井中？”蔡道无言可答。其妾王月手牵蔡道衣襟不放。张叫：“砍了罢。”数贼执蔡道于田中杀之。王月大骂张献忠，遂于沟边一枪刺死。尸立不仆，移时方倒。

献忠有时词色亦极谦和：

……汪公子亲家姓倪者，驮几箱绸缎至营。汪公子见之喜极，可望回家。八贼亦喜，款待甚丰。次日看货，即又不喜曰：“我要的是织金缎子，这是绣金的，不大好。既买来罢了，只是烦你再买一转。”倪人半晌不言，后缓缓说：“不敢欺瞒老爷，我为这宗货多用许多银子，不必讲，还耽许多心，吃许多惊吓。南京机房都说我替流贼制货，城门上盘诘总是钱要使通，受千辛万苦方得到此。”八贼曰：“这是有的，我不管你，银子多给些随你用，只要货好。”次日兑千余两，原驴驮去。汪公子没奈何，垂泪送之。八贼将缎子分散各营头目去，随即做出齐穿来谢恩。

一〇七　女道士王韵香

嘉庆间，无锡有女道士曰王韵香，有盛名。当时名流乡相多与稔狎。事逾百年，知者渐少。今按麟庆《鸿雪因缘图说》中曾详述之。其言曰：

> 嘉庆己巳，舣舟惠山，访女道士王韵香于双修庵。韵香姿仅中人，而腹有诗书，别具出尘之致。惟名心未退，询知余十九登进士，意甚欣然，面写墨兰以赠，寻留馔。自言近在卞玉京墓侧种梅百本，涅槃后将葬其旁。

韵香风雅如此，然交不择人，以致暮年潦倒，雉经而死，死时年四十九矣。

龚佺《耕余琐闻》云：

> 韵香住东门内双修庵，亦已削发，自号清微道人，貌不甚美，而举止大方，吐属闲雅，小楷仿《灵飞经》，兼善画兰。其所居三面玻璃窗，陈设精洁，凡往来达官贵人路过必相访，借为游息燕饮之所。倘

留酒饭，只旁坐不共席。最为顾某所眷，题画诗每为代作。因为顾子屡次借钱，用过千串，又借两金钏，诸徒啧有烦言，遂致气愤自缢死，时年四十九。正在料理开正做寿诸事，礼物已收不少，乃一旦遽轻其生。林少穆制军曾赠以“素心书屋”匾额。

张际亮《金台残泪记》云：

锡山尼韵香工画兰，居双修庵，与某侍郎、中丞、制军先后交狎，去年小除夕竟以情死。

《常州词录》引《听秋声馆词话》云：

女冠韵香能书画，画己容为《空山听雨图》，山舟学士首题一诗，遂遍征名流题咏。享艳名二十余年，后因事自经死。陆祁生悼以诗有云：“如何病榻都无分，海燕惊飞出画楼。”（按：祁生，陆继辂也。）

《听雨图》之历史，亦为嘉道间一珍闻。叶衍兰曾为之序云：

此清微道人《空山听雨图》也。道人姓王氏，名岳莲，号韵香，又号玉井道人。少为比丘尼，年十九，畜发为女道士。尝倩鹤渚散人为作《空山听雨图》，一时名流题咏殆遍，前后至五百余家。道人择其尤者，刻成二卷，芳茂山人为之序。无何，图竟为人窃去。道人怅惘不已，因倩瑞芀主人补写一图，续题亦数十家，乱后均散失。余访问数年，迄为知者，梁溪沈旭庭先后收得此图残册，成三巨册，珍惜不轻示人。光绪二年秋，秦临士同年觅得续图一册邮寄至京，题作仅存十余页，因于旭庭所藏不无望蜀之想。……次年春三册一并归余。……计自刘文清以下共有九十余家。

此图今藏南陵徐氏，丹徒丁传靖曾据以作《福慧双修庵小记》云。

一〇八　彭刚直

当光绪初年彭玉麟巡视长江水师，锄强抑暴，威声远播，闾巷妇孺传道数十年不衰。其事之最彰彰可考者，莫如杀谭祖纶一案。《湘绮楼日记》尝亲从询其详而书之如左：

自咸丰以来，节镇权重，以喜怒为曲直，以爱憎为生死。湖广居江河腰膂，官伯相恣睢专断者十二年，而合肥李氏兄弟前后相继为总督。湖广官吏之视总督，若实封斯土者，凡所议建，莫敢支吾。李兄起州县至台司，以持重镇物为治。然不喜清议，听师友寮旧之言不及属吏，属吏之言不及左右。尝枉断光化一狱，再诉西台，辄下覆奏，卒不得一直，湖北民悚息其权势。而其所部留防勇丁，割据水陆，统领营官，皆由私授，又非属吏之比，自妾媵婢仆外，及巡捕材官，取盈于各营官，光化妄杀黄生者其一也。其陆营统军刘提督，本黄州降贼，握部兵不解甲，岁有增统，连十有五年矣。所部淫掠，仍群盗余习，湖北人皆呼之刘长毛，自总督以下尊礼之曰刘军门，凡刘军门事有司不得问，跋扈江汉，势倾司道。其营官谭祖纶，湘阴人也，与辰州张清胜俱起散丁，洊至副将。张军散遣失职闲居时，初婚刘氏，妻家为累，旅居汉口，挂正无赀，落寞晨昏。谋于谭，谭则领军黄州，饶有妻妾馆舍之奉矣，既艳刘氏，乃谓张曰："今制汰省员弁，弟新被除名，因缘复进，此固难矣。兄有至交，方领军秦陇，挟书往谒，必有所成。吾弟久历戎行，驾轻就熟，鹏飞之路，特在指顾，诚能远游，事可图也。"张曰："奈眷口何?"谭曰："此即在新妇母女，然日食所需，盐米之费，请竭吾力黾勉有无。"于是张归告其妻，以为至庆，即赁宅汉口，更与一嫠妇同居。嫠妇夫亦为军官，与刘同乡里，故刘亦呼为母，时人谓之勒太太，则未知其夫姓抑母姓也。张既持谭书至秦，乃无所遇，进退狼狈，留滞年余，亦未知谭之诳已也。刘氏独居，又有二母，谭或时至，未能他语，求贷之际，颇致骄难。会刘父自蜀来，相与诉说，深以谭未可恃，恐有嫌衅，乃谋移居襄阳，渐近陕路。而以负谭旧债，长其逼索，遂约勒氏一家潜行。越日，无知闻者，私相欣慰，以为脱于坑阱矣。舟至宜城，岸上人马嗥嘶，皆犷骑持洋枪，呵止刘船，以负债私逃，当受绁缚。舟人畏累，舣泊待命。有谓刘、勒者："今舁汝等面见大人。"即呼舆径至黄冈，悉入谭宅，即被劫胁，黾勉求生，改事新人，一家温饱。

此记未毕，更据其所撰行状补之如左：

湖北忠义前营营官总兵衔副将谭祖纶诱劫其友张清胜妻。清胜访之，阳留居密室，出伪券索偿债，得遁去。诉营将州县，皆为祖纶地，置不问，因诉于公。公先闻黄州汉阳道路籍籍，欲治之无端，得清胜词，为移总督，先奏劾祖纶，且遣清胜武昌质之，诏公与总督即讯。祖纶令人微伺清胜于轮船，挤之溺死，遂饵其妻父母及妻刘氏反其狱。忠义营统将方贵重用事，总督昌言诱奸无死罪，谋〔杀无据。公揣祖纶根据盘固，不可究诘，适总督监临乡闱，即骤至武昌檄府司提祖纶至行辕亲讯，〕忠义营军倾营往观。祖纶至，阳若无事。公数其情事支离狡诈及谋杀踪迹，祖纶伏罪，引令就上岸正军法。一军大惊，然已无所及，夹江及城上下观者数万人，欢叫称快。故公之所至，老幼瞻迎，长江闻其名字肃然相戒。

同光间有江阴祝吏香善诒所著《听雨轩杂录》亦记其事，而有出入，录之于左：

湖北忠义军统帅刘维桢，部下有谭副将者，与其友游击张某为莫逆交，盟为兄弟。张将赴甘肃军投效，濒行假重赀于谭，并以其妻相托。妻某氏年维貌美，张去后谭与之通，接至家中，与妻妾共处，屡相交谪，人多知之。张至甘肃数月无所遇，川赀且罄，嗒丧而归。抵家知妻移居谭所，心弗善也。翌日往见谭，且迎妇归。谭忽变色，诘言："尔以妇质余多金，今不偿金，遽欲妇归邪？"张愤甚，遍诉朋侪，数与论理，谭不听。张控之臬司，批饬江夏令拘讯。谭上下赍缘，案遂冰阁。张再控之大府，大府召刘维桢问状。谭大惧，遍行贿嘱，刘因左袒谭，谓张意图吞债反噬诬蔑，卒不得直。谭益肆行无忌，日与某氏欢燕，闻者发指。张至是冤愤填膺，无可陈诉，惟怀利刃，思于要路刺杀谭。忽闻彭公巡江至楚，溯流迎之，抗声呼冤。召问之，张伏哭陈状，公许为申理。张拜谢，出至船头仰而呼曰："天乎，余以不识贤愚受辱至此，复何面目立于人世哉！幸遇彭公，余冤得申，死瞑目矣。"遂投江死。公至鄂垣，檄召刘与谭至，让谭曰："汝强占朋友之妻，能使历控督抚监司不得直，汝苞苴之术何其神也！今余已悉底蕴，无庸狡辨。”叱左右驱出斩之。时刘方侍立于旁，震惧失措，伏地不敢仰视。公曰：“汝为统领，劣迹多端，余久欲治汝罪。念汝自有节制之人，咫尺间岂无觉察，是以暂止。孰意节制汝者形同聋聩，汝便贪纵无忌，颠倒是非，致令张游击含愤而死。似此劣员，岂可留之世上。”因大声曰：“将去砍了！”刘惊颜如土，便溺污地，战栗声嘶，口不能言，惟泥首乞命而已。久之，公乃曰：“暂以首级寄汝颈，后再有犯杀无赦。”叱之去。刘登岸时犹觉惊魂惝恍，行不成步云。初，谭以带勇故，积资数巨万，妻无出，复纳一妾。自与张妻通，屡经讼事，积蓄渐空。至被戮时亲友咸谓张妻以一女子杀二夫破两家，是不祥人也，当治其罪。趣执之，而是妇早席卷所有随人远遁。谭妻妾遂不免饥寒矣。

一〇九　包慎伯

姚柬之有《记包慎伯佚事》一则，即刊于《安吴四种》后，云：

嘉庆庚午柬之入都，附舟至东梁山，阻风。同舟人有言，吾乙丑夏初在扬州，搭湖划船至芜湖，炕舱官舱客已满，惟余房舱之半尚待客。少顷，有人负襆被至船旁指搭半房舱，舟子约以昏定开行。及昏，客齐，而搭房舱客其友饯之于河滨酒楼，舟子促上船，即抽跳挂帆，水溜风利，船驶如箭。客入房舱，布襆被于前半舱毕，坐舱门与炕舱官未客通问讯：乃包姓，上江秀才也，年约三十。二鼓，众客各开单，而先搭后半房舱人从艄入，乃二十许少妇。包君无可更易地，少妇手关房舱门而睡，前舱客倾耳静听，一无声息。次日即抵东梁山，阻风，同泊之船数十艘。客皆登岸就江市啜茗小酌，包君独上山寺眺望。少顷，少妇亦下船在市买香楮赴山寺。纤跗丰发，肌肤鲜皎，岸上人莫不注视，有追险上山寺者。下午包君返舟，则坐舱门与众客话行业起落，皆得窾要。又继谈其五六年前就川楚戎幕事，惊愕可听，然未尝与少妇一通款语。古人坐怀不乱，不过一宿，包君与少妇异被耳，前后十二昼夜，生平所见奇事，无过此者。

观此一段百二十年前江湖行旅景物习惯，如在目前，而包君之为人熟于世故，严于律己，皆可见一斑。

《庄谐选录》载余友罗君（盖即罗叔蕴）藏有包慎伯家书一通云：

兴实见字。十八日之书至廿六日方到。此次迟延八天，可诧之至。昨责汝阿辛薪水一节，汝须细思之。我少而贫窭，壮而游四方，堂上二老皆赖姑太太女代子职，若无姑太太我何能奔走谋甘旨。溯我落拓江湖四十余年，一贫如昔，而菽水不缺，儿辈宦成，果谁之力，微姑太太汝辈有今日哉！况汝少受姑母钟爱，视如掌上珍。乃既壮大，并不知报德，而并其子之四金之薪水亦吝之，我不责汝，天亦不福汝矣。做人道理，全要明白。我在天长时佐人书记，月得三千，而以二千济郑大哥，不足又为称贷以益之，此事汝知之。我于郑大哥尚尔，况汝于姑太太哉！粉饰之词我不愿听，总之，阿辛薪水必送，且与汝之任期相终始，至属至属。李提戎之润笔三千乎？三金乎？便望寄来为要。七月晦，父字。

末附一行云："百合粉并不见佳，下次不必寄来。"

一一〇　骆秉章

骆文忠秉章官御史时，得稽查房部银库差。其时捐项每百加四两，以二两归库丁，二两归库官，骆拒之。其同乡又徇各银号之请，许致到任礼七千金，三节各七千金，托光容于骆，骆亦拒之。每月仅收饭食银三十八两，每年复分一百两以犒车夫跟班。于是有一京畿道缺出，各银号遣人赴副宪帅公宅求见其子。询以何事，则曰如肯将骆都老爷保送京畿道，即送七千金为酬。帅举其事以告总宪，都中遂喧传银号库丁出银七千金为骆某捐京畿云。事见骆自订《年谱》（光绪乙未湘局刻）。骆自云以此受知于穆彰阿。谱中文气多芜冗，骆盖朴于文者。

薛福成《庸庵笔记》云："或谓骆公生平不以经济自命，其接人神气浑穆，人视之固粥粥无能，而所至功成，所居民爱，在楚在蜀，自有诸贤拥护，而效其长，岂其大智若愚邪？抑骆公之旂常俎豆早有定数，大功之成不在才猷，而在福命耶？"当时人对骆之有微词，可于言外得之。即左文襄以受知最深之人，亦云："外间论者每以籲公之才不胜其德为疑，岂知同时所叹为有德者固不如籲公即称为有才者所成亦远不之逮乎？"则骆诚不独拙于文，亦拙于为政也。

费行简《近代名人小传》力诋之云：

> ……其实则庸碌骄蹇人也。左宗棠处其幕中，虽操军权，而每计事，秉章坐听之，送迎未尝起立，接属僚益傲倨，虽起甲科而俗鲰不能文。临殁自为挽联，出语则"由翰詹科道而转京卿"，丁宝桢见而笑之曰："此履历也。"当官不饬吏治，军谋更非所长，而任将甚专，且果杀戮，遂薙蜀寇。生平廉素，及殁，布帐一，银百两，破笥二而已，家无田屋以处子孙。

按其自编《年谱》，盖得科名较晚，仕途复蹭蹬，出任封疆且当大任，固非始愿所及，廉静有余，必可信也。

一一一　杭堇浦与全谢山

乾嘉先辈颇有不矜细行薄于友谊者，杭堇浦世骏与全谢山祖望乡里同名辈同，俱以浙东之学负一时之推挹，其交契本最密，海内亦同称之。谢山后膺广东总督聘，主讲端溪书院，堇浦以翰林在籍，同时为粤秀书院山长。谢山除束脩外，一介不取，虽门弟子偶以时物相馈，亦峻拒之。而堇浦则捆载湖笔以往，乞粤中大吏函致其僚属，用重价强售之。谢山大不谓然，贻书切戒。时扬州小玲珑山馆马曰琯曰璐兄弟主持风会，四方名士罔不归之，谢山举此事以告马氏。他日堇浦至扬州，为马氏所诘责，由此恨谢山不已，而谢山之子弟不及知也。谢山既没，辇遗集乞堇浦为铭墓之文，堇浦不答，而刻《鲒琦亭集序》一篇于其《道古堂文集》中，词意多所讥讽，于是世人始渐知二人交道之终隙也。此事见《烟屿楼文集》，直书其事，毫不隐其姓名，必非妄也。

堇浦本有钱癖，洪稚存亦不为之讳。云每馆俸所入，必选官板之大者，以索贯之，积床下或至尺许，其幺麽破碎及私铸者方以市物。在钱塘常与里中少年博于望仙桥下。钱文敏维城视学时，张盖乘舆往访之，杭方短衣聚博，亟以扇自障。钱下舆揖之，不可复掩，乃曰："汝已见我耶？"钱曰："正诣宅访前辈耳。"杭曰："吾屋甚隘，不足容从者。”钱固以请，杭固却之。博徒俱大惊。

《庄谐选录》云：“乾隆帝南巡，董浦迎驾，帝问里居何以自给，对曰设荒货铺。后问何为荒货铺，则曰收买破铜烂铁。即日御笔书‘收买破铜烂铁’六字赐之。”不知所本。

一一二　高邮王氏

高邮王氏之显名自文肃公安国始。文肃之祖若父皆诸生也，文肃体癯骨立，凡三娶，中年失偶，遂不畜妾媵。一子方幼，起处皆以自随，即怀祖先生念孙也。怀祖虽专精经学，而自翰林改官工部，洊至河道，皆廉能称职，享年至八十有九，及见其子文简公引之登上第，跻八座。文简子三人，皆历仕至监司，而季子寿同咸丰二年官湖北汉黄德道殉难。其子恩晋救父受伤亦死，其次女淑仪守贞不嫁以养母，年至六十。其一门科第福泽、政事、学术、忠贞、孝友无一不奇卓非常，清代诸世家中实少其比，徒以为怀祖先生父子之绝学所掩，世人多未及知。近上虞罗氏辑其《六叶传状碑志集》，乃克备观。

一一三　张船山

张船山前室周为东屏宫詹之女，早赋离鸾，所生子亦殇。继娶四川盐茶道林西崖之女，有一段因缘，足称佳话。林初作令成都时，得一旧砚，砚匣有铭曰：“锡自大君，藏之渠厦。子孙宝之，传有德者。”后二十年，船山为赘婿，见之，正其高祖文端公赴千叟宴时康熙帝所赐物也。林因曰：“吾始读君诗，爱之，因以女妻君，岂意二十年前君已以此作纳彩之物邪。”

船山最笃于伉俪，尝手写林夫人小像。林夫人题句有云：“修到人间才子妇，不辞清瘦似梅花。”夫人亦善绘事，宜其相得益彰。惟生三女而不育男，故船山罢郡游吴，买妾别居，其诗所谓“已分无才甘罢郡，又因多事望生儿”是也。其妻妾偶因游虎丘相遇，故船山又有诗云：

秋菊春兰不是萍，故教相遇可中亭。
明修云栈通秦蜀，暗画蛾眉斗尹邢。
梅子含酸都有味，仓庚疗妒恐无灵。
天孙却被牵牛笑，已撤银河露小星。

次年又有诗，则云“鹊巢风定转阳和”及“笑看秋水不生波”，则又调停无事矣。

船山初入都时居青厂，悼亡后再入都则独寓松筠庵，其携眷入都之后，则居官菜园北半截贾家胡同，最后居横街。

船山耽酒过甚，在京日以病乞姚文僖为诊脉，惊曰：“此代代危脉也，不过三年。”为处方得愈。亦见诗集。

一一四　龚定庵

近代所谓名士气最足者，当以龚定庵为第一，其风气亦自定庵倡之。盖嘉道朝士媕媚取容，乡愿自好。不羁之士疾之过甚，不觉矫枉过正也。定庵与钱唐陈宪曾为儿女亲，陈之后人传其佚事于嘉兴张祖廉。祖廉遂摭所闻为《定庵年谱外纪》，云：

> 定庵性不喜修饰，故衣残履，十年不更。尝访宪曾之子元禄于京师七井胡同。时九月也，秋气肃然，侍者觳觫立，而定庵着纱衣，丝理寸断，脱帽露顶，发中生气蓬蓬然。又谈次兴酣，每喜自击其腕。尝乘驴车独游丰台，于芍药深处藉地坐，拉一短衣人共饮，抗声高歌，花片皆落。益阳汤海秋过之，亦拉与共饮，问同坐何人，不答。汤疑为仙人，又疑为侠，终不知其人也。

叶德辉云：

> 定庵状貌奇古，首顶若丘圩，两颧横高，短身急步，每过酒垆，四坐寂然，惟闻先生声震邻屋。在扬州客魏默深处，默深长身，先生服其衣衫，曳地如拖练，或天雨外出，下衫泥湿，归则掷于帷席间，不知

为人服为己服也。终日常着靴，有时游倦归，急不待脱，以足踢之。一日晨起失其一，遍索不得，迨先生去，仆人乃于帷顶得之。德辉闻于善化熊鹤村老人云。

魏默深、汤海秋与定庵同调，皆深疾承平乡愿者，深、秋尝痛诋张文端《聪训斋语》，谓此书误尽天下苍生。

又龚定庵幼居北京，故善操京语，其诗集自注云："凡驺卒谓余燕人也，凡舟子谓余吴人也，其有聚而轇轕者，则两为之舌人以通之。"与舒铁云以北人而操吴语者可谓两奇。

定庵祖敬身、父丽正皆以进士官至道员，其祖母陈文钊女，其母则段玉裁女也。世家名族，久官京师，故定庵习与北人往来，好北方风土及北方掌故。

定庵不独善操京语，且喜作大声，故其诗曰："屋瓦自惊大自笑，丹毫圆折露华凉。"注云："予每侍班引见奏履历，同官或代予悚息。"其情事可想。

定庵不喜小脚，其诗云："侯王宗庙求元妃，徽音岂在纤厥趾。"盖亦喜北方风俗之一证。

定庵所狎妇女，其自言者，有扬州之小云。杭州及清江亦各有所恋，惜不得其名。

一一五　刘长佑与潘鼎新

相传某藩司谒左宗棠时，见其差官偶未起立（或云督署差官谒藩司抗礼平坐，致触其怒，似尤属齐东之语），藩司以诉于宗棠，宗棠函命其差官尽衣黄褂珊顶为藩司站班，藩司大窘云云。按此说恐系不谙当时体制者之传讹，盖藩司为方面官，督辕差弁虽秩高，自不得平行也。

光绪三四年，滇督刘长佑任内有一案，正与此事相类。是时滇抚潘鼎新奏参长佑，中一款云："藩司仓景瑜于衙参时被督署亲兵揪扭补服，曳至大堂，始行释放，并殴其随丁。该勇丁一日哗噪，拥至内署。该督与知府魏鼎薰闭门以求，良久始散。"此折交川督丁宝桢查办，丁之覆奏云："询之署藩司仓景瑜，据称二年七月衙参之时，该司前赴督署，家丁在前行走。至仪门外见有亲兵在彼，坐而未起，该家丁用言吆喝。亲兵意殊不服，该家丁用拳殴打。时仪门内有亲兵数人，闻闹拢前观看，经巡捕喝散。该藩司已至仪门，被殴之兵跪而鸣冤。该藩司急欲前进，该兵牵住袍襟，事诚有之。经巡捕禀明督臣，将该亲兵责革，并令队长带领与藩司服罪，实无揪扭等事。"按：鼎新与长佑交恶，既征督抚同城之弊，亦可见湘、淮将领平日之不免隔阂，盖宝桢抚东时鼎新任藩司带兵，以军务亦相龃龉也。

一一六　王树勋

嘉庆初年王树勋一案哄动一时。舒铁云《瓶水斋集》有《僧太守》一首咏其事。各家纪载汇录如下：

《啸亭杂录》：

王树勋，江都人，其父曾任微职。树勋幼应试不售，乃于广慧寺为僧，法名明心，性聪悟，剽窃佛氏絜语以为直通圆觉。又假扶乩、卜筮诸异术，京师士大夫多崇信之。树勋以重贿赂诸人之阍者，故多探刺其阴私事而扬言于外，故人愈尊奉之。蒋予蒲、庞士冠等以词垣名流，甘列弟子之位，其余达官显宦为其门人者无算。朱文正正人也，亦与之谈晤，其他可知矣。为和相所访拿，树勋复以重贿赂司员，吉伦为之袒护，因未减其罪勒令还俗而已。树勋后游荡江湖间，时值川楚教匪倡乱，松相公筠时督师湖北，树勋杖策军门。松公故喜佛法，树勋投其意旨，公大赏鉴，因命易装为道士，入某寨中说贼降。公大悦，奖以七品官衔。树勋复从军数载，积功至襄阳太守，尝入都引见。刑部尚书金光悌贪吏也，因其子病剧，延树勋医治，树勋怵以祸福，光悌至长跪请命，人哄传为笑谈。为御史石公承藻登诸白简，上下其章讯之得实，上奖之曰："真御史也。"因褫树勋职，遣戍黑龙江。光悌以先物故得免置议，蒋予蒲、宋镕等黜降有差。

《衎石斋记事续稿》：

王树勋者，不知何许人，始为僧，教人蔬食独处为修炼，或云能前知，卿大夫多从之游。大臣出治河，挟与俱，承命恐后。已而料河事及工筑成败皆不酬，皋文张先生尝记其事（见下引），然竟以此入赀得知府。官数年，为御史石承藻劾。因连及睢州蒋侍郎予蒲为其弟子，上召问，侍郎言尝与谈道，然臣实肉食，会军机章京方饭，侍郎亦饭，尽肉而出。然侍郎尝教人蔬食，上亦知之，曰："士大夫言修养固不禁，然既为之则不必仕，仕则不当言修养。"侍郎竟以此罢。

孙渊如《章宗源传略》云：

都门广慧寺有妖僧明心者，诳人以符箓降鬼仙，挟而书几言祸福。又贿客仆从刺探隐事面发之，示神验，京朝官之佞佛者，大为扇惑，争馈贻之。僧益豪横，或占人坟茔作庙基，或权子母取重利。事败，僧以罪遣归南中，宗源等以事佛与牵连罢斥，不能复与会试。僧又潜出游齐鲁间，就大吏之不洁者网贿遗易姓名捐职丞倅，出入诡秘甚，而宗源等犹信之持长斋，盖即此事。

张皋文《书山东河工事》一篇，尤多异闻，云：

嘉庆二年，河决曹州，山东巡抚伊江阿临塞之。伊江阿好佛，其客王先生故僧也，曰明心，聚徒京师之广慧寺，诖误士大夫，有司杖而逐之，蓄发养妻子。伊江阿师事之谨，王先生入则以佛家言惑巡抚，出则招纳权贿，倾动州县，官吏之奔走巡抚者争事王先生。河工调发薪刍夫役之官，非王先生言不用也。不称意，张目曰："奴敢尔，吾撤汝矣。"其横如此。内阁侍读学士蒋予蒲，王先生广慧寺之徒也，以母忧去官，游于山东，伊江阿延之幕中，相得甚，奏请留视河工，有旨许之。巡抚择良日筑坛于公馆之左，僧道士绕坛诵经者数十人。巡抚日再至，蒋学士、王先生从。及坛，蒋学士北面拜，巡抚亦北面拜，王先生冠毗卢冠，加沙遍（偏）袒，升坛坐，学士、巡抚立坛下，诵经毕，乃去。如是者数月，河屡塞辄复决。其明年正月，王先生曰："堤所以不固，是其下有孽龙。吾以法镇之，某日当合龙，速具扫。"巡抚曰诺。先期一日扫具，役夫数百人维扫以须。巡抚至，王先生佛衣冠，手铁长数寸，临决处呗音诵经咒良久，投铁于河。又诵又投三投，举手贺曰："龙镇矣。"巡抚合掌曰："如先生言。"明日水大甚，巡抚命下扫。众皆谏，不许。扫下数百人皆死。居数日，王先生又至，投铁者又三。扫又下，死者又数百人，堤卒不合。张惠言曰："余居江南，辄闻山东河工事未审，及来京师，杂询之，多目击者。乌乎，佛氏之中人至此极者，书其事使来者有所儆焉。"

又附跋云："王先生既蓄发，名树勋，以资入待选通判。本扬州人，或曰常州之宜兴人。当其为僧时，故有妻子也，僧号默然者，亦其未为僧时号。伊江阿谪戍伊犁，王先生送之戍所，闻其将归谒选云。"（按皋文殁后，树勋事始败，此文尤可珍矣。）

一一七　林嗣环

康熙中琼州道林嗣环乃奇人也。其在琼时，旧藩遣二虾（侍卫）入署言事，连骑至公堂不下。林诘之曰："尔何人？"应曰："虾。"林误曰："尔两人四眼如明星，安得谓之瞎耶？"各与杖三十。同城有高总戎者，林与之抗礼不少下。林往顾高，干旄甫及门，高即启门出迓。高来顾林，林时视事，或偃仰，必从容而出。一日高具酌，林极晏而赴之。及庭一揖罢，即曰倦甚，请少休，乃就别馆酣卧，比醒已三更矣。高出伎乐佐酒，林欢甚，问高曰："此优皆何处人邪？"高曰："即琼州人也。"林停杯痛哭，一庭皆惊。高怪问："公何为者？"林哭曰："尔辱我，我不堪也。"问："何为相辱？"林曰："余监琼，琼民皆吾子女，尔酌我而令我子女歌舞，何辱如之？"却席而起。林、高互揭，得旨各降四级，特为长三寸木板，朱漆金书"钦降四级"，使二段（虾）持之以谢琼海之客。盖林居官时凡所投刺及上下文移启札皆用纸长三寸，才能容其条记。居恒曰："吾无从得钱买纸。"其用长三寸木板署官衔为前导，盖行之已久矣。其后林、高复辨于朝，各杖戍，遇赦免。林客杭州，遂家焉。事见《碑传集》，亦官场中之异闻矣。

一一八 廉吏

乾隆中乌程闵鹗元初任皖抚，以廉洁自重，布衣蔬食，接见僚属，必谈《性理》《近思录》诸书，背诵如泻水状。及抚江苏，颇改前节，苞苴日进，动逾千万。见《啸亭杂录》。

嘉庆中，李赓芸，江苏奉贤人，进士，历任郡县，以廉能称，屡登荐牍，时以为天下清官第一，累迁至闽藩。时汪志伊为闽督。汪故老吏，以布粟起家，矫为廉洁，尝刊《小学规范》诸书行世。李公素轻之，尝乘新轿入督府，汪训之曰："奢者必贪，君初为方面大员，慎勿美于服饰。"李愤然曰："芸虽不肖，为天子大吏，稍饰舆服，诚不为过，实耻效布被脱粟之平津侯以欺罔朝廷也。"汪心衔其语。会有改教县令朱履中讦公受其陋规及其仆黄元索诈赃钱数百元，皆系相沿旧规，汪乃露章劾之，命福州守涂以辀罗织其狱。涂希汪意，私具状逼李画诺。李不服，以辀拍案诟之，日夜锻炼，李怫然入寓，怀冤状自缢死。事闻，上命侍郎熙昌、王引之往鞫其狱，闽中士大夫争伏钦差寓门以鸣其冤，汪不得已致仕云。熙、王二公乃力反其狱，事闻，汪、涂褫职遣戍有差。

光绪中，江西布政使李嘉乐、陕西布政使李用清皆阎敬铭所荐为廉吏者也。闻嘉乐官山东知府时，禁眷属食肉，令打扫夫于署中后园种蔓菁，即以此味为常蔬。灯油自掌，每晚各室亲舀一小勺畀之，不许稍添，二鼓不息灯者，必加诃詈。尝责其妻浪费，欲呼役笞之。用清在陕藩任，阖家蔬食，其母亦不获一尝肉味，偶患病思食肉，其妻私购熟肉以进，为用清所见，怒而掷诸地。母遂携媳至长安县署，语知县子不孝，将返原籍不再返藩署矣。用清亟恳臬道首府转圜，各遣妻至县署劝说，始由用清迎回。二人之昏暗至此，卒为赣抚德馨、陕抚叶伯英所劾罢，敬铭犹疏争之云。（详见《国闻周报》九卷十二期《凌霄一士随笔》）

一一九　勘案官被害

嘉庆间，江苏试用知县李毓昌奉大吏命赴淮安勘水灾。山阳知县王伸汉者，贪吏也，有冒增户口事。李欲举发，伸汉惧，求知府代为缓颊，李力拒。又遣其仆包祥乞李之从者以贿进，李又厉声斥之。包祥惧，因即以贿赠从者，共害李以灭口，夜以毒酒进。未死，又以帛缢之。后其柩归家，家人检遗衣，得血迹，乃雪其冤。事见《东华录》。

光绪己丑，有山西知县王勋立者曾任静乐县令，因案降调县丞，由晋入京，坐骡轿至获鹿，住客店。其仆王升、王香乃父子也，商同害王，谋取财物。夜五鼓，王勋立已睡，王升到柜房称主人与获鹿县官有亲，拜访未回，取灯往接。移时回言：主人在县有事，迟日始发，令王父子先行。店主信之不疑。王升回房，遂将王勋立搭毙而支解之，装入衣包，拭净血迹，遂行。行至定州清风店，夜中乘便掷入所住店后井内。适值隔院有寓客如厕，于暗中墙缺窥见之，翌晨告店主，意必窃藏银物也。共出之，见尸大惊，报官，卒追获之。事亦相类。

一二〇　雍正朱批

考北齐文宣帝诏云："虽史官执笔，有闻无坠，犹恐绪言遗美，时或未书。在位王公文武大小降及庶人爰至僧徒，或亲奉音旨或承傅旁说，凡可载之文籍，悉条封上。"此自古人质朴耳，若清世宗好以口舌文字自矜，则得意之余亦虑为人所挟，故始则诿过于述旨之不能无误，继则定恭缴朱批之法以泯形迹，三则不许以折奏中批谕引入本章以杜口实。盖一面欲于朱批中显其恩威不测、明见万里之神，一面又不能不预为文饰之地，其措词用意皆极具深衷也。

世宗御制文有云："朕侍皇考圣祖仁皇帝数十年，时时祗聆圣训，今观臣工记载者舛错疏漏之处甚多。朕嗣统以来，元年、二年内阁面奉之旨，书写时动辄讹舛。自张廷玉为大学士，听朕谕旨悉能记忆，缮录呈览与朕言相符，盖记载一事良非易易，毫厘千里之差不可不慎。是以诸臣欲记朕论者，朕皆令缮写进呈之后方许存稿，恐其失实以传讹也。"

八年七月申明缴批之旨曰："既奉朱批查办此事，下次查办奏事之时即应将朱批原折呈缴以备朕之检阅。若具奏此事而仍留朱批原折于外，则朕处无档案可稽，未免难于办理。"

又谕："各省督抚大臣于本章之外有具折之例。又以督抚一人之耳目有限，于是又有准提镇藩臬具折奏事之旨，即道员武弁等亦间有之，此无非欲公听并观，欲周知民间之情形耳，并非以奏折代本章。凡折中所奏之事即属可行之事也，是以奏折进呈时，朕见其确然可行者，即批发该部施行；若介在疑似之间，则交与廷臣查议。亦有督抚所奏而批令具本者；亦有藩臬等所奏而批令转详督抚者；亦有听其言虽是而不能必其奉行之无弊，则批令实心勉励还朕一是字。凡为督抚者，奉到朱批之后若欲见诸施行，自应另行具本，或咨部定夺。……各省奏折一日常至二三十件，或多至五六十件，皆朕亲自览阅批发，从无留滞。……朕不过据一时之见，随到随批，大抵其中教谕之旨居多。今于教诲之处则未见敬谨遵奉，而于未曾允行之事件则以‘曾奏过’三字含糊借口，以图自便，有是理乎！况朕曾降旨，凡折中批谕之处不准引入本章，以开挟制部臣之渐，则奏折之不可据为定案又何待言乎！”

帝于陈报款项数目之折，每以不暇细览批之。如批田文镜奏明动存耗羡银数折云：“所奏可谓明白详悉之至，然朕于此等事件不过闲览而已，无暇细计款数也。”于江西布政使李兰奏酌提耗羡以均养廉以充公用折内云：“凡如此等奏折朕不过一览而已，从不批是当与否，总在汝等抚藩大吏秉公合宜，不欺不隐，还朕一当字而已。”

又批江西布政使石成峨奏裁革节礼云：“似此项琐屑零星，朕何暇计及，惟向尔等责成一是字而已。尔但勉力做一真实好官，仰副朕望，不在此分晰奏闻以希见信也。”

又陕督查朗阿奏军需动用银两一折批云：“此不过一笔花帐，朕何暇观览。不在奏与不奏，惟在秉公查核，将来不致被人检点为要耳。倘少有不符，‘曾奏过’三字岂遂足以卸责邪。”

然恩礼臣下有绸缪过于家人者，至索其生庚为决其夭寿。如雍正四年鄂尔泰谢折有云：“乃复轸念臣愚，询及奴仆，勉以节养，儆以背负，闻臣勤瘁则廑忧怜，知臣健旺则致忻悦，并着将臣八字便呈御览。捧诵累日，浃骨镂心。”朱批云：“朕因尔少病，留心看看，竟大寿八字，朕之心病已全愈矣。”此犹曰施于满人也。

年羹尧于雍正二年六月十五日有谢赐诗扇折，朱批：“朕已谕将年熙过祀与舅舅隆科多作子矣。年熙自今春只管添病，形气甚危，忽轻忽重，各样调治，幸皆有应，而不甚效。因此朕思此子非如此完的人，近日着人看他的命，目下并非坏运，而且下运数十年上好的运。但你目下运中言刑克长子，所以朕动此机，连你父亦不曾商量，择好日即发旨矣。此子总不与你相干了，舅舅已更名‘得住’，从此自然全愈健壮矣。年熙病先前即当通知你，但你在四千里外，徒烦心虑，毫无益处，但朕亦不曾欺你。去岁字中皆谕你知老幼平安之言，自春夏来惟谕尔父健康，并未道及此谕也，朕实不忍欺你一字也。尔此时闻之自然感喜，将来看得住功名世业必有口中生津时也。舅舅闻命，此种喜色朕亦难全谕。舅舅说我二人若少作两个人看，就是负皇上矣。况我命中应有三子，如今只有两个，皇上之赐，即是上天赐的一样，今合其数，大将军命应克者已克，臣命应得者又得，从此得住自然全愈，将来必大受皇上恩典者。尔父传进宣旨，亦甚感喜，但祖孙天性，未免有些眷恋，也特谕你知。”此种笼络手段，未免过当，帝亦渐不肯更假汉臣以词色，即有之亦不许宣扬于外矣。如固原提督路振扬以入觐时蒙恩赐坐奏谢批云：“朕因念尔年纪高大，恐跪入过劳耳。似此蒙恩，只可默识胸臆，何必形之笔墨。若再向人夸诩，则更为不学无术。君臣遇合，此等恩谊尽多，但他人不似汝浅见播扬，所以汝未之知耳。”又折中称“仰承天语，谓臣居心诚实可享大年，将来子孙必有成就”。批云：“类此闲谈，何必纪述。汝等若如此不达大体，莫望朕相待如家人父子也。”

帝于臣下市恩之举，防范最严，往往情见乎词。如兵部尚书署镇海将军何天培以江宁驻防满兵新设水师，其舵工水手向在高资居住，不能顾家，似宜于江宁泊船地方盖造房屋，令其居住，朱批谓：“此非署印者所应料理之事，殊为多事。”

又直督李绂请免岁贡验看以恤贫生，虽缘与豫抚田文镜立异致触帝怒，然亦以绂出身科甲，深疑其市恩于文人也。朱批其折云：“据奏穷老之辈不堪跋涉，果不愿仕，孰从而强之邪。国家用人大典全凭考验，于此即谓不堪其苦，而心怀怨怅，则是立志不甘与朝廷出力报效之人矣，亦何足深惜。若必以免贫生苦累方为爱士，则滇黔举子只应在本省会试，曷可令其往返万里。似此崇儒重道，朕实不能。朕所重者筹国是计苍生之儒，所崇者文经武纬循名责实之正道，至如欺世盗名违道干誉之小作用，朕则耻而不为也。”

雍正未设军机处以前，廷寄谕旨原无定式，如谕豫、鲁、晋三省挑兵事即由怡亲王、户部尚书蒋廷锡字寄，而催阙里工程事则由大学士马齐、朱轼、张廷玉、孙柱等字寄。怡亲王薨后寄鄂尔泰信由大学士公马尔赛、大学士朱轼、张廷玉、蒋廷锡出名。

不独廷寄出名之人不一，即收折奏之人亦不一。六年，四川按察使吕耀曾奉谕："若有陈奏事件初次具折差人交门上奏事人转奏。"七年，又谕："嗣后奏折交大学士蒋廷锡转奏。"

其初年则亦由怡亲王转奏。雍正二年谕："江苏布政使佟吉图，朕意尔等藩司若明上折奏，未免物议一省事权不专两三巡抚之嫌，所以前谕尔将奏折交怡亲王代为转奏，今尔家人为何竟直诣宫门进折邪？嗣后凡有所奏遵旨密交怡府，即或王偶有出京之差，自必另有托付之人在府也。"

当时万机独揽，不循旧制，谕折皆由怡贤亲王经手宠任，甚至屡有褒谕，惟恐内外臣工有离间之意。雍正初年办畿辅水利营田诚为王之功绩，然因此遂不欲地方官过问其事，亦殊越出政体之常矣。直督李绂有疏请令侍讲陈仪、按察使张璨将所办事体移报督署备卷，此固办事常规也，乃朱批云："怡亲王所办理之事何用尔衙门备卷。尔等大臣为朕任用，虽百千聚集一处，朕倚赖未必如王一人也云云。"李绂于办理催漕一事，颇得帝眷。其出任桂抚也，一则曰："尔实非他人可比，务宜屏尽一切私心，始不负朕特用之恩，兼可成全朕之颜面。"再则曰："诚然不党者李绂也，更将向日琐屑情分私恩小德摆脱净尽，可以造就成一全人。"其信任实与田文镜相埒。既而升任直督，以参劾上蔡知县张球一事与文镜互讦，文镜指绂为袒护同年，适中世宗平生所忌，于是绂屡遭谴斥矣。

世宗初政颇以综核名实自矜，谕两广总督杨琳云：

“今朕不过将皇考所行之政、所立之法再宣谕尔等一次。尔等若仍似康熙年间之奉行，恐朕未必能如皇考之宽仁容恕也。”

鄂尔泰奏云：“伏念边方大事惟赋与兵，弼以刑名，期于无坏，凡诸琐屑皆所分寄。若使各已就绪，自应持其大纲，示以镇静，以驭群材。今于尚无条理时倘不亟加整饬，破其因循，虽托言知体，实无以济用。况督抚所谓小事，至府县则为大事，府县所谓小事，至本家本人则为莫大之事，稍有疏忽，贻累匪浅。”又云：“况极盛之时尤当思患预防，则力半功倍，可谋久远。彼讳言有事以为解事，苟且了事以为能事者，窥其隐微皆半无忠爱之诚者也。”鄂尔泰所以独能承帝眷者盖以此。然其言固极精核，但其后亦颇和易平正，力持大体。如谕布兰泰云：“凡地方兴改一事必详悉周到，虑及永远无碍，方可措施，少有见不到处莫如仍循旧例，不可因一时之见遂轻率而为之也。”又谕云：“观尔如此作为，又人不合矣。据奏一切陋规尽行裁革，朕实难批‘可不行’三字以为训。尔为一省纲领，但当正己化属，使不致侵盗帑项，剥削民脂，斯可矣，焉能禁属员不饮食邪？尔以俭约自许，尚有朕赏赐银七千两，又有房可售有地可质，犹堪支持岁月，若遇清苦守令等官出身寒素者，尔意欲令其枵腹从事乎？如此是令天下人视官场为畏途，成何规模。尔器量狭小，殊不谙封疆体统。居督抚之任岂可效囊日守藏吏之所为。朕连阅二折，甚忧尔一切料理俱不能合适中之道。”如何如何。又云："我朝清廉督抚颇不乏人，未闻皆典卖田宅以供任所薪水之资也。必若此而后可，则无田无宅之人虽贤如龚黄亦不得为督抚矣。"

小说盛传帝在藩邸时，与僧徒异人来往，似亦不为无因。雍正元年谕浙江巡抚李馥云："朕向来三教并重，一体尊崇，于奉佛敬山之礼不稍轻忽。每见章句之士鄙薄二氏，动辄摈斥，而托名理学者尤甚。及考其操履与理学真诠又大相径庭，此不过井蛙篱鹖之徒耳，何足与较。浙江俗称僧海，乃衲子卓锡胜地，近十年来，不特指月清机宗风透澈者罕见，即精通教律者亦未闻其人，丛林凋谢可胜太息。汝仰体朕意，于公务之余，留心护持，使不至过于寥落倾颓，不必著相庄严也。此谕汝须领会，毋令众知。何也？士子闻之徒为好佛之讥，释氏闻之致增我慢之相，其中庸者流或因而纵肆，甚至紊乱清规，有干法纪，是朕怜之而反害之也。密之。"

观诸诏谕每杂佛家语，而臣下亦仰和之。帝与鄂尔泰始终无间，亲如骨肉，自怡贤亲王外，无能及者。其批鄂尔泰谢折有云："朕与卿一种君臣相得之情，实不比泛泛，乃无量劫善缘之所致。"鄂尔泰复奏谢云："现在不作善因，未来定受孽果，既不敢亦不忍，惟愿生生世世依我慈父，了臣一大事，以求多福而已。"又一折云："各条朱批洞彻精微，一归平等，如桶脱底，如环无端，即此是学，臣更不须觅自了法，不了之了，一了百了，首在乎此。设于此有不尊是无人理，设于此犹不亲是无天理，狗子亦有佛性，忽自不如狗子乎？”批云：“打破桶环方无碍。”又云：“不尽之事到实尽头自然会得。”

高宗即位之次日即降谕云：“皇考每召见僧衲，指示提撕，乃数年以来真能领会圣训者甚少。今陆续散出于外，其间品行不一，难保无借端生事之人。如昔年世祖章皇帝时木陈忞大有名望，深被恩礼，而其所著《北游集》则狂悖乖谬之语甚多。又玉琳国师弟子骨岩行峰著《侍香纪略》一书，更为诞妄荒唐。着该部传旨通行晓谕：凡在内廷曾经行走之僧人，倘因偶见天颜，曾闻圣训，遂欲借端夸耀，一经察出，必按国法佛法加倍治罪。”

杭大宗《道古堂集》中有《焚虚大师塔铭》，云：“雍正十二年游京师，受具足戒。世宗于千僧中选留有根器者二十二人侍讲佛楼，师在其列。后于二十二人中选得四人，师又在其列。特旨住吉祥苑池南参究禅学，万几之暇日必一至查问课程。今上御极，奉旨出居，许各还本籍。”

又雍正二年江苏巡抚何天培奏：“十月初七日至江宁地方，据通州知州白映棠解到游僧一名明本，该州禀称‘九月十三日有游僧投一字帖，称奉旨查看沿海马路墩台，由福建到江南，便到京覆命’等语。臣见其踪迹可疑，随即亲讯。据游僧供称，在京法海寺居住，旧年九月里出京朝山，是往九华、普陀进香，奉旨：‘你去进香，须在沿海看看马路墩台。’贫僧进过香，转到福建，又到浙江，总是一肩行李，独自走的。到了通州，见有飓风水灾，淹人甚多，贫僧掩埋过几个，去见白知州，就差人解贫僧到这里来的。”观此则即位之初假僧徒以为耳目，非无其事也。

又寄鄂尔泰谕有：“前日朕躬违和，适得异人贾士芳调治有效。今贾士芳虚诈奸回，猖狂无忌，朕悉行察出，将伊正法云云。”据《东华录》所载八年九月谕云：“从前因怡贤亲王气体清弱，时常抱恙，朕谕令访闻精于医理之人及通晓性宗道教者，以为调摄颐养之助。上年吾弟奏称京师白云观近有一人，通晓心性之学，朕令召来一见。……朕察其虚诈，中无所有，略加赏赐而遣之。后朕降旨与外省一二督抚，令其便中访问通医学道之人。随经李卫奏闻，中州有贾士芳者，平素通知数学，随降旨与田文镜将伊送来。初到时朕令内侍试以卜筮之事，……朕始知即白云观居住之人。朕因令其调治朕躬。伊口诵经咒，并用以手按摩之术，竟有‘天地听我主持，鬼神听我驱使’等语。……”盖其获罪在此。然是年正月甫谕“满洲八旗不得听信僧道医卜星相之妖言”也。

顺治间玉琳、木陈二禅师曾经世祖礼遇，木陈因之颇有招摇之嫌，故乾隆初年于雍正中曾供奉内廷之缁徒严加戒饬，即有鉴于木陈之事也。揆其意盖不欲启人窥测，用心诚为深远。然木陈之流所记各事本不能据为实录，故宫懋勤殿有世宗谕旨关于佛典者，为实录圣训所不引（今载《文献丛编》第三辑中），其中《驳木陈〈北征集〉》云：

如纪载云，上一日语及近来经生只做得几篇腐烂时文，于己身性命二字全不留心。师对曰："皇上但悬一格，有人悟得祖师禅定，即与他今科状元，自然个个留心。"据木陈忞此言，是以祖师禅定为博取状元之具，且国家以状元之名诱人参学，尚得谓之禅定乎？何议论卑鄙至此。

按此条诚不类缁流语气，且率直可笑。

又《驳骨岩行峰〈侍香纪略〉》云：

如云"端敬皇后崩，茆溪森于宫中奉旨开堂，且劝朝廷免殉葬多人之死"等语，我朝并无以人殉葬之事，不知此语从何而来。又云："上郊祀天坛，皇太后、皇后皆同往。"此等皆如梦中呓语，不知为何人所欺诳，而冒昧笔之于书也。

按殉葬之制，在明中叶即已革除，满洲诚无此俗，后妃同至郊坛亦无此仪节，或开国之初偶有此事。要之世外人于朝章国故不能谙悉，亦固其所也。

世宗所甚恶于木陈者在如左列：

又如纪述世祖谕旨云："愿老和尚勿以天子视朕，当如门弟子旅庵相待。"此尤诞妄之至。又如纪载云："上龙性难撄，不时鞭扑左右。偶因问答间，师启曰：

“参禅学道人不可任情喜怒，故曰一念嗔心起百万障门开者此也。”上点首曰：“知道了。”后近侍国柱语师云：“如今万岁爷不但不打人，即骂亦稀逢矣。又万岁爷极赞老和尚胸怀平坦，亦最慈和乐易云云。”思此乃必无之事，明系凭空结撰者。盖因木陈忞当日结交内侍，闲中探问皇上喜怒，而李国柱官寺小人本无知识，但见上意优待木陈忞如此，遂附会以答之。而木陈忞竟公然写此一段，自以为功能，欲以盗窃名誉，似此世谛流布庸鄙之行，岂真抱道之人所为邪。

按世祖鞭扑左右，自是帝王恒态，若果缘木陈直谏而遂改，则虚衷纳规，主圣臣直，可为佳话，当赞颂之不暇，可反斥其为必无之事邪。盖帝王喜怒不欲予人以窥测之机，且木陈无颂圣之词而有自矜之意，充类至尽则必至善则归己过则归君，故必痛斥而火其书，并削去行峰以下及其徒众支派不许复入祖庭，所以著行峰之可恶甚于木陈也。

世宗之昵近缁流似以在潜邸时为多。谕旨有云（据懋勤殿档）：“朕居藩邸留心内典，于性宗之学实深领悟。御极以后，宵旰靡遑，且恐启天下以崇尚释教之疑，是以未尝形之议论。欲俟庶政渐理始举三教合一之旨提撕警觉，以明互相诋讦者之非。”此雍正十年谕也。又三年而弃天下矣。《东华录》载三年五月谕云：“前博尔多来京陛见，奏称僧人宏素处有朕昔年赏赐《金刚经》一部，上有朕所制序文，今欲刊刻流传。朕细思向来并无此事，因命博尔多将此经取来阅看。昨日赍到，文与字俱非朕笔。……朕在藩邸时因府第与柏林寺相近，闲暇之时间与僧人谈论内典，并非以僧人为可信用也。况今临御天下，岂有密用僧人赞助之理。近日直隶宣化府、江南苏州府等处竟有僧人假称朕者，在彼招摇生事者，……不可不严行禁饬。……年来各处呈缴御笔，今限期已满，尚有未缴者。……再限一年务令全缴，倘再有隐漏定行治罪。”亦可证。

年羹尧未获罪前为世宗亲任大臣第一，虽为汉军而联姻帝室，位为大将军，统辖满兵，为开国以来所仅见，其奏折中朱批之语宠昵过当，与后来获谴之词相对照，实难回护，故刊本谕旨中已削去，而懋勤殿档中尚存。据故宫《文献丛编》第五六等辑所载，凡羹尧作谦谨之词则朱批必温语谢焉，凡后来罪案皆即当初所亲许者也。例如奏云：“团龙补服非臣下所敢用。”则批云：“只管用，当年圣祖皇帝有例的。”又如云：“知州赵士魁修盖营房，捐助马骡，臣亦行牌奖励，并许其事平之日送部请叙。”批云：“何待事平，川省有缺即当题补。”又其谢恩折批云：“从来君臣之遇合私意相得者有之，但未必得如我二人之久耳。尔之庆幸固不必言矣，朕之欣喜亦莫可比伦。总之，我二人做个千古君臣榜样，令天下后世钦慕流涎就是矣。”又折尾求赐物云：“更恳圣慈如有新制珐琅物件赏赐一二，以满臣之贪念，臣无任悚惶之至。”此在羹尧不过迎合取悦之意，而朱批云："今将数件赐你，但你若不用此一贪字，一件也不给你，得此数物皆此一字之力。"虽似君臣相狎，然亦足见薄物细故之间亦不免极用笼络手段也。

三年二月羹尧尚有谢折云："陕西巡抚石文焯到陕日，传圣谕：'大将军若在军前，自当照大将军体统行事。今既在省城，你到去仍照督抚平行，下旨与年羹尧。'"至三月复有谢训饬折，朱批云："你身子病弱之言鄂赖亦奏，但范时捷来时你托他奏朕之言，有此一言入耳，凡有言及你病者，朕皆难信矣。况你再不病，不用这些作为，君臣彼此徒寒心耳。"范时捷后曾参羹尧，其所托奏之语不知何语，殆必有深触时君之忌者。

羹尧奉严旨调补杭州将军，其四月二十二日谢折朱批云：

> 朕闻得早有谣言云"帝出三江口，嘉湖作战场"之语。朕今用你此任，况你亦奏过浙省观象之论。朕想你若自称帝号，乃天定数也，朕亦难挽。若你自不肯为，有你统朕此数千兵，你断不容三江口令人称帝也。此二语不知你曾闻得否？再你明白回奏二本，朕览之实实心寒之极。看此光景，你并不知感悔，上苍在上，朕若负你，天诛地灭；你若负朕，不知上苍如何发落也。我二人若不时常抬头上看，便不得你这光景，是顾你臣节不管朕之君道，行事总是讥讽文章，口是心非口气，加朕以听谗言怪功臣之□，朕亦只得

顾朕君道而管不得你臣节也，只得天下后世朕先站一个是字了，不是当要的主的主意大悖谬矣。若如此不过我君臣止于贻笑天下后世，作从前党羽之畅心快事耳。言及此朕实不能落笔也，可愧可愧，可怪可怪。

此批旨不甚可解，疑原本、印本皆有误也。就其词意观之，似并非骤有重咎，特帝欲窘之，使之啼笑皆非，故意作出自贬之词，以甚羹尧不忠之罪。“帝出三江口”之语直以供戏弄耳，帝若果疑羹尧之不臣，岂肯以此形诸笔墨邪。

羹尧康熙五十六年回奏孟光祖至川情形折中有云：“臣属雍亲王门下八载于兹，雍亲王并未遣人至川赏赐物件，则诚亲王何故遽有赏赐。”（见《掌故丛编》第四辑）羹尧之为雍正潜邸私人至此乃有明证，《清史稿》本传惜未加入此说。又羹尧于帝即位后曾入觐一次，盖帝之机密与闻必多，其宠任不终或即坐此。

一二一　曾文正家书

有购得曾文正与弟忠襄家书三通者，乃同治三年夏间所作。以行世本校之，有一通未辑入，余二通皆经删改。其一云：

沅弟左右：廿夜接十七夜来信，不忍卒读，心血亏损如此，愈持久则病愈久愈深（幸每信字迹到底不懈，无次占六壬皆好）。余意欲奏请李少荃前来金陵会剿，而可者两端，不可者两端。可者一则渠处炸炮最多而熟，可望速克，一则渠占一半泛（汛）地，弟省一半心血。不可者少荃近日气焰颇大，恐言语意态以无礼加之于弟，愈增肝气，一也；淮勇骚扰骄傲，平日恐欺侮湘勇，克城时恐抢夺不堪，二也。有此二者，故余不愿请来与弟共事，然弟心、肝两处之病已深，能早息肩一日乃可早痊一日，非得一强有力之人前来相助，此后军事恐有变证，病情亦虑变证也。特此飞商：弟愿请少荃来共事否？少荃之季弟幼荃气宇极好，拟请之日内至弟营一叙。弟若情愿一人苦挣苦支，不愿外人来搅乱局面，则飞速复函。余不得弟复信断不轻奏先报，余俟详复。即问近好。国藩手草，四月廿夜。（此信家书卷九内已删去。）

其二云：

沅弟左右：十二日接弟劝纪鸿乡试之信（纪鸿定于六月廿二日回湘乡试，以副弟殷殷期望之意），字秀劲而有劲气，知病体大愈。因覆一缄，商请少荃来金陵会剿。十四日因接初八寄谕，又去一咨一函商少荃会剿之事，十五日又将余与少荃之一咨一函专戈什哈送至弟处转递，想均到矣。夜来又细思，少荃会剿金陵好处甚多，其不好处不过分占美名而已。后之论者曰润克鄂省，迪克九江，沅克安庆，少荃克苏州，季高克杭州，金陵一城沅与荃共克其半而已。此亦非甚坏之名也，何必全克而后为美名哉，人又何必占天下之弟一美名哉。如弟必不求助于人，迁延日久，肝愈燥，脾愈弱，必成内伤，兄弟二人皆将后悔，不如及今决计不着痕迹，望弟将余与少荃一咨一函递去，弟亦自加一缄。待弟复信到日，余即会弟衔覆奏。少荃将到之时，余亦必赶到金陵会剿看热闹也。顺问近好。国藩顿首，五月十六日。（此信家书删去一百九字，“看热闹”三字亦节去。）

其三云：

沅弟左右：三日未接弟信，不知弟身体何如？接吾十二暨十四五六日各信，不更加焦灼增疾否？余闻昌岐言，弟精神完足小恙无碍而放心，闻曾恒德、刘高山言（十四自金陵归），弟病势不轻而悬念。见弟信劝科一乡试字迹奇润而喜慰。见弟信言，贼米日发一斤四两而忧灼。春霆过此，其于吾弟感激钦佩，迥异寻常，厚庵于弟亦契合无间言，故余十五日与少荃之一咨一信惟愿弟之速送。又惟恐弟之竟送，反复无定，为弟所笑，亦必为弟所亮也。今日命纪泽赴金陵省视老弟，余于六月初间亦必往，兄弟畅叙。届时少荃若到，余即在彼不遽回皖；如少荃不到，余即坐轮船速归。总之，弟以保身为主，无论少荃与余会剿与否，于弟威名微减，而弟之才德品望毫无损也。顺问近好。国藩手草，五月十七。（此信共删二十二字。）

此书前后颇有关系，著之愈足以见文正兄弟之真诚。

一二二　阮孔婚礼

乾隆末年，阮文达任山东学政，毕秋帆任山东巡抚。时文达断弦，秋帆谓文达之父曰："吾女可配衍圣公，公为媒。衍圣公之本生胞姊可配公之子，吾为媒。"遂缔婚姻。嘉庆元年，文达以阁学督浙学，以钱塘门外为公馆，行亲迎礼，卤簿鼓吹，填塞道路，杭城内外士民妇女观者以数万计。某君贺诗有"压奁只用十三经"之句。夫人名璐华，自号唐宋旧经楼。年五十六，道光十二年卒于云南督署。当时以为盛事。见《雷塘庵弟子记》及《履园丛话》。

一二三　珐琅匠

北京景泰蓝有名中外，其实仍自外国输入，故当时工匠皆自广东来。雍正朱批谕旨中有雍正二年两广总督孔毓珣奏云："前任督臣扬琳任内承养内廷效力珐琅匠杨士章等十一人，俱家住广东。向来各匠家属每季赴总督衙门领取养家银两。各匠在京房屋饭合俱为供备，逐日进内廷做工。"珐琅者法郎机，明代以之称西洋人也，盖自明代传入中国。

一二四 杨国麟案

光绪己亥，立溥儁为大阿哥，中外皆知有废立之意，或谓德宗已被弑，或谓潜逃出京，好事之徒，遂有希冀迎立之功者。张之洞时方督鄂，忽有人自称今上微行，一时吏民大骇。之洞固知其妄，乃按诛之。其奏报之词云：

田镇沛源口地方，有土客船只经过。船上人登岸游行，至已经封禁之土娼家。内有少年杨姓，大言愒吓开封，并令人持杨国麟名片传守备上船诃詈，当将一行人解交蕲州审讯。供称系广东大埔人，其父为郎中，由峨眉山回来，将往江西龙虎山。忽自称系康有为之弟，又称五王爷。提督后在江夏县外监内向同押各犯自称为天下一人，又自称为寡人，并称此间督、抚两司皆所素识，同时在禁之犯被其煽惑，代为书写信件，传至外间借银使用，令人救伊出监。当有汉口行医之杨端臣潜至外监窥探，信为大贵人，一见即行跪拜。杨国麟因口授言语，令杨端臣书写封交典史转

交总督，自称谕旨，索取库银二百令送伊往龙虎山。……（见《张文襄奏稿》）

此己亥十月间，次年始结案，当时固哄传远近，即官吏之为所惑者亦不少也。

一二五　公卿好士

乾隆中公卿犹有好士风，裘文达日修居石虎胡同，有一轩曰好春，门生宾客可不待通报直入其中。尝岁终户部送饭银，即分饷坐客。蒋文恪溥尤好客，但有荐书，即馆之门下，甚至不识其人也。文达尝荐一人直入馆中，即命置卧具，曰君虽馆此，实无一事，不妨排日出游。然必须饭毕始出，日两饭亦无邀客者，但闻长廊口有高唤者曰："饭具矣。"即诣厅事食。每岁终，即有老仆三四挟巨囊遍入客馆，见一卧榻即置银一封，封面题"岁脩五十两"。若旁有小榻，则置小封四两以犒从者。其人居蒋邸二年，选县令始去，竟未尝与文恪交谈。事见《更生斋集》。此事不可为训，然以视晚季公卿之厚自封殖者，其度量为何如乎？

一二六　高丽美人

朱彝尊《静志居诗话》云："元制：岁责高丽贡美

女。故张光弼《辇下曲》云：‘宫衣新尚高丽样，方领过腰半臂裁。连夜内家争借看，为曾著过御前来。’”

明权衡《庚申外史》：“徽政院使者官者高丽人秃满满夕儿首荐高丽女子祁氏于宫，立为次宫皇后。祁后蓄高丽美女，大臣有权者辄以此女送之。京师达官贵人娶得高丽女，婉媚善事人，至则立见夺宠。自至正以来，宫中给事使令大半为高丽女，以故四方衣冠靴帽大抵皆依高丽矣。”

此元代高丽女子在中国之势力也。《野获编》云：“成祖妃权氏及其他四人皆为高丽人。后正德间□□□于永上言高丽女白皙而美，大胜中国，因并取色目侯伯及达官女入内，中亦多外国人也。朝鲜且有进女之制，宣德十年帝命中官遣回金黑寺五十三人。”则此制至明不废。

一二七　程绵庄与郑板桥

乾隆中扬州文酒之会最盛。按板桥《题画》云：“乾隆二十一年二月三日，予作一桌会，八人同席，各携百钱以为永日欢。座中三老人，五少年：白门程绵庄、七闽黄瘿瓢与燮为三老人，丹徒李御萝村、王文治梦楼、燕京于文濬石乡、全椒金兆燕棕亭、杭州张宾鹤仲谋为五少年。午后济南朱文震青雷又至，遂为九人会，因画九畹兰花以纪其盛。诗曰：‘天上文星与酒星，一时欢聚竹西亭。何劳芍药夸金带，自是千秋九畹青。’座上以绵庄为最长，故奉上程先生携去。”程绵庄即《儒林外史》中之庄徵君也，其风流胜概亦如此。《儒林外史》惜未着意写之。

一二八 陶澍与丁宝桢

陶澍督两江时，裁盐政，改淮北票盐，汰淮南浮费，乃御史鲍文淳以办理未能尽善劾之。澍自知为忌者所陷，乃覆奏，自称实无把握，请仍设盐政。奏上，宣宗怒，责以“朝更暮改，朕不能为。如有天良，即振刷精神，勉图自效”。澍知朝旨向之，乃再奏曰：“……艰难情形，屡经因事缕陈，备蒙圣鉴。不料浮议之繁兴不已，商情之悦服綦难。即如御史鲍文淳，系臣所革总商鲍有恒近族，本籍此屋而居。鲍文淳未中进士时，常在扬州与盐商来往周旋。兹蠹商被革，干俸全裁。从前之每年坐食数千金数百金者，俱多怨恨，吹楚多端。兼闻扬人相斗纸牌，绘一桃树，另绘一人为伐树状以寓诅咒。其切齿于臣若此，实恐因臣为怨府，致误全局”云（道光十二年事，见《陶文毅集》）。相传扬人绘美女于牌曰陶小姐，以肆揶揄（见《清稗类钞》），盖不能形之奏牍者犹不知凡几，当时大臣任事之难如此。（编者按：本则未提及丁宝桢，似应为鲍文淳。）

一二九　《方舆纪要》稿本

近有得《读史方舆纪要》原稿者。余按朱象贤《闻见偶录》云："梁溪顾景范纂《读史方舆纪要》一百余卷，大概如《一统志》而或详或略，俱如得宜。并考山川形势，历代用兵战守，悉为详载，乃往济书也，但未付梓。四方购求者至无锡，出二十金左右，倩能书者分手抄录，候以月许，可得一部，当时甚为贵重。雍正壬子、癸丑间，予客于两江制军魏、高两公幕府，牍中有件：湖北刘姓侨寓江宁，曾于无锡购得前书，珍重异常。江宁某姓者，与刘曾有一面，意欲假以抄录。适刘他出，某竟自取二册而去，而刘不知也。越数日，送还前取之二册，复欲借以后者录全，而刘不特不允，更面叱而诟詈之。某受辱愤恨，竟以刘私藏不轨之书出首京师。行文总督衙门查究勘审明白，将某反坐拟流，某书送部以结斯案。"然则当时此书抄本流传甚多，且有此一重公案也。

一三〇　上海船行张元隆案

康熙中，江督噶礼与苏抚张伯行互讦一案，有上海船行张元隆一事，亦上海一掌故也。据伯行奏云："张元隆系考职监生，广置洋船，立意要造百艘，以百家姓为号，多将洋货贿媚督臣。督臣在上海铺设数十船，皆元隆以所蓄积罄馈督臣后，即令伊弟张令涛由浙江海口运赴江宁。此时有崇明水师在洋盘获余元亨等，照票不符，籍贯互异，讯供张元隆代领。臣饬常熟、上海两县提讯，元隆托病不出。两官亲赴其家取供，元隆公然上坐，两官侧坐其下。臣闻骇异，严饬拘拿。而两官以督臣交好，始终不敢。迨臣回署提审，遽申元隆在家病故。人言藉藉，皆云元隆诈死埋名。”见费元衡所撰伯行行状（《碑传集》十七）。

一三一　长洲彭氏

长洲彭定求，以康熙十五年会试廷对皆第一，官至国子监司业，其孙启丰雍正四年榜亦如之。其后代有达人，为苏州大族，而在明代殊无闻焉。定求之父珑顺治初年与尤侗、汪琬等结慎交社，晚成进士，选惠州长宁县。自书楹帖云：“厥田下下惟愿减赋轻徭汽五都之小息，自我居居庶几饮冰茹蘗偕百姓以长宁。”以忤长官罢归。初好佛，又喜道家言，至六十余，得无锡高、顾二氏书读之，始潜心儒术，署所居曰“志矩斋”。端坐其中，陈四子（书）五经及宋儒诸书寻泽（绎）点注，夜以继日，集诸生课八股文，引而进之于道。年七十七乃卒。见《彭氏家传》。

一三二　汪容甫之生计

汪容甫自叙颇道贫薄，而孙渊如撰传称其能鉴别彝器书画，得之售数十百倍，家渐丰裕。虽负狂名，而渊如称其深自敛抑，为诗曰："佯狂骂坐自平日，焉知生命鸿毛轻。"又寓书规之曰："学问观其会通，性行归于平实。"刘台拱亦云："君藏书多善本，朱墨烂然，横列座右，杂以金石彝器之属，凡数十年，未尝去手。"江藩《汉学师承记》亦云："晚年有鹾使全德耳其名，延君鉴别书画，为君谋生计，借此稍能自给。"容甫盖不患贫，亦非甚狂也。

一三三　孙渊如伉俪

孙渊如为乾嘉名宿，以贾许而兼徐庾。顾其读《说文》已在成室以后。其为夫人王氏事状云："偶得许氏《说文》，与余约日识数十字，久之予遂通小学。"其他所记房闺琐事亦皆饶逸趣，云："既婚数日，夫人属余填词，并勺围棋。余皆未学，颇心愧之。后遂为小词酬夫人，而卒不能对弈。夫人终日持一编书在室，教其幼妹时时临帖，好虞永兴楷法，或为余录诗，至今有存箧中者。尝言唐五代词率可倚声，被之箫管。春余夜静，辄取李后主'帘外雨潺潺'词按笛吹之洛。余审听，至'流水落花春去也，天上人间’，闻者欷歔。其后写夫人遗影为《落花流水图》，以此。既归句容，时余大母在堂，两亲爱子息，无苛礼。定省之暇，不事针黹。夫人好洁除几席，余每陈书满案而出，比入室则夫人为整齐之。山斋有桐桂古柏，冬寒月皎对影萧瑟，或出户闲吟，或焚香开卷。”观其所述，令人想见伉俪之乐。

一三四　枫江袁氏

乾隆中，吴下文酒园林之会，足以媲美顾阿瑛者，无如袁氏。袁名廷梼，字寿阶，为吴下望族，饶于资，筑小园于枫江，有水石之胜，又得先世所藏五砚，为楼弆之，畜书万卷，皆宋椠元刻，秘笈精抄，以及法书名画金石碑报（板），贮于五砚楼中。又得洞庭中徐尚书健庵留植于金氏兴涛阁下之红蕙，种之阶前，名其室为红蕙山房。遇春秋佳日，招云间汪布衣墨庄、胡上舍元谨、同邑钮布衣非石、顾秀才千里、戈上舍小莲为文酒会。时钱竹汀先生主紫阳讲席，王西沚先生、段大令懋堂，三寓公亦时相过从。袁大令枚、王兰泉先生往来吴下，皆主其家。于是四方名流莫不拏舟过访，酒诗流连，应接不暇。寿阶不治生产，且喜挥霍，急人之难，坐是中落，乃奔走江浙间。后江观察颉云延之康山宾馆。见江藩《汉学师承记》。

一三五　外销款

清制，各省督抚有外销之款，故督抚用款若干，竟难稽考，古载籍中亦惟偶一见之。《齐书·豫章王嶷传》："荆州资费岁钱三千万、布万匹、米六万斛，湘州资费岁钱七百万、布三千匹、米五万斛，南蛮资费岁三百万、布万匹、绵千斤、绢三百匹、米千斛。"是也。

一三六　北京囤积米粮例禁

昔时辇毂之下尤重民食，故有限制囤粮及禁运出城之例。考清仁宗朝《实录》，嘉庆十八年六月壬寅谕："御史辛从益奏请申明囤积例禁一折，定例米石不准载运出城，原以防私运回漕之弊。前次步军统领衙门拿获私贩米石之案，只将查出米石总数具奏，其米数未满例限者并未一一分晰，着刑部讯明各铺户米石确数，按例分别办理以昭平允。至五城铺户所存米麦杂粮，每种例不得过一百六十石。又有流通粜卖不在定限之例，囤积粜卖，两相影射，亦觉难以区别。着户部再详加酌核，明定规条，俾得简易遵行，免滋流弊。其步军统领衙门查拿私运，原应申严门禁，有犯必惩。若小民籴买细米，担负出城，不在例禁之内者，毋许纷纷苛索，以杜扰累。又五城御史所奏酌议平粜米石事宜一折，着俟刑部审明定案后再行遵照办理。”寻奏：“例载五城铺户贮粮每种不得过一百六十石，本虞囤户居奇，定以限制，乃奸商巧于规避，或分贮数处、数十处均在例额以内。该管官兵无从查拿，请嗣后开设通衢流通粜卖铺户间有卖少存多并非有心滋弊者，虽在一百六十石之外，亦当体察情形以昭区别。如租赁庙宇、民房堆贮随时粜卖，即系囤积居奇，虽不及一百六十石，亦当严行查禁。”从之。

一三七　仪制令

《语石》云：略阳县灵岩有宋淳熙辛丑邑令王某刻仪制令十二字曰：“贱避贵，少避长。轻避重，去避来。”上刻“仪制令”三大字。《武授堂金石文字跋》曰：“《东都事略》：太平兴国八年诏宜令开封府及诸州于冲要处设榜刻仪制令。”陆劭闻据《宋史·孔承恭传》，谓太宗之诏因承恭疏请。《唐六典·礼部》载，凡行路之间，贱避贵，少避长，轻避重，去避来。宋制实昉于此。此即古时之生活规律也，惜末世不讲耳，古先哲王所以留为后人范者远矣。